現代小說02

共命鳥

李城 著

LITERARY TIMES
博客思出版社

目次

第一章

03 • 共命鳥

1

接到活佛邀請，吳教授和兩名助手驅車兩千多公里，第三天日落前趕到茶馬鎮。

他們的房車在渡口被攔截時，沈菲並不清楚到了哪裡。吳教授是當地人，她卻是第一次目睹青藏高原的莽莽群山。房車像只亡命的甲蟲在峽谷間竄來竄去，除了偶爾跟返程的旅遊大巴狹路相逢，大半天見不到一個人影。現在終於來到一處較爲開闊的河谷地帶，看上去竟也高樓林立市場繁華，是不是到了茶馬鎮卻無從判斷。

沈菲看了看躺在行軍床上的吳教授。那個禿頂的半老男人依然盯著車頂篷布出神，並沒有準備下車的意思。那車怎麼停了呢？

車門一側呼啦啦圍上好多人，有幾個還是穿警服帶警棍的。人們圍著一個白頭老喇嘛大聲嚷嚷，老喇嘛個頭高出眾人，兩手比劃著似在解釋什麼，隔著密封的車玻璃一句也聽不清。人群後面是青灰色的水泥建築，鐵皮捲簾門和遊走的電子字幕跟內地任何一個市鎮並無區別。

就那樣過了十來分鐘，人群漸漸散去，老喇嘛躬身鑽入前面的駕駛室，車子又啓動起來。

房車開過一條大幅晃悠的鋼索吊橋，然後加足油門，轟轟轟爬上一道沙土斜坡。

沈菲打開手機上的電子地圖。隨著手指張合，地圖一點點被放大。她發現汽車已跟「茶馬鎮」三個字擦肩而過，接著越過一條拋物線似的河流，繼續向西移動。怎麼回事？河流兩側除了連綿交錯的黑白色塊，前面既無地名，也沒有道路延伸。

沈菲後來才明白，地圖上的茶馬鎮是現今鎮政府所在的新區，他們的目的地卻是原先的老鎮。自西向東的黑河在這裡突然掉頭北去，像垂暮之人蜷起一支胳膊，將老鎮攬在餘溫尚存的懷抱裡。

2

經幡低垂，炊煙繚繞。低矮的民房挨挨擠擠，道路兩側是歪歪扭扭的石牆和毫無章法的木頭柵欄。時光彷彿退回到半個世紀前或者更早。那些積澱著歲月塵垢的簷板和門窗，在夕陽的餘暉裡閃著青銅的光澤。

紅男綠女的遊客唧唧喳喳，三五成群返回渡口東岸的新區。在馬場街，那條被視爲老鎮「門面」卻同樣狹窄的街巷裡，一些租房做蟲草生意的商販也紛紛上了門板，隨最後一批遊客跨過吊橋，去那邊享受老鎮人聞所未聞的夜生活。只有鐵匠鋪前還拴著三匹馬，斜對面小巷裡的老鎮酒吧傳出醉酒牧人的歌聲，聲音忽高忽低嗚嗚咽咽，彷彿傳自幽暗的歲月深處。街角的陰影下，幾個露著屁股瓣兒的孩子頭碰頭彈玻璃蛋兒，偶爾尖叫著跳起來，有的拍手，有的跺腳。除此之外，熙熙攘攘的馬場街已經清靜下來。

拿著笤帚簸箕的張鐵匠用頭頂開汙黑的門簾時，那些煩躁不安的馬匹朝他噴起了響鼻，鐵嚼環銅馬鐙叮噹作響。晚風掠過，鏟削下來的馬蹄碎片在地上簌簌移動，燒灼的角質氣味已消散殆盡。這是張鐵匠每天的例行程式，清掃之後就可以插上門板了——當然也指望馬主人不至於喝得爛醉，忘了這些急於返回草地的畜生。

就在張鐵匠俯身將馬蹄屑掃攏的時候，房車從街巷東頭轟隆隆開了過來。車頂上還裝著些雷達攝像頭之類的玩意兒，天線像蝗蟲的觸角一樣晃來晃去。那是老鎮從未出現過的巨型怪物，略微再寬一點可能就卡死在某個拐角。馬場街的路面從未承受過如此重壓，車輪下叮哐作響，不少石塊斷裂下陷，有處翹了起來。玩玻璃球的孩子們抬頭一瞧，頓時驚叫著四散而逃。

那輛貨櫃般的車輛搖搖晃晃長驅直入，突然右側後輪壓垮了一塊石板，底下的空洞使車身大幅一晃，咣——車頂就撞到了一戶人家的門頭。那裡挨茬兒擺放著幾個木箱改製的鴿子窩，邊上的一個已經歪斜，眼看就要掉下來。房車像鑽入荊叢的犛牛，縮頭屈頸後退幾步，鴿子窩勉強復歸原位。再次前進時情況更糟，那只木箱整個被托起來，接著就哐噹一聲翻倒在車頂上。汽車喘口氣僵住在那兒，駕駛座上的小夥盯著後視鏡一籌莫展。翻倒的木箱裡傳出鴿翅撲打的聲音，另一隻晚歸的鴿子不得其門而入，落在上面左旋右轉，咕嘟嘟咕嘟嘟，仿佛世界末日的情侶在傾述衷腸。

黑瘦的張鐵匠張開鼓風爐一樣的大嘴，不明白這龐然大物是怎麼開進來的，事先也沒有得到任何通報。他是德高望重的老張鐵匠的後人，多年前從父親手裡接過了茶馬會主事的重任，別說老鎮的大小事務，鎮政府想在這邊動一鍬土砌一塊磚也會跟他通氣的。這事兒也太離譜了，全然無視茶馬鎮人的感受。無論是兩個輪子的摩托還是大大小小的汽車，老鎮人毫不掩飾對它們的厭惡。多年以前，無須打上馬掌的橡膠輪子滾滾而來，理直氣壯取代了河曲馬的地位，讓那些享譽數千年的「旱地之龍」一夜間變成了廢物。它們被成群成群從哈拉瑪草地吆喝而來，拋石索甩出的石塊在空中嗡嗡作響。它們驚慌失措穿過老鎮，然後列隊通過渡口吊橋，在新區裝車運往內地。它們的終點無一例外是屠宰場，一個個被抽取血漿製作血清，然後大卸八塊煮了，燉了，炸了，端上食客們永無饜足的餐桌。茶馬鎮人忿忿不平卻什麼也做不了，他們無法改變河曲馬的命運，能做的只是在吊橋東頭放置幾個花崗岩石球，擋住所有試圖進入老鎮的車輛。是誰斗膽挪開了那些石球，讓這不可一世的怪物闖了進來？真他媽豈有此理！

張鐵匠操起牆根一把燒炕的長柄灰耙，胸前的生牛皮圍裙喀啦作響，就像手持長矛的堂吉訶德一樣衝了上去。他打算敲碎那反射著賊光的車玻璃，二話不說將車上的人拉下來飽揍一頓，然後再跟他講講老鎮的規矩。

可他的腳步還是遲疑起來，並垂下了手中的武士長矛。他看見了副駕駛座上的圖丹喇嘛。老喇嘛是活佛的經師，看上去面色和藹卻又不容置疑。

有圖丹喇嘛在，這輛車就有通過馬場街的道理。張鐵匠將他的疑慮拋置腦後，手中的長柄灰耙隨即也派上了用場。他又加快步伐奔了過去，仰頭將車頂的鴿子窩撥回原位，然後奮力撐起木箱下面的板子。他扭頭朝駕駛室點點頭，汽車重新開動起來，一寸寸挪了過去。汽車加了油門朝前開去時，他看到車玻璃中的老經師向他頷首微笑。

聽到動靜的馬場街居民也得到號令一般，紛紛操起傢伙奔出家門，有人還順手搬出籮筐條凳之類，準備設置臨時的路障。同樣，他們也看到了駕駛室裡的白頭老經師。他們臉上隨即堆出尷尬的笑，連忙將棍杖之類隱藏在身後。

房車趨近鐵匠鋪門前，三匹烈馬愈加騷動不安。它們鼓凸的臀部被牛虻叮著似的顫動不已，野性的力量從每個毛孔迸發出來。隨著汽車驅近，它們噗噗噗噴著鼻子，揚鬃甩尾左蹦右跳，粗壯的松木架子幾乎被連根拔起。汽車擦身而過時一匹馬扽斷韁繩衝了出去，另兩匹逃脫無望的畜生將屁股轉向汽車，發瘋似的撂開了蹶子。叮叮哐哐一陣亂響，車廂一側陷進不少半圓的坑凹，棱角分明的馬蹄釘歷歷在目。那匹逃亡的馬在車前撒蹄飛奔，笨重的馬鞍又不爭氣地翻轉於肚腹之下，愈加使它自驚自詫，陷入了無法擺脫的夢魘。

張鐵匠瞥一眼老鎮酒吧的巷口，仍不見有人出來。「眞他媽牧人見酒，駱駝見柳！」他嘟囔一句，隨即扯開一匹馬的轠繩飛身上馬，去追趕逃走的那匹馬。

3

房車在街巷裡左衝右突，一直開往鐵瓦殿。

鐵瓦殿在老鎮十字北口，老白塔的東側。那是一座掩映在柏樹間的廡殿式建築，紅牆青瓦氣象森嚴，不過從圍牆外只看到樹梢間的飛簷。十字南口是墁著碎磚的小廣場，中心立一尊漢白玉河曲馬雕塑，彷彿剛才跑掉的那匹馬被人施了魔法，突然定住在那裡。老白塔所在的臺地上，三三兩兩繞塔而行的老人也停住了腳步。他們眼看著那輛車徑直駛入鐵瓦殿後院，同樣不明白怎麼回事。

他們不知道車裡還坐著吳教授。若知道是吳瘋子回來了，那輛車肯定過不了馬場街，更是進不了鐵瓦殿的。

這種情形對吳教授來說可能有點冤，不過也是他自作自受。房車過了馬場街，他才從嘎吱作響的行軍床上翻身坐了起來。他的禿腦門就像吊橋那邊的花崗岩石球，臉也有些浮腫，兩隻眼袋懸懸的，仿佛注入了半針管清水。他推了推鼻樑上的金邊眼鏡，走過去狠勁拉開一扇車玻璃，一邊俯身看著外面，一邊張大了嘴巴呼吸著。

狹長街巷，低矮土屋，一切都是他記憶中的模樣。

他曾是茶馬鎮的才子，破天荒考入京城名牌大學，讀書讀成了博士，又留校任教，一直坐到了教授的板凳上。可如今他成了茶馬鎮人眼中的不肖之子，人們甚至不願叫出他的大名吳天賜，只稱他吳瘋子。才子也好，瘋子也罷，對他來說都已無所謂了。就在房車被攔截在渡口，代表活佛迎候他的老經師跟人交涉的時候，他也懶得下去跟他們饒舌。他是做過讓茶馬鎮人詬病的事，但那並非出自他的本懷。他厭倦了對往事的糾纏，也無意重新博取所有人的好感。茶馬鎮養育了他，他體內的鈣和碳源於這裡的山水草木，那無形的臍帶終歸是無法割捨的。這就夠了，別的都由它去吧。這次應活佛約請而來，他是肩負了一項特殊使命的，不想再去攪和那些湯湯水水。

線條剛毅的山脊已變成黑黢黢的剪影。落日時分的天空格外湛藍，空氣裡氤氳著南部河畔天仙子成熟的醇香，以及北坡醉馬草被烈日烘烤後的溫熱氣息。雖然他對氣味的辨識能力大不如前，但嗅得出那就是茶馬鎮的味道。他的肺葉歡快地掀動起來，似乎每一顆肺泡都煥發了生機。他不是個多情善感的人，但是此刻，仿佛一個溺水之人撲騰出水面，他那油漉漉的腦門浮出了一層紅光。

沈菲也跟著站了起來。她既是吳教授實驗室的醫學助理，也兼顧著老師的飲食起居。她和開車的王珂在實驗室做事多年，這位老師的脾性依然讓她難以捉摸。出發時她只是被告知去茶馬鎮拜見活佛，可能的話，他們這三人團隊將完成一項重要實驗。但一路上老師沉著臉一言不發，使她感到前所未有的壓抑。她知道老師的氣管有毛病，沒想到發作起來竟是那麼嚇人：他會突然嘴唇青紫喉頭嘶嘶作響，甚至仰頭翻眼手舞足蹈起來。每當此時她就拿起手邊的噴霧藥劑，對著他的嘴巴哧哧哧猛噴一氣。三天來她坐在行軍床對面的圈椅上，雖然戴著耳機手捧書卷，卻時刻留意老師的一舉一動，唯恐出什麼意外和不測。

沈菲確信已達旅行的終點，從洗漱用具裡找出一把小巧的梳子，站在吳教授身後替他梳理翹起的頭髮。老師是注重儀表的，雖然頭髮只剩北半球一圈，但任何時候都保持紋絲不亂。她看看他兩腮的鬍茬，又找出電動剃鬚刀在他面前晃了晃：「收拾一下吧老師，咱們要見的可是活佛呢。」

吳教授兩眼仍盯著窗外。太陽已經下沉，西北山脊射出道道金光。那光芒純淨而銳利，穿透燒紅的雲朵，長劍般劃過夜幕將臨的天空。他似乎沉醉於眼前的景象，或那稍縱即逝的霞光流雲觸動了內心的某種隱憂。因而當沈菲再次催促的時候，他一揮手擋開她：「哪來那麼多事兒！」

沈菲愣怔在那兒，忘了接下來該做什麼。吳教授似乎意識到不妥，回頭看了看她，略微緩和了語氣說：

「等你瞭解了他，沈菲，你就知道他不在乎那些！」

即將見到的活佛，究竟是個什麼樣的人呢？沈菲找出準備好的三條哈達捧在手上，一邊心中猜想著。老師說活佛跟他同齡，是一起在茶馬鎮玩大的朋友。如此看來，活佛也是年近半百的人了。那麼，他是一尊高高在上的神，還是平易隨和，普通得就像自己的父兄？

第二章

4

房車進入鐵瓦殿後院時，活佛已雙手合十靜候於回廊下。活佛身後是幾個年輕英俊的僧人，一樣在恭敬合掌。

讓沈菲驚訝的是活佛竟然光著雙腳，站在冰涼的石板地上。如此情景，她是無論如何也想像不出來的。其時光線已暗，辨不清他那粗布僧裙的顏色，但有幾處顯然是打了補丁的——補綴部分明顯增加了僧裙的厚度，使自然下垂的褶皺發生了改變。而且僧裙下擺的前緣，任他那雙赤足從中露出的部分，似乎只剩稀疏的經線。唯一能識別活佛身分的是他右肩露出的黃色坎肩，卻也過於陳舊，幾乎成爲灰白的了。若是在另外的時間地點相遇，她肯定會認爲那只是個普通僧侶——甚至也不是如今養尊處優的僧侶，而是數個世紀前穿行於鄉間村道的苦行僧。

她的目光停留在活佛臉上。他的額頭和鼻樑無疑是青藏地貌的寫照，而他那平靜的目光和溫和的微笑，一定程度上又中和了那種粗獷與淩厲。晚風拂過，廊簷上的帷幔波浪般翻卷起來，高大建築下的陰影也漸趨濃重，而活佛和他身後的僧人們，似乎籠罩在一種寧靜祥和的光暈裡。

面對活佛，吳教授好像也變成了另外一個人。那個一貫目不斜視，許多時候甚至顯得傲慢無禮的人，此刻手捧哈達疾步上前，在活佛面前低下了他那卓爾不群的腦袋。

「好了天賜，你何必這樣。」活佛笑道。他的聲音低沉渾厚，帶著胸腔的共鳴。他接過哈達又搭在吳教授脖頸，接著兩人將額頭久久碰觸在一起。

「阿拉合……」兩人把著手臂四目相對的時候，吳教授開口道。許是三天來很少說話的緣故，他的舌頭在嘴裡磕磕絆絆。阿拉合是茶馬鎮人對活佛的特殊稱呼，含著敬意，帶著難以言表的親近感，他也似乎以此為他們的關係重新做了定位。他穩了穩神才接著說下去，「阿拉合，在就要到來的那個日子，您讓我怎麼去面對呢……」

「別那樣叫我，天賜。」活佛卻岔開了話題。他似在回避某種不安的情緒被延續和放大。他拉過吳教授的手，讓他去摸自己的右手掌心，「你該確認一下，我的朋友。你面前這個人，還是不是一起在泥水裡滾大的那個桑吉。」

吳教授摸到了活佛的「第三隻眼」：那半瓣蠶豆似的瘢痕，在活佛右手掌心裡微微凸起著——兒時一次意外留下的印記，後來卻被人們傳為活佛的殊勝身相。他咧了咧嘴說：「時光若是停留在那時，我們哪有這麼多煩惱！」

「生而為人，煩惱會如影隨形的。」活佛依然笑著，「要是什麼事也不會發生，我們活在這個世上還有什麼意義？」

吳教授又發現活佛的左手食指明顯短了一截，那倒是他未曾知悉的變故。他奇怪地問道：「這，又是怎麼回事？」

活佛拍了拍他的手背：「別這麼大驚小怪，天賜。你知道，除此以外，我是沒什麼可以獻給佛祖的。」

吳教授自然聽說過一些僧人燃指供佛的事，但不相信睿智理性的活佛也會那樣。他知道其中必有緣故，只是此刻並非他究根問底的時候。

接著王珂也上前獻了哈達，接受了活佛的摸頂祝福。

之後輪到沈菲。她依然仰頭望著活佛，忘了將手中的哈達舉起來。活佛向她問話的時候，她還是盯著他的眼睛，好像什麼也沒有聽到。接下來的情形出人意料。就在活佛的手掌觸到她頭頂的當兒，她忽然渾身顫慄站立不穩，要不是活佛急忙扶住她，可能就一下跌倒在地了。她癱軟在活佛的臂彎裡，一頭長髮披垂下去，好像剛剛從河水裡打撈上來。

吳教授扭頭看看王珂，小夥子急忙過去架住了她。

「是高原反應，阿拉合。」吳教授解釋道，「她從小生活在海拔五十米的地方，不過體質還好，一兩天就會適應的。」

5

當天晚上吳教授留在鐵瓦殿，兩個年輕人則被送往西南坡下的夏窩子。

沈菲仍處於恍惚狀態，一路上王珂問她反應是不是輕了點，她一句也不回答。陪同他們的是一位名叫安靜的年輕僧人。那是活佛的近身侍者，身材修長少言寡語，帶他們默默穿過月光被房屋遮蔽的一片片陰影。

夏窩子，是不是人類穴居時代的遺存呢。到了那裡他們才明白，那是活佛度夏的小莊園，或許應該叫活佛夏宮。它背靠南坡遙對黑河，道路、棧橋和房屋掩映於高樹之間，算得上是個清靜舒適的所在，且有活佛的家人照應他們。

與之相對，老鎮中心的鐵瓦殿稱爲冬窩子，爲方便信衆拜訪，活佛大部分時間在那裡度過。

活佛居室挨著經堂，有側門與之貫通，聞得見經堂裡檀香暗燃的氣息。除了床鋪和臨窗的一張方桌、兩把椅子，三面牆壁的書櫥也占去不少空間，床上、地板上堆放著古舊的經板夾和現代圖書，看上去更像是一間學者的書房。

那天晚上，吳教授和活佛徹夜未眠。

那是夏曆八月初八，處女般的上弦月懸在鐵瓦殿簷角。他們沒有開燈。借著窗前淡薄如水的月光，吳教授不時注視著活佛的臉：那張臉平靜溫和，仿佛中秋的滿月已升起在胸間，那清靜光明透過他的肌膚重又散射出來。在吳教授遙遠的記憶裡，認定爲活佛轉世靈童之前的桑吉，還是個不會說話的小男孩呢。那個「啞巴桑吉」沉靜柔弱卻聰慧敏感，從那時起，他喜歡他勝於喜歡他那孿生的哥哥刀吉，雖然大膽直爽的刀吉也是足可信賴的夥伴。桑吉成爲活佛後他更是敬重他，他知道他從來不以活佛自居，或者在公開場合極盡威嚴，在朋友面前卻要攤開雙手抱怨一番：身不由己啊！他沒有內外之分，他的眼神，他的微笑，他的言談舉止，都抵達了無相之境。

月影在視窗悄然移動。安靜將兩位客人送到住處，已從夏窩子返回鐵瓦殿。他不時躡手躡腳進來，爲他們的茶杯裡續上滾燙的開水。吳教授覺得那俯首低眉的年輕僧人有點面熟，一時卻想不起在哪兒見過。一些無關緊要的人和事，在他腦子裡是不留位置的。

二人時而喁喁長談，時而靜默沉思。活佛手腕上的老式機械錶發出清脆的嚓嚓聲。黑河的波濤聲遠遠傳來，時而激越時而低廻，卻是分秒不停，提醒時光在飛速流逝。另一種「河流」的喧嘩偶爾從相反的方向傳來，頃刻間蓋過了黑河的波濤——那是歲月的腳步踩碎了尼拉木山峰的岩石，堆積的流沙突然決堤，嘩啦啦漫下北部山谷。一周後是中秋節，也是茶馬鎮一年一度的茶馬節。可是，二人的話題並不在此。那個由旅遊開發催生出來且被過分渲染的狂歡節由茶馬會操辦，主持講話的照例是茶馬鎮的最高行政長官。按往年慣例，尼拉木寺的僧侶將組成方隊參加開幕式，不過也是走走過場，做給外人看的。他們討論的是另一項儀式，中秋節狂歡之夜，那項儀式將在鐵瓦殿秘密進行。那是活佛決定爲病危的刀吉舉行的續命法事。不知活佛作何考慮，對從事生命科學研究的吳教授來說，那確實是一次難得的實驗機會。

吳教授覺得喉管又被死死扼住——該死的老毛病又要發作了。每次呼吸道痙攣之前都會出現同樣的幻覺：他是陰暗荒原上踽踽獨行的一頭野犛牛，突然被一隻雄獅撲倒在地，血盆大口咬住了他的脖頸，尖銳的獠牙刺穿了他的喉管。他甚至聞到了獅子口中的腥臭，而熱血在呲呲噴射，生命的氣息正一點點消失……每到此刻，絕望的情緒就控制了他。自己的某一世是不是死於獅子的獠牙之下呢？生命的輪回究竟是怎麼一回事？那也許只是關乎肉體的記憶，他身上的某些元素可能源於那頭被獅子吃掉的野牛。那些元素在獅子的消化道作短暫停留，接著出現在花草的莖葉之內，穿過牛羊的腸胃，經無數次輪回，一些分子又隨飲食和呼吸進入到他的體內。那是肉體攜帶的生物性記憶，跟神識的出入流轉並無關聯。而他心裡清楚，活佛將爲刀吉舉行的續命法事意味著什麼。

他摸了摸褲兜，噴霧槍和藥劑都不在身上。他俯下身子壓抑著將要噴發的咳嗽，努力使呼吸漸漸平穩下來。

「是不是有點倉促呢，」他重新抬起頭來的時候說，「要不要暫緩一下，阿拉合？或許，我們會找到另外的方案。」

「我知道你怎麼想，天賜。」活佛笑道，「別擔心我的朋友，那只是個換帽子的遊戲而已。」

他明白活佛的意思。孿生的兄弟倆就像彼此的影子，在他們的幼年和童年，連自己的父母也難以區分，略微長大一點，母親就爲他們戴上不同顏色的毛線帽。可頑皮的刀吉闖了禍就將帽子掉換過來，讓不會說話的桑吉接受責罰。而在即將到來的中秋節之夜，兄弟倆的這次「換帽子遊戲」，肯定不會讓他們年事已高的父母再像過去那樣一笑了之。顯然，活佛是經過深思熟慮的，不會再有變通或者拖延的可能——刀吉已被內地大醫院宣告不治，甚至斷言活不過今年的中秋節。如此看來，他能做的只是珍惜這次短暫的相聚，並在兄弟倆最後的那場「遊戲」中，勉爲其難做好配角。

「還記得嗎天賜，當初你開始那項研究的時候，我還警告你千萬要愼重的。」活佛語氣平靜地說，「事情的發展出人意料，如今，連我自己也不得不涉足那個禁區了。」

「我還是不明白，阿拉合，那樣做的必要性在哪裡。」

「你會明白的，我的朋友。有些事需要我去做，哪怕是冒險。那是一種責任和使命，是心裡的聲音在呼喚。」

活佛隨即打住了那個話題。他說：「我倒有點替你擔心呢，天賜。在那場吵得沸沸揚揚的冥界門事件中，你只是代人受過罷了，可是你不做解釋，大家就沒法消除那樣的誤會。這次我們又壞了老鎮的規矩，讓你的房車一直開了進來。或許你不知道，這在茶馬鎮可是第一回。會不會有人借題發揮找你的麻煩呢？這段時間，我想你最好還是留意一點。」

吳教授摸摸自己的禿腦門說：「我已經這樣了，阿拉合。我也是放下了一切的人，沒什麼皮毛可以愛惜。」

到了半夜月光隱去，安靜在他們面前點上一盞油燈。微小的燈焰挑在燈捻上，接著慢慢向下拉伸，化開了燈碗中心黃黃的酥油。整個燈捻吸足了油的時候，燈焰迅即升高，同時爆出些細微的火花，奶油的芳香飄散開來。

突然，一隻灰蛾不知從何而來，繞著燈焰快速飛舞，極度亢奮的樣子。活佛伸出兩手要攏住燈焰，可是爲時已晚。只見火光一閃，呲啦一聲蛾子掉落下去，在桌面上撲打著殘缺的翅膀。

活佛小心捏起垂死的蛾子，打開窗戶，將牠輕輕放在外面的窗臺上。他關上窗戶，雙手合十說道：「上天有好生之德，佛菩薩也憐憫世間衆生。新的一天太陽升起，希望牠會

長出一對新的翅膀來。」

「那樣的奇蹟，也會出現在刀吉身上嗎？」

「趨光是蛾子的本性，天賜，這不能怪牠。刀吉也一樣。作爲一母同胞的兄弟，他的病痛時刻也疼在我的身上。」

「他也是我的兄長，阿拉合。天亮我就過去看看他。」

6

天還沒有大亮，兩個騎馬的牧人敲開鐵瓦殿大門，把活佛和安靜接走了。哈拉瑪草原一位老婦人卽將離世，讓阿拉合爲她念念度亡經，使她可以往生到阿彌陀佛的西方淨土。

在鐵瓦殿門口，目送活佛一行匆匆隱入晨霧，吳教授問身邊的圖丹喇嘛：「牧場的老人們臨終之際，都要阿拉合親自去念經嗎？」

圖丹喇嘛俯身道：「那也不一定，教授。那多半是老人們的願望，讓活佛在耳邊說幾句安慰的話。如今的年輕人倒喜歡把排場弄大一點，家裡老人過世，他們會請七八個十來個僧人過去，做七七四十九天的超度法事。」

說話之間，沈菲和王珂也從夏窩子趕了過來。

沈菲一手擧著一束鮮花，一手攏著晨風中飄散的長髮，一路疾行加劇了她胸口的起伏。她催促王珂早早陪她趕來，沿途從人家短牆下、柵欄邊折下那些帶露的蜀葵和波斯菊，只想重新完成拜見活佛的那個儀式。

昨天見面時的失態讓她羞愧難當。依照吳教授吩咐，三天來她和王珂都在服用紅景天口服液，已將海拔升高帶來的不適降到最低程度。她知道老師已替她打過圓場，但一晚上翻來覆去難以入眠。她反覆模擬再次見面的情景，將要說的話在腦子裡改了又改，默念了一遍又一遍。別說活佛的形象出乎所料，她也從未見過那樣寬厚溫情的男人。由於諸多不堪回首的情感經歷，她斷然關閉了自己的心扉，早已成爲都市單身群體中的一員。受吳教授影響，她也接觸了一些佛學著作，一扇神秘之門便在她心中悄然打開了。因而老師告訴她去茶馬鎮拜見活佛的時候，心裡就懷了莫名的期待。昨晚見到活佛的那個瞬間，她的感覺是那麼奇妙，她不知道那是突然而至的皈依的衝動，還是對那樣一個足可託付身心的男人的依戀。她也意識到這次突然成行的茶馬鎮之旅，其實是因緣在發揮作用——一根看不見的絲線牽引著她，翻越千山萬水，一步步抵達了夢中的聖境。她想她是幸運的，只要活佛不反對，她就即刻宣告成爲他的弟子，在酥油燈和嫋嫋香煙的陪伴下，片刻不離守候在他的身邊——哪怕變成一粒塵埃，散落在他那雙赤足下的泥土裡。

但她還是來晚了一步。她和王珂趕到鐵瓦殿前的時候，馬蹄聲已消失在鎮子西頭。

第三章

7

濃霧使房屋樹木顯得虛無縹緲，空氣裡卻充斥著泥土的腥味。師徒三人踏上露水濡濕的石板路，去看望臥床已久的佛兄。他們沿十字北街前行約十分鐘，然後拐入右手一條較爲寬敞的街巷，刀吉居住的金剛宮即在老鎮東頭。

吳教授兩眼佈滿血絲盯著前方。他的襯衫後領翻起著，領帶也不知丟哪兒了，沈菲跟了好一段路，才踮著腳幫他把領子弄好。他沒有感覺似的大步向前，像消防隊員趕赴火災現場。墜著書包的孩子們好像還沒大睡醒，蝦米般躬著身子遊蕩在牆根的陰影裡。一個腋下夾著柏枝的乾癟老頭迎面而來，望著吳教授嘟噥一句聽不懂的話。三兩個站在路邊聊天的人也朝他們投來怪異的目光，不等他們走遠就吳瘋子長吳瘋子短地大聲議論起來。

吳教授哪裡顧得上那些。連日來睡眠不足使他頭昏腦漲，此刻眼前又拉開了皺巴巴的電影幕布，快速播放著早年的黑白影片。他和佛兄刀吉一起上的學，他留居京城後，隔三差五也能跟走南闖北的刀吉見上一面。他折服於刀吉過人的膽識，爲他留下罵名的冥界門事件就緣於他倆鬼使神差的一次合作——說鬼使神差也許是替自己開脫，其實當時再也明白不過，那是他們之間各取所需的一次利益交換……他猛拍一下自己的腦門，事到如今，還糾結那些幹嘛！

可他的大腦已陷入飛車狀態，往事不可遏止地浮現眼前。

早在他們的童年時代，他和刀吉桑吉兄弟倆已是茶馬鎮引人注目的三虎崽。他們都是虎年所生，兩家位於老鎮南坡邊的祖屋也隔巷毗鄰。在那五彩斑斕的童年時代，三人一起上樹捉鳥下河摸魚，每天傍晚被父母拿樹枝趕著回家的時候，一個個成了眉目難辨的泥人兒，他的爺爺便笑稱他們是「泥巴三虎崽」。那時吳老先生的話被茶馬鎮人奉爲金科玉律，以致後來滿大街的人都那麼叫。那時桑吉還不曾開口說話，沒人知道他體內竟住著一位活佛的靈魂，甚至他的父母憂心忡忡，擔心他長大後能不能混飽自己的肚子。快七歲時桑吉成爲老活佛的轉世被尼拉木寺贖回，刀吉和天賜則結伴去上學，一起讀過了小學和中學。他倆高中畢業那年，青藏高原冬蟲夏草的價格賽過了黃金，刀吉因販賣那奇葩玩意兒一舉發家，成爲人人側目的大款，開始在渡口外塵土飛揚的市場翻雲覆雨，成立了茶馬鎮第一家民營企業金剛公司。考上大學的吳天賜從此離開茶馬鎮，七八年埋頭苦讀使他目光呆滯毛髮稀疏，終於成爲令家人和所有茶馬鎮人引以爲榮的博士，步入了不知肉味也莫辨晨昏的科研生涯。多年以後，命運將分道揚鑣的三虎崽推上了各自的人生巔峰：桑吉以圓融的佛學修養和終身苦行成爲人人敬仰的阿拉合，金剛公司老闆刀吉則是有求必應的財寶天王，每個茶馬鎮人既能從阿拉合身上感受到平等如一的慈悲慧心，也從諸多的公益設施中享受到刀吉帶給他們的物質實惠。遠在京城的吳天賜已躋身教授行列，在科研領域也聲名鵲起，雖然茶馬鎮人不清楚他夜以繼日搗鼓些什麼，但從活佛兄弟倆對他的敬重程度看，其成就也不會遜色於他們。三虎崽變成了三條龍，坐井觀天的茶馬鎮人順理成章得出一個結論：這個人口不足三千之數的彈丸之地，這個偏安於萬山叢中的隱秘家園，能同時造就出三個無與倫比的人物來，那就是茶馬鎮地靈人傑的證明——甚至可以印證隆卜舅舅那驚世駭俗的高論：「茶馬鎮人是天子的後代。」除此之外，他們似乎找不到更為合理的解釋。

曾是三虎崽頭領的刀吉不愧為天生的掘金高手。吳天賜和他在縣城讀書的時候，正是人的欲望被激發並無限膨脹的年代，刀吉索性將懶得翻動的課本和永遠完不成的作業扔進垃圾箱，義無反顧做起了冬蟲夏草的生意。冬蟲夏草，那種讓動植物學家無法歸類的可疑生物，一夜之間突破了青藏高原凍土層的禁錮，在物欲橫流的大海裡載浮載沉。每年四五月間，女人和孩子們握著小钁頭爬上山梁，在積雪初融的泥濘中雙膝跪地匍匐而行，瞅見半截香頭似的紫色草莖便欣喜若狂，無異於撿到了同等分量的黃金。日暮時分，膝頭和兩肘磨出破洞的挖草人走下山坡的時候，蹲守在各個路口的小販便蜂擁而上，連哄帶騙將他們的辛苦所得低價收購，拿牙刷刷掉裹在上面的油黑泥土，還原出一個個金黃色的軟骨蛆來。那些受到山神詛咒的蟲子雖然頭頂已長出了草莖，出土時竟然還活著，在人們手心裡痛苦扭動，不過很快就會僵直起來，成為半截幹硬的柴棍兒。小販們用衣襟兜著、用氈帽捧著，爭先恐後帶到黑河渡口，倒賣給鬣狗一樣四處逡巡的二道販子。二道販的編織袋鼓脹起來後，會突然消失於人們的視線之外，在某間隱秘的石屋裡找到打著麻將喝著功夫茶的大客戶，而那些大客戶如何跟來自廣東或福建的老闆接頭，更是比軍事情報還難破解的機密。刀吉也做過一段時間的二道販，每天蹲在地上用摸、看、聞的方法認眞驗貨。他認爲採挖適時的蟲草是實心的，手感像把玩已久的樺木棍兒，金黃色的蟲體和頭上的褐色莖杆連接緊密；蟲子的形體也是完好無損的，一對褐色大眼，三對頸部小足，四對腹部大足，三窄一寬的背部環紋排列有序；新鮮蟲草也自帶天然芳香，是任何人工香料都無法模擬的。豪爽與精明集於一身的刀吉，身邊已圍著一大幫可以兩肋插刀的兄弟，但他不滿足永遠做那鬣狗般的二道販，夢想著有朝一日可以越過雲遮霧罩的重重障礙，直接跟某個挺著大肚皮的廣東老闆做一次痛快生意。對那樣一個有膽識也有財運的人來說，如此機會是無須等待太久的。有次他跟一個戴墨鏡的壯漢談好了價錢，便蹲在牆腳下仔細驗貨。他發現不少蟲子是斷開後用草棍串起來的，有的甚至插著電閘用的保險絲增加重量。他停下手盯著對方問道：這是給人吃的啊？那人聳聳肩說：又不是給你吃。他朝對方肩頭就是一拳：我當然不吃這噁心的蟲子，可把它倒在黑河裡，也會卡死幾條石花魚！那壯漢同樣是個兇猛生物，忽地起身拔出一尺多長的腰刀。刀吉腰裡自然也別著刀子，但他依然蹲在那兒，神情專注地埋頭挑揀，將看不上眼的殘次品扔得滿地都是。對方忍無可忍就要動手的時候，發現刀吉身後站著一大群嘍囉，個個手按刀柄虎視眈眈。其中有人嘻笑著問道：知道他是誰嗎？

壯漢怒氣衝衝地說，我的刀子可不認人！尼拉木寺的活佛你也不認？他可是活佛的哥哥呢！那壯漢一下洩了氣，乖乖收起了刀子。刀吉這才站起身拍了拍對方的肩膀：別生氣老兄，要是你有理，活佛的哥哥也該挨上一刀。可是話說回來，我們拿出手的東西要像活佛加持過一樣，不但挑不出毛病，還要讓人相信這就是天上的靈芝海裡的龍膽，有病救命沒病養命，常吃還能長生不死！合該時來運轉，那一幕被隱身在人群的一個廣東老闆看在眼裡。那人立刻喜歡上了刀吉，跟他成了忘年的朋友。第二年，那大老闆的業務向青藏縱深處挺進，便委託刀吉代理當地的蟲草收購。他跟大老闆去過廣州才知道，他們在渡口一根根數著買的，人家是拿磅秤稱，兩千根蟲草八萬元人民幣收購，放在秤上可能剛好一公斤，論斤頭轉手就是十二萬，再經過金光燦燦的豪華包裝，陳列於保健品櫥窗就能賣到四五十萬。從此他要做的只是一邊整袋整袋過秤，一邊整捆整捆付錢，老人頭鈔票就像工地上的磚頭丟來丟去。那時刀吉就對他的朋友們誇下海口：看著吧，總有一天，我刀吉要拿鈔票鋪滿茶馬鎮的大街小巷！

用鈔票鋪滿街巷只是他的初級願望，後來準備開採魔女谷金礦的時候，他又立下另一個誓願：在十字街南側，鐵瓦殿對面的廣場上，他要用純金打造一匹騰飛的駿馬，大小跟哈拉瑪草原的河曲馬一樣，作爲茶馬鎮走向輝煌的標誌。

老鎮東側跟新區隔河相望的魔女谷，向來是人們談之色變的禁地。山谷裡亂石嶙峋寸草不生，即便天上的兀鷹也會繞著飛走，地上的鼴鼠也不敢在那裡打洞，而那些突兀聳起的暗紅色山岩猙獰可怖，人們說那就是魔女居住的奢華宮殿。據說那魔女本是尼拉木山神的原配夫人，後來山神另尋新歡拋棄了她，那怨婦便拿無辜的人畜撒氣，牛羊進入山谷就被她用魔法蒙住雙眼，稀里糊塗撞上岩石一命嗚呼；男人們進去也被她迷住心竅吮乾精血，轉瞬間拋下一具膿包皮囊，而靈魂跟著那隱形的婊子去日夜鬼混。如此傳聞聽上去足夠荒唐，但講述者總是一本正經，甚至面露恐懼之色。

那時的刀吉年輕氣盛，哪裡理會如此幼稚的傳聞。他也不顧活佛和茶馬會老人們的勸阻，招來開礦工人在魔女谷搭棚建屋，運入大型選礦機械，準備讓黃澄澄的金子從山谷裡傾瀉而出。可是剛炸響開山的第一炮，工地上就莫名其妙倒下幾個工人，未曾倒地者也頗感不適，疑心自己已列入了魔女的死亡清單。奇怪的是死者身上找不到任何創傷，只是渾身淤青七竅流血，很快就肚腹鼓脹腐爛發臭，跟傳說裡的情形一模一樣。刀吉這才將信將疑，從山谷裡撤出了人馬。

後來，在廣場塑一尊河曲馬的願望由活佛代爲實現，不過那只是由漢白玉石頭雕鑿而成，並非刀吉想要的純金打造。他覺得那是他此生的恥辱，謀劃著有朝一日再度挺進魔女谷，掘出千百年來埋藏於山腹的黃金，然後炸掉那堆廉價的石頭，按自己的意願重新打造。誰知命運跟他開起了殘忍的玩笑。幾年前他突然得了腎衰竭，不得已接受了活佛的一顆腎，但也沒能使他的健康維持多久，移植的腎很快還是壞掉了。他彷彿也中了魔女的詛咒，各種不明症狀併發，不但腹內臟器悉皆敗壞，四肢也遭受著刀割鋸截般的折磨，不得不借助大麻和天仙子緩解痛苦。他四處求醫問藥終難得到一粒救命的靈丹，據說最後他是從一家三甲醫院的貴賓病房裡逃出來的，回來重又著手那雄心勃勃的開礦計劃。

只是如今的礦山不再是當地人想挖就挖的，必須得到政府相關部門的許可。從活佛口中得知，刀吉的大批採礦人員已先行在魔女谷安營紮寨，只待一紙批文送達，即可開動那些巨型鼴鼠般的鋼鐵機械，一邊刨土一邊鑽入尼拉木山腹。

沒人可以阻止刀吉，即便是他的活佛兄弟，以及茶馬會那些絮絮叨叨的老頭老太婆，他全不把他們放在眼裡。吳教授清楚刀吉的脾性，即便司命之神從生死簿上劃掉他的名字，他也不會低頭就範的。

8

金剛公司總部早已遷往黑河東岸的新區，坐落於老鎮東頭路口的老址如今成為刀吉的居家之所。那座由灰白石塊砌成的高大建築被人們稱為金剛宮，與近旁低矮簡陋的民房形成鮮明對比，遠看彷彿一座中世紀地方領主的堅固堡壘。

進門是一間寬敞大廳，巨大的水晶燈飾在斜射進來的朝陽中熠熠生輝。大紅的團花地毯上擺滿了紅木沙發和長條茶几，十來個腮幫耷拉眼神陰鬱的南方人散佈其間，有人在收看電視新聞，有人腆著肚子走來走去打電話，也有人躲在角落裡敲擊筆記型電腦。接待人員告訴他們，那都是佛兄生意上的朋友，聽說佛兄病危，特意趕來探視。

跟著接待人員，三人穿行於幽深走廊。醜陋的城堡內部竟是雕樑畫棟帷幔重重，絲絨包裹的牆壁上間隔鑲嵌著鍍金的浮雕，一個個衣帶翩飛的吉祥天女在演奏各式樂器。一些足以跟牆上天女媲美的女子站立兩旁，在他們經過時鞠躬致意。小夥子王珂面帶嘲諷向沈菲嘀咕著什麼，接著就哼哼哼笑出聲來，吳教授回頭一瞥才使他正了臉色。

在通道盡頭，刀吉的女人香草站在臥室門口，笑盈盈望著吳教授師徒三人。那是個先笑後語的風情女人，吳教授記得，在她像一隻毛色油亮的雪貂尚未被刀吉獵獲之前，年輕人們爲她打架動刀子的事幾乎每天都有發生。如今雖然她的體態略顯豐腴，看上去仍是眉如柳葉面似桃花，足以讓自持力欠缺的男人膝蓋打軟。茶馬鎮的女人是有福的，這個幽靜的山間谷地猶如一個巨大的天然保鮮箱，雖然時光與外界平等流逝，在她們身上卻難察覺到歲月的嚴酷。

「是天賜呀！」香草笑道。待吳教授走近，她用白胖的膀子靠了靠他，又斜著眼揶揄道，「唉喲你瞧瞧，多年不見，茶馬鎮的才子怎麼變成這樣啦⋯⋯」

吳教授沒說什麼，徑直朝室內走去。

那是個密不透風的房間，其幽深和昏暗的程度，無異於掘進大山之腹用於冬眠的旱獺洞。屋裡開著幾盞八十瓦的棍形日光燈，所有窗戶都用厚重的紫色絨布遮蔽起來，空氣無法流通，以致沈菲和王珂本能地掩住了鼻子。吳教授也察覺到一股濃烈的白酒味撲面而來，混合著空氣淨化劑和其它難以名狀的氣味，溫熱而刺鼻。

「好你個吳天賜！」是刀吉的聲音。他大聲叫道，「到了家門口也不來見我，眞他媽戴眼鏡的朝天瞭！」

只見刀吉斜靠在牆角的臥榻上，幾個年輕女子圍在身邊，拿了扇子和毛巾替他搧風。刀吉一揚手，姑娘們低頭散開，自己順手抓起一頂呢絨禮帽，捏扁了使勁揮舞起來。

刀吉渾身赤裸，四肢骨節腫大變形，一根根手指就像私人作坊裡的劣質香腸，而那蒼白的面色和赤紅的雙目，看上去就像在八熱八寒地獄裡備受煎熬的鬼魂。這就是曾在茶馬鎮呼風喚雨的佛兄?吳教授雖然淸楚他無可挽回的病情，但眼前的情景還是讓他吃驚不小。那個壯碩威猛的漢子，那個強悍無敵的金剛手，已困住在無法驅使的皮囊內，能做的只是發出歇斯底里的嚎叫。

吳教授故作輕鬆地說：「怎麼，一大早就喝上了？」

刀吉怒氣衝衝地罵道：「你他媽睜開狗眼瞧瞧，天賜，我是拿這該死的液體沖澡呢！」

他順手捉起一隻五糧液酒瓶，咕嘟咕嘟朝自己頭頂猛澆下去，如同在壞掉了的蓮蓬頭下享受淋浴。

「他見誰罵誰，」香草遠遠站在門邊說，「越親的人他罵得越凶，我都不敢到跟前去呢！」

突然有東西朝那邊飛了過去，吳教授扭頭一看，是刀吉扔過一隻亞麻布的靠墊，滾落在香草腳前。

刀吉的每一塊骨骼如同銹蝕掉渣的鐵件，每一根汗毛都連著敏感的神經不可碰觸，而起因不明的持續低燒使他如受炮烙之刑，不得不拿白酒澆身來降低體溫。吳教授猜想他可能連褲頭都沒穿，雖然悶熱難耐，他的下身卻埋在一大堆絲綢被單中。他身後牆上掛著一幅黃財神唐卡畫，那位大神雙目圓睜肚腹鼓凸，托著一隻寵物般的肥碩銀鼠，一顆顆如意珍寶從鼠嘴裡源源不斷吐出來。眼前的刀吉酷似畫像上的財神，只是他手裡不是托著吐不盡財寶的老鼠，而是那頂捏扁了用來搧風的灰色禮帽。

三人在病榻前的沙發上剛剛落座，沈菲突然躬身乾嘔，接著就掩嘴奔了出去。中途她又折返回來，從隨身小包裡找出噴霧藥劑放在吳教授面前的茶几上，急忙又跑了出去。

王珂聳聳肩向刀吉笑道：「一到茶馬鎮她就這樣，嚴重的高反。讓我去陪陪她吧。」說著也逃命似的跑掉了。

靜默片刻，刀吉自嘲似的笑了笑說：「沒想到吧，天賜，我刀吉也會落到這個地步。生意場上那些大大小小的餓鬼我都不放在眼裡，就是拿自己的身體沒辦法。我不是個好司機，天賜，這輛破車眼看就要報廢了。我找遍了人們介紹的名牌大醫院，沒有哪位醫生肯開出一張妙手回春的處方，反倒詛咒我活不過今年的八月十五。那些該死的傢伙早就把我推給了索命的閻王，如今一閉眼就看到牛頭馬面的小鬼，他們手裡的鐵鍊嘩嘩作響，已在我的門口等候多時了！」

「別想那麼多，刀吉。」吳教授取下眼鏡，哈著氣用眼鏡布擦著說，「阿拉合說內心的平靜才是良藥。他的話不像醫生處方那麼精確，但肯定不會錯的……」

「那些話我早就聽膩了！他老是來這裡嘟嘟囔囔，說什麼我該放棄開礦計劃。知道嗎天賜，這是他第二次反對我開發魔女谷了！憑什麼對我指手畫腳？就因爲我腰裡有他一顆腎嗎？就拳頭那麼大一坨肉，不高興拿去好了！眞是站著說話不腰疼，他哪裡知道生意場上個個如狼似虎，就連那些笑瞇瞇的傢伙也揣著殺人的刀子！跟那些餓鬼打交道，你才知道什麼叫牛不牴牛是慫牛，人不整人是慫人！看到外面大廳裡那些侉子了嗎？他們花言巧語說是來看望我的，其實天天蹲守在那裡，鬣狗一樣想從獅子嘴邊叼走一塊肉。告訴你吳天賜，你們想阻止我，卻阻止不了那些聞著腥味跟蹤而來的鬣狗。要是我刀吉認慫了放手了，整個尼拉木山還不給他們瓜分了？他們有那個本事，天賜，到處的山都被他們掏空了！」

刀吉說著突然五官移位，靠在被卷上沒了氣息。他那失去血色的嘴巴張得老大，像極了一條涸轍之魚。他的女人香草依然站在門口，一副見慣不驚的樣子，姑娘們又一擁而上，將一種散發出濃烈氣味的黑色湯藥灌進刀吉嘴裡。

吳教授熟悉那種天仙子的氣味。兒時的三虎崽常去南部河畔捉迷藏，那滿是絨毛的闊葉植物比他們的個頭還要高，躲在下面不出聲就很難找見。天仙子七月開花，藍紫色的花朵風鈴一樣低垂著，碰一下沙沙作響，仿佛是紙作的冥花，並散發著股股惡臭，摸過的手第二天都臭烘烘的。種子成熟的時候卻散發出特殊芳香，鐘形花萼包裹的蒴果仿佛一個個精緻的儲寶罐，打開罐蓋，裡面盛滿了細碎的褐色顆粒，罌粟籽一樣成百上千。刀吉桑吉的父母叫它魔鬼的寶盒，警告兩個孩子千萬別去碰它，天賜的爺爺身爲鄉間郎中，更是深知它的毒性，同樣告誡孫兒遠離它。如今刀吉服用的很可能就是用它炮製的麻醉藥物：天仙子顆粒加豬卵、牛黃、魚膽等用白酒浸泡七七四十九天，接著在烈日下暴曬多日，乾硬後研細過篩，製成一種黑褐色沖劑。那是一種劇毒藥物，適量服用卻能緩解各類無名疼痛，效果勝於大麻和嗎啡。

吳教授下巴抵胸，從鏡框上緣盯著沒了聲息的刀吉。他不明白這傢伙到底怎麼回事，罵罵他吳天賜倒也罷了，何必那麼數落活佛的不是呢。他站起身來，雙手插入褲兜在地毯上踱來踱去。他看到一側牆上掛滿了長短不一的鏡框，裝著刀吉作爲省級人大代表出席會議的合影，數百人密密麻麻擠在儘量加長的相紙上，認不出哪顆頭是屬於刀吉的。也有刀吉跟一些大人物的合照，那些人方面大耳滿有城府的樣子，表情似笑非笑模稜兩可。香草走過來陪著他看，並逐一指著說出那些人的職務和名字來。靠牆的桌上擺著各種獎牌證書，其中有刀吉被聘爲茶馬鎮名譽鎮長的紅本子，與之匹配的是一把二尺多長刷了金粉的塑膠鑰匙。香草雙手托起鑰匙模型說：「這可是鎮長親手頒給他的呢。從那年起，茶馬節開幕大會上他倆就平起平坐了！」香草兩眼滴溜溜瞅著吳教授，期待他不失時機誇讚幾句。吳教授突然覺得氣管裡癢癢難耐，急忙轉身回到茶几旁，拿起沈菲留給他的噴霧藥劑噴了起來。

刀吉漸漸清醒過來。他一揮胳膊擋開姑娘們，抖抖索索拿起瓶子又往頭上澆。他的短髮一根根硬如松針，尖端一時挑起了酒液的露珠。

吳教授走過去勸道：「別折騰自己了，刀吉。事到如今還牽心什麼礦山，那對你的身體一點好處也沒有……」

「別給我講什麼狗屁道理！」刀吉胸脯起伏著說，「我等你來，吳天賜，我只想告訴你，我刀吉是對得起你的。你弄的那個冥界之門不過是一堆塑膠玩意兒，值不值那麼多錢你心裡清楚。當初你也不是講什麼朋友情義，你只是想拿到那筆錢罷了，說到底就那麼回事兒！告訴你吳天賜，雖然你是什麼博士、教授，在我眼裡你狗屁不如！摸摸襠裡你還是個男人吧，可你幹過什麼轟轟烈烈的大事？你吃過什麼玩過什麼？你什麼都不是吳天賜，你一輩子就是個求人施捨的可憐蟲！今天我提醒你吳天賜，別他媽像個喇叭筒一樣來給我宣讀聖旨。我不在乎別人說什麼，說我是阿修羅我不生氣，罵我是金剛手還高抬了我！現在你可以回去了吳天賜，這輩子我刀吉不欠你的，你他媽也別插在中間壞我的事兒！」

吳教授的臉色難看起來。換了時間和地點，他可能即刻轉身就走，可他還是穩住了。他過去坐在刀吉身邊，抓起他潮濕冰涼的手說：「是阿拉合叫我加晝連夜趕回來的。知道嗎刀吉，他要爲你做一場續命法事，需要我的協助……」

刀吉打斷他：「什麼狗屁法事？還不是糊弄牧人的那一套！告訴你天賜，別以爲我躺在床上什麼也幹不了，開礦的事兒早有人替我操心呢！知道嗎，鎮長親自去縣裡省裡找人托關係，許可證馬上就辦下來了，天王老子也擋不住的！走著瞧吧吳天賜，總有一天我要炸掉廣場上那堆破石頭，立一座金光閃閃的純金馬。我要讓茶馬鎮人永遠記住，是誰給他們帶來了這一切！」

吳教授還想說什麼，刀吉已不耐煩地閉上了眼睛：「吳天賜，滾出去！要不老子又要開口罵人了！」

吳教授無奈站起身來：「我讓沈菲過來陪你吧，刀吉。有她在這裡，那些牛頭馬面就不會再來嚇唬你。」

刀吉不再言語。他的肚腹無力掀動著，像一匹患了炭疽熱行將斃命的老馬。

9

走出幽深通道，吳教授看到他的兩個助手坐在大廳裡，跟那些老謀深算的南方人聊天。沈菲的臉色已紅潤起來，看上去氣色好了許多。

二人跟他離開了金剛宮。走在返回鐵瓦殿的路上，王珂迫不及待告訴他一個剛剛獲知的訊息：「知道嗎老師，您那老朋友準備開採的魔女谷，可能不只是一座金礦！」

「操那閒心幹嘛？」吳教授瞥了年輕人一眼。他想無論刀吉從山裡挖出的是什麼，不是金子也會變成金子的。

接著沈菲也說：「王珂說得沒錯，老師，那山谷裡肯定還藏著什麼秘密。那些老闆聽說我們是從京城過來的，就打聽哪兒可以買到防護服和防毒面罩，最好正規一點，生化部隊用的那種。從他們的談話中也聽得出來，開採魔女谷存在很大風險，但那裡的礦石比黃金還要貴重呢。」

吳教授下意識摸了摸褲兜裡的噴霧藥劑。也是，開採金礦何必動此干戈。看來事情眞有點不對勁。他想起頭天晚上活佛說過的話：「魔女加害人畜可能眞有其事，茶馬鎮人的禁忌並非毫無道理。」當時他還覺得好笑，身爲活佛，竟也相信街頭巷尾的傳聞。看來讓刀吉欲罷不能的，或許眞的不是金礦——如果是，可能還伴生著其它放射性物質。

第四章

10

圖丹喇嘛招呼三位客人在鐵瓦殿用過午餐，吳教授去後院的房車上睡了一陣兒。房車既是他移動的實驗室，也是外出時自帶的旅館。半個小時的午睡效果不錯，他翻身坐起的時候，覺得連日來的困乏得到一定程度的緩解。

他看見沈菲也在車上，抱著書本在她的圈椅上打盹。他咳嗽一聲，待沈菲睜眼看著他的時候就宣布了給她任務：帶上氧氣袋和急救藥物，即刻動身去金剛宮陪護佛兒。他對那個從臭氣熏天的旱獺洞裡逃出來的女助手說：「去試試吧，沈菲。實在堅持不下來，我會另想辦法的。」

沈菲懵懵懂懂望著他，半天反應不過來。

「我知道你更想見到的是活佛，」吳教授從鏡框上緣盯著她，「他們是孿生兄弟，沈菲，把他們看成同一個人吧。」

如此的安排確實不近情理，但不出吳教授所料，沈菲垂下眼簾沉默片刻，最終還是咬著嘴唇點了點頭。他便叮囑她盡可能多點時間陪在刀吉身邊，給予心理上的安慰和必要時的緊急救助。

「老師也要照顧好自己哦。」可憐的沈菲仍在替吳教授操心。她拿出一個尚未開封的藥劑瓶交給他，噴槍上的藥劑用完可以將新的接上去。「還有，」她提醒道，「沒事就待在這裡好嗎？雖然您回到了自己的家鄉，可我覺得，大街上的人都不怎麼喜歡您。」

吳教授拿出塑膠噴槍檢查一下，將它和備用藥劑分別裝入兩邊褲兜，一邊說：「耶穌回到家鄉也遭人嗤笑，難道他就不是耶穌了？」

沈菲覺得老師的話不怎麼恰當，卻又不好再說什麼。她苦笑一下，忙著去做自己的準備。

吳教授找到在僧舍門口跟年輕僧人們聊天的王珂，讓他給車載實驗室接通電源，著手調試儀器。王珂跟他回到車上時興奮地說：「老師您相信嗎，活佛身邊那個安靜，原來是個女孩子轉世的！」

「說什麼呢？」吳教授覺得這小子過於輕浮，忍不住提醒道，「記住王珂，出了門可要管住自己的嘴巴。」

小夥子辯解道：「不信您自己去問啊。那幾個小師父說，安靜現在住的那間僧舍，以前就是那女孩兒住過的。那女孩兒名叫卓瑪，小時候一直陪活佛念經呢，可是在她十六歲的時候突然不見了，就像人間蒸發了一樣！」

吳教授頓時說不出話來。

是的，卓瑪，不提到那個名字，他已將那小野人似的女孩兒忘掉了。他甚至沒聽說過她跟活佛一起念經的事兒。那麼，他們之間到底發生了什麼？難道她眞的死了，並轉世爲一個男兒身了嗎？他暗自吃驚，隨卽陷入一個更大的困惑。

吳教授本想去南坡邊看看自家老屋，此時又添加了一項日程，覺得還該去鎭子西頭見見卓瑪的舅舅——那女孩兒無父無母，是在舅舅身邊長大的。

他又向兩個助手叮囑幾句，之後就離開了鐵瓦殿。

經過小廣場的時候，不少遊客在河曲馬雕塑前拍照留影，吳教授也仰起頭繞著雕塑轉了一圈。儘管刀吉對它耿耿於懷，但他覺得那不失爲一座造型優美且不乏靈動的藝術品，恰到好處地體現了河曲馬的特性。在他看來，那匹馬的神態也是頗有意味的：它昂首甩尾側耳西顧，仿佛依然眷戀著那遼闊的哈拉瑪草原。河曲馬是歷史悠久且不斷更新血液的優良馬種，不但適於遊牧群落乘騎，歷代中原王朝都以茶易馬大量引入內地，戰時衝鋒陷陣如同旱地蛟龍，太平年月則替農人拉車犁地，黃牛般吃苦賣力，與人類可謂情同手足。如今它化身爲一座漢白玉雕塑，供人們懷念與它相處的難忘歲月——從野馬被調服馴化，成爲人類的幫手和忠實朋友，到它漸漸淡出人們的生活，一段不算長也不算短的歷史就這樣趨近尾聲。豈止河曲馬難逃如此的命運，因馬而誕生的老鎭也被加速度的時代列車拋置身後，幾乎成爲供文明人憑弔的古老遺址了。

吳教授在雕塑正面基座上看到一小塊長方形銅牌：「浙江美術學院設計建造」。難怪看上去既大氣又精美，設計者可是人才濟濟的一流藝術學院呢。雕塑是無可挑剔的，他想，刀吉要砸掉的可能只是他被傷害的自尊罷了。

11

天氣晴朗，能見度極好。大群的灰鴿子盤旋在高空，樺樹皮做的鴿哨嗚嗚作響。雖然處於群山環繞的谷地，吳教授卻感到了大自然的遼闊，以及隱藏其間的深邃與永恆。

在去往鎮子南部的路上他回首四顧，北邊尼拉木主峰的餘脈向東向西延伸，仿佛大鵬張開翅翼呵護著茶馬鎮。尼拉木山有九條山谷，與鎮子相對的箕形山谷有溪流蜿蜒而下，那裡是尼拉木寺所在地，散佈著石頭壘砌的佛殿僧舍，經堂金頂上的法幢和銅鹿熠熠閃光。西邊目力不及處是牧人們爲死者舉行天葬的神鷹谷，山根岩壁下還有活佛高僧閉關的當瑪當廓岩洞，平時很少有人接近那裡，牧人們甚至不讓牛羊進入那神聖之地。東邊相對於渡口新區的那個山谷，便是人們談之色變的魔女谷，終日籠罩在淡淡的嵐煙中。那裡到底隱藏著什麼秘密呢？他想，刀吉只想拼命護住嘴邊的肥肉，哪有精力再去招惹那神秘莫測的夜叉？若是他什麼也做不了，想必那些外來的「鬣狗」最終也要作鳥獸散了。他收回目光，繼續朝前走去。鎮子南部是針葉林覆蓋的連綿群山，陽光在山脊鳥羽般的冷杉樹冠上閃爍跳躍。河谷地帶是一塊塊不規則的農田，油菜、青稞早已收割，只剩些黃白色的茬地。雖然是海拔近三千米的高原，得益於群山的遮蔽以及黑河南岸茂密的林木，使這裡免受風沙和寒流的侵襲，儘管山林下部的樺樹和鎮子裡的白楊漸已泛黃，家家房前屋後的蜀葵和波斯菊仍在盛開，一點也察覺不到深秋季節的蒼涼。

相對於內地，時光的流速在這裡大爲減緩，就像河岸岩石背後形成的小小漩渦。吳教授清楚，老鎮人仍是看著太陽幹活吃飯，一切都是循規蹈矩的。他們的腦子裡依然拼湊著古老的世界圖像，並爲之塗上神話和傳說的色彩，沉迷其中自得其樂。黑河東岸迅速崛起的水泥樓群，身著各色衝鋒衣背著雙肩包蜂擁而至的內地遊客，在他們眼裡可能只是閃現在電視螢幕裡的幻景，跟自己扯不上太多的瓜葛。也許他們心中還抱有如此的幻想：所謂發達與落後，在未來的某一天會不會又不期而遇呢？那是誰也無法預料的。

茶馬鎮的歷史其實並不久遠，它的出現可能不足千年。對茶馬鎮人來歷的說法大致可歸爲兩種，一種是張鐵匠爺爺的茶馬黑市說，一種是隆卜舅舅的天人下降說。若不從採信的角度考慮，他覺得隆卜舅舅的說法更有意思。

在三虎崽閑極無聊到處惹是生非的那些年月，常常看到無事可幹的人們聚在十字北口的老白塔邊，或者西北臺地的煨桑臺下，聽隆卜舅舅講述茶馬鎮人的非凡來歷。「酥油捏成的鈴鐺，有人會聽見它響；樹上掉下的葉子，你甭想拿口水粘上。」他總是以這樣莫名其妙的順口溜作爲開場白。他那軟乎乎的鼻子懸垂下來，幾乎蓋住了他的嘴唇——雖然他那口水汪汪的蛤蟆嘴也比一般人的要大。接著他就說，很早很早以前，男人們襠裡還沒吊著那玩意兒，女人們胸前也沒那兩坨贅肉的時候，這裡只是天神光顧的花園。

隆卜舅舅說，茶馬鎭人的祖先曾是天上的神靈，他們巡遊於三千大千世界，無論距離多遠，想去哪裡轉眼就到。有一天，他們看到雲朵下有處幽靜山谷，百花飄香溪水淙淙，四足的動物在草地上覓食，毛色斑斕的鳥兒在枝頭歌唱，一派寧靜祥和的景象，於是就鴿子一樣呼啦啦降落下來。一開始他們是通體透明的，也無須吃喝，因爲喜悅就是他們的食物；也沒有男女之分，不知婚姻家庭房屋財產爲何物。可接下來情況就發生了變化：看見麋鹿在泉邊飲水，他們也好奇地掬上一口，結果身上的光熄滅了；又看到鳥兒在啄食草籽，他們也嚐了一下植物的穗子，於是顯出了粗陋的形體。接下來，貪圖口腹之欲者越來越醜，懂得節制者尚能維持天人的美貌，因而他們心生嗔恨，好看的瞧不起難看的，難看的又妒忌好看的。接下來，重感情的變成了女人，反應遲鈍的變成了男人，嘀哩嗒啦的男女物件也紛紛冒了出來。在其後的日子裡，無法克制的食慾和性慾弄得他們狼狽不堪，本有的清靜快樂煙消雲散，不知不覺就跟地上的飛禽走獸一樣了。直到有一天猛然醒悟過來，他們已被困住在大地上，張開兩臂撲打著想要飛起來，卻被滿肚子的屎尿墜著，再也無法回到天上去了。

「我們都是尊貴的天子。」每次演講完畢，隆卜舅舅就重申一遍他那驚世駭俗的結論。同時他也烏鴉振翅般搧動幾下毛褐子斗篷，撲騰出來的氣味使人們不由後退幾步。那個臭烘烘的騙馬匠卽便走在平地上，也跟一匹負重爬坡的公馬一樣一步一個響屁，衆人面前雖然有所克制，斗篷底下時不時也會掀起一股小小的風暴。

隆卜舅舅的說法至多讓見多識廣者莞爾一笑，茶馬鎭人聽了卻十分受用，相信那一切都是眞的。也有人希望得到進一步確認，忍不住追問一句：「能不能透露一下，隆卜舅舅，這些都寫在哪一本書上呢？」

每當此時，那傢伙就從懷裡摸出個棕色玻璃的扁瓶子，裡面灌著土法釀造的青稞燒酒，抿上一口然後咧嘴而笑：「烏鴉告訴我的。」

就那樣，隆卜舅舅將他精心繪製的沙盤一把抹掉，讓翺翔於雲端的人們一下子又跌落凡塵。

但他又不忘提醒一句：「茶馬鎭的虛空裡有扇門，開了天眼的人都能看見。你們莫要忘了，哪一天清除了腦子裡的欲望和肚子裡的屎尿，把自己弄得清清爽爽的人，就能通過那扇門重返天界。」

隆卜舅舅的故事烙印在天賜心底，從那時起，他就癡迷此類不著調的事兒。烏鴉能解開打了七個死結的乾糧袋，或者從屋簷下一次只偷走一塊風乾肉而讓人不易察覺。據說烏鴉還能在雪地上寫字，用那粗壯的喙寫下甲骨文一樣神秘的文字。人有人言獸有獸語，一般人當然聽不懂烏鴉在說些什麼，常年跟烏鴉待在一起的隆卜舅舅可能是個例外。

上學以後，天賜還旁聽了自然課老師跟隆卜舅舅的一場辯論。兩個人在雪地上唇槍舌劍互不相讓，臨了隆卜舅舅也沒有拿「烏鴉告訴我的」來否定自己，堅守陣地直至大獲全勝。他覺得那並非是個坐井觀天或因嗜酒而思維混亂的人，從此就有點敬佩隆卜舅舅了。

相對而言，馬場街老張鐵匠的說法則實際得多。那個一輩子打切刀釘馬掌的老人活到了一百零八歲，最後倚在他的砧臺上無疾而終，在人們心目中留下了鐵砧般沉穩的形象。

按老鐵匠的說法，茶馬鎮這地方還沒人居住時候，只是內地商販跟草地牧人進行茶馬交易的隱秘山谷。明太祖朱元璋當政時期，輸入西部草地的茶葉完全由朝廷控制，以茶易馬的交接儀式每三年舉行一次，也只限定在人口密集的州府衛所，並嚴格控制交易數量，以防嗜茶如命的草地牧人得到滿足後難以節制。那時茶馬交易的法令一度上升為國策，朝廷頒布了嚴格的巡察制度，民間交易一經發現即為殺頭之罪。據說朱皇上有個女婿叫歐陽倫，私自弄到一紙官茶批文，指派下人販運黑茶牟取暴利，不料運茶車隊在西部驛站被截獲，朱皇上聽了勃然大怒，當卽下令將女婿處以極刑，所有涉案人員梟首示衆。因而這裡的茶馬交易極爲隱秘，人們用的都是暗語，每到約定日期，只說要去山谷裡熬茶踩青消閒會友。每年春秋兩季的固定日子裡，這個以山峰和河流爲屏障的山谷總會熱鬧上那麼幾天，帳篷像雨後的蘑菇紮堆出現，成群的駿馬奔跑嘶鳴，會很快啃光齊膝深的花草。每天黃昏時分，帳篷間煙霧瀰漫人影綽綽，茶客和馬客面對面笑而不語，只需在袖筒裡捏捏對方的手指卽可達成交易。三天之後，茶販子趕著成群的駿馬渡河而去，牧人們則將竹簍茶包馱上馬背，迅速消失在蒼茫的西部荒原，山谷又歸於長達半年之久的寂靜。這個秘密集市總是雲聚雲散般不留痕跡，人們臨走拔掉帳篷橛子，用茶水澆滅餘火，三塊一簇的黑石頭也很快被瘋長的野草掩沒。

茶馬交易的禁令自然消亡之後，這個隱秘山谷並沒有就此沉寂下去。其實在茶馬黑市的後期，這裡的民間交易已擴展到其它貨物，東部農民會拿青稞、瓷碗和馬蹄鐵換取西部牧人的乾奶渣、羊毛和皮張。交易日過後，人們再也不會風捲殘雲般盡速散去，不少人選擇留居下來，尤其看重風水的茶客率先圈地，築起了厚實的乾打壘莊窠，張鐵匠的先人就是那時安家落戶的。此後，黑河東岸開荒種地的，西部哈拉瑪草地放牧牛羊的，陸續將一部分家業轉移過來，忙時回去打理農田或牧場，閒時來此建房造屋，他們比鄰而居互通有無，這裡便出現了一個雞鳴犬吠、煙火繚繞的村落，慢慢也有了茶馬莊的地名。茶客和馬客的後代在這裡繁衍生息，他們不受外界動亂的侵擾，也沒有居心叵測者挑起事端相互傷害，繁盛起來的茶馬莊便成爲他們共同的家園。

茶馬莊人腳踏實地櫛風沐雨，從幽暗的歷史深處一步步走來——這樣的說法足夠令人信服。到了天賜上學的時候，茶馬莊已更名爲茶馬鎮，老鐵匠的口述歷史也被官方採納，由鎮政府的秘書寫進了茶馬鎮正史。由此他也明白，如今門枋兩邊貼著紅對聯的是茶客人家，而門楣上貼著「十相自在」圖像或掛著白布經幡的，明顯就是馬客人家。如此對號入座，跟他一起在泥水裡滾大的刀吉桑吉兄弟便是馬客後代，而他吳天賜無疑就是茶客的子孫了。

12

來到鎮子南坡邊，吳教授看到自家莊窠已經牆皮剝落，一副年久失修的樣子。爺爺奶奶去世後，父母搬到縣城去住，老屋就留給了他的弟弟一家。那時縣裡剛剛建起一家官辦的中醫院，已接替爺爺成爲民間郎中的父親就被召了去，發了砸著鋼印的從醫資格證，成了拿固定工資的編制內醫生。今天他只是想去問候弟弟弟媳一聲，順便看看簷下那些花花草草是否還在，樹下是不是落滿熟透了的黃杏子。

他不知道老屋裡已經沒人居住了。繞到屋前的時候，他看到雙扇木門緊閉著，門道裡一對少男少女正抱在一起，靠在門板上行那人間的樂事。顯然，他們是來茶馬鎮尋找詩與遠方的城裡孩子，男孩的牛仔褲絆在腳踝，女孩的裙子撩起著，一條白腿勾著男孩的腰，就如印度神廟裡的性愛雕塑。兩人已進入三昧大樂，女孩鼻子裡發出嗚嗚的呻吟，門扣上的大鐵鎖和他們雙肩包上的掛飾一起叮噹作響。吳教授有點惱火，可隨即又想起一個故事來。那故事說，有個老頭騎馬趕路，發現前面土坎下一對男女疊羅漢，老人急忙求告道：「穩住年輕人，千萬別動，爺爺我的馬會詫的！」他沒有座下之馬可以受驚，卻擔心自己突然出現會嚇著兩個年輕人，若是突然打斷，難說會給那男孩留下什麼難以治癒的後遺症。雖然他覺得有點晦氣，還是迅即轉身離開了那裡。

坡頭老楊樹下也站著些男女遊客，望著黑河對岸白雲朵朵的山林指指點點。他家老屋西側是刀吉和桑吉家的樓房，門頂露臺上的煨桑爐裡餘煙嫋嫋，也不見有人走動。他看著那些高大蒼老的楊樹，以及樹下潮濕的泥土地面，兒時遊戲打鬧的情景一幕幕閃現眼前。幾十年一晃而過，歲月使老一輩人頭染霜雪，也使無憂無慮的孩童改換了容顏，各自掙扎在欲望和煩惱的深淵。

他隨即拐入去往鎮子西頭的小巷。他急於見到隆卜舅舅，那已經上升爲今天的正事。他要跟可能已經老邁的隆卜舅舅聊聊，弄清楚在卓瑪身上究竟發生了什麼。

隆卜舅舅的稱呼可能源於那個外甥女。早年他只是被呼爲騙匠隆卜，屋前敞院裡立著一排排原木架，屋簷下掛著一盤盤油膩的皮繩，窗臺上擺放著鏽跡斑斑的月形外刃刀和幾把長柄烙鐵。直到那個兩眉間有顆紅痣的外甥女投奔了他，人們才改換了對他的稱謂，使他榮升爲茶馬鎮所有人的舅舅。吳教授猜想實際的情形就是如此，只是不能確定。但那無關緊要。那時卓瑪常常跟他和刀吉桑吉兄弟一起玩兒，上小學的時候偶爾也能見面，可他離開茶馬鎮以後就完全失去了她的消息。他想即便在卓瑪身上發生了什麼不幸的事，跟活佛也不會有什麼牽連。可他同樣無法確定。在他跟刀吉桑吉兄弟倆後來的交往中，他們似乎從未提到過卓瑪，仿佛那個名字會燙著他們的嘴唇。如此看來，他的願望終歸是願望，實際的情形仍不得而知。如今，時間已經到了一個非同尋常的節點，他需要弄清楚活佛跟卓瑪有過什麼樣的情感糾葛——他需要知道，如今活佛做出那個重大決定的時候，內心深處是否還隱藏著什麼不爲人知的秘密，甚至殘留著愧疚與悔恨的陰影。所有「如是我聞」的經典裡都說，只有心無掛礙的人才能獲得解脫，自由出入於法界。這很重要，他想。雖然他算不上是個佛教徒，但對此深信不疑。

13

在鎮子西頭隆卜舅舅的敞院裡，吳教授推開虛掩的門貿然闖入時，眼前全是清一色的烏鴉。他還沒弄清怎麼回事，預感中的「晦氣」就降臨到他的頭上了。

兩間平頂北房的屋簷上，西邊土崖下一排三層的籠舍上，院子中間的拴馬架上，全是那些背羽上藍光浮動的扁毛畜生。它們有的扭著脖子在梳理羽毛，有的左一下右一下在木頭上刮擦著粗壯的喙。小時候他看到這裡聚集著許多烏鴉灰鴿和野兔旱獺，也見過隆卜舅舅肩上載著三兩隻紅嘴鴉，一步一個響屁在大街上招搖而過的身影，沒想到如今這裡黑壓壓全是醜陋的大嘴烏鴉，簡直稱得上是個烏鴉的王國。

突然聽到有人捏著鼻子在叫：

「歡迎來到茶馬鎮！」

他東張西望並不見人影，最後才確信是一隻蹲在缸沿上的體型嬌小的烏鴉在發話。它顯然具有拿破崙皇帝一樣的威嚴，其餘烏鴉都紛紛振作精神，點頭翹尾地附和著。接著那小傢伙發出一陣哈哈哈的笑聲，像是人聲又顯生硬，吳教授不由脊樑發麻。「真他媽見鬼！」他嘟囔道。

緊接著，那小東西又模擬老人的聲音說道：

給我圓的，我說一句；
給我長的，我說兩句；
給我酥的，全都告訴你。

在接下來的寂靜中，那些法官般披著大氅的傢伙齊刷刷盯著他，翅尖尾翼剪刀般開合著，等待他做出正確的回答。

吳教授仿佛站在傲慢的獅身人面像前，大腦飛速運轉，卻想不出哪怕較爲切近的答案。他清楚烏鴉詭計多端，沒想到竟有如此之深的套路。他的窘迫最終化爲惱怒，揚手跺腳大聲驅趕道：「去去去！都給我見鬼去吧！」

那些畜生的反應讓他措手不及。所有烏鴉一齊哇哇叫著展翅向他襲來，他眼前一黑就陷入了混亂的旋渦。他耳邊掀起呼呼風聲，感覺無數乾硬的枝條抽打在他的頭部和肩膀。起初他覺得那樣的懲罰尚可忍受，直到他的眼鏡被打落在地，同時聞見一股股令人作嘔的酸腐氣味時，才發現得到的賞賜是多麼豐厚：他渾身流淌著白綠色的粘稠糞便，像個剛剛從化糞池裡掙扎出來的瞎子。

患有潔癖的吳教授遭了滅頂之災。他捉住一隻又一隻烏鴉的翅膀，不斷將它們狠勁摔在地上。他俯身摸起缺了一隻鏡片的眼鏡，來不及揩一把額頭的糞便就倉皇逃了出去，死死扯住了絞鐵門扣。

那些得勝的傢伙紛紛擠在牆頭朝他哇哇詛咒，仿佛他是個私闖民宅的小偷。不知是糞便的刺激還是驚嚇所致，他呼吸道痙攣的毛病卽刻發作起來。他急忙從褲兜裡摸出塑膠噴槍，張大嘴巴哧哧哧猛噴起來。

第五章

14

烏鴉大戰吳教授一幕，被右側小木樓上的火家婆看得一清二楚。老太婆坐在那邊的露臺上朝他招了招手，吳教授覺得他的麻煩才真的來了。

那是他當年女友火花的母親，若不是他找藉口逃避了那樁婚姻，可能早就是他的岳母大人了。他清楚那老太婆絕非慈眉善目的菩薩，何況他虧欠著人家。

作爲掌管茶馬鎮火神廟香火的人，火家婆的名號代代相延，上一輩火家婆離世，下一輩女性中的一位才擁有那個身分。有趣的是火神似乎偏愛女性，火家世代皆爲獨苗，且無一例外都是女兒身，無須爭搶那份榮耀，當然卽便厭棄也是無法擺脫的。對於歷代火家婆，人們提及最多是當屬火花的曾祖母。據說那任火家婆開了天眼，無意中窺視了尼拉木山神的秘密：那位大神勾引了另一位山神的漂亮妃子，光天化日在山頭的大平石上起勁地嘿咻，一時大地爲之震動，黑河也嘩嘩嘩掀起了巨浪。她看得臉紅心跳的時候，沒想到山神朝她的方向指了指，一道白光閃過，她的兩眼立馬就失明了。山神的懲罰還持續到下一代，當她生下火花的奶奶時，那孩子一出世兩眼就蒙著一層白翳，看不到黑眼仁在哪兒。火花的奶奶長大成人後，曾祖母就因爲自責而減少飲食，一直到身子縮回到七八歲女孩兒的模樣，她的靈魂才輕飄飄飛升起來，穿過隆卜舅舅所說的那道門返回了天界。

出生在火家木樓上的女孩兒還自帶另一個光環，樓下火塘裡埋著茶馬鎮的不死之火，她理所當然就是那聖火的傳人。據說那是源於六百年前茶客和馬客熬茶的火種，如今每年茶馬節之夜的篝火就是從那裡引燃的。那不死之火的來歷也許早於火神廟的誕生，本該保留在神廟的聖火爲何一直被火家私藏，如今已沒人說得清其中的緣故。火家木樓的簷柱上總是掛著幾盤火繩，是用胡麻杆纖維揉雜了火絨草搓成的，當年火家婆出門總要帶上一頭燃著暗火的火繩，方便人們在大街上跟她對火。茶馬鎮人固執地認爲，用那天然之火熬茶煮飯，味道才算得上純眞地道。

一代代火家婆也是茶馬會的成員。在老張鐵匠的故事裡，那個民間組織也從茶馬黑市的篝火邊延伸而來。山谷裡出現村莊，房屋逐漸密集起來之後，凡有重大事件需要處理的時候，茶客和馬客會推舉出各自的代表，在空地上搭起臨時的帳篷升火熬茶，幾個人圍坐火堆邊嗚哩哇啦扯上半天，不費多大工夫就達成了一致的意見，或拿出一套切實可行的方案來。他們偶爾也邀請尼拉木寺的活佛參與進來，那往往是血氣方剛的馬客後代相互間動了刀子甚至出了人命，對方興師動衆準備血債血償的時候，活佛的調處總會讓他們將刀子重新插回刀鞘。火花奶奶健在的時候茶馬莊已改爲茶馬鎮，派駐了相應的政府機關，傳承數百年的茶馬會就變得形同虛設，火神廟也常年冰鍋冷灶無人問津。一直到火花的母親成爲火家婆，茶馬會的調解作用又被政府適度利用起來。

茶馬鎮開放爲旅遊景區後，馬場街那座破敗的神廟也死灰復燃，成爲遊客們趨之若鶩的熱門景觀，火家婆自由女神般舉起一盤火繩的大幅照片還登在內地都市報的頭版。那是一位旅遊記者拉她擺拍的，背景是那座老磨房似的火神廟，並配發了一段極爲煽情的文字，言之鑿鑿稱其爲東方女火神普羅米修士。其實那時早已沒有人拿一把青稞草等在街頭，對火後噓噓吹著一溜煙跑回家去，火家婆出門仍不忘衣扣上掛一小圈火繩，只是表明火家世代相沿的職責與榮耀。火家婆平時也替人掐掐算算驅邪禳災，在一年兩次的廟會期間主持火神祭奠儀式，每月的初一十五也需要去廟裡掃地拂塵，在人們跪拜叩首時敲響那口聲聞全鎮的鑄鐵老磬。

火花的母親年輕時漂亮潑辣，曾瘋狂追求過被認爲格薩爾一樣英俊的小夥子紮西。那時紮西已跟後來成爲妻子的班瑪相好，火花的母親卻是自信過了頭，決心後來居上取而代之。她常常跑去牧場，讓紮西騎著馬摟著她在草地上飛奔，或者跟紮西一起坐在山包上，讓他吹鷹翅骨笛子給她聽。她擺弄出種種色相來引誘，希望紮西頭腦發熱生米做成熟飯，但緊要關頭那傢伙總是偃旗息鼓，一次也不上她的套。直到紮西跟班瑪結婚並生下雙胞胎刀吉和桑吉，火花的母親才降格以求，跟隔壁的騸馬匠隆卜有了來往。那時那個單身鄰居也還年輕，拿馬卵子當飯吃的身體足夠威猛，可她的心始終沒有交給他。她覺得那騸馬匠不僅臭不可聞而且也太醜了，晚上跟他一起從不點燈，大白天也恥於夫妻般出雙入對。騸馬匠的床上功夫倒也無可挑剔，她曾在大街上向人賣弄說：那騸匠應該把自己騸掉，每晚都折騰到天亮，好像要讓她生出一百個孩子來。即便女兒火花出生以後，她也不願跟那臭男人一口鍋裡吃飯，每天清晨他剛離開，就將他故意落下的東西隔著牆扔過去。

在吳教授還是孩子的時候，常和刀吉桑吉以及他們的妹妹德吉去那裡玩，一邊有隆卜舅舅的外甥女卓瑪，另一邊是火家的獨苗兒火花，他們的年齡基本相仿，聚在一起正好是三男三女的玩伴兒。那時火花的瞎眼奶奶還在。那個雙目覆著白翳的薩滿婆通常是火神附體，有時也自稱替尼拉木山神代言，神靈上身嗓門立刻就變爲男性。有天他們碰見老太婆盤坐自家炕頭，替一個前來求助的病弱女人驅邪。那個通靈者頭上插著幾根野雞翎，臉上抹著一道道鍋底灰，身上掛滿了馬眼大的銅鈴鐺，扮成一副兇神惡煞的模樣。炕桌上擺著糌粑捏成的尖頂食子，腦漿般的紅白乳酪流得滿桌都是；炕沿邊的火盆裡架一口黑鍋，鍋裡的菜籽油汩汩沸騰著。屋樑上吊下來一個巨型鼙鼓，手邊還有一隻沙漏似的雙面手鼓和一對銅鈸。老太婆先是唱歌般念誦咒語，大鼓小鼓和銅鈸也交替作響，叮叮噹，咚咚鏘，叮叮噹噹咚咚鏘，頂棚上的灰土都震落下來。當歌聲和鼓鈸戛然止息的時候，老太婆兩眼翻白直挺挺呆了半晌，接著像劈頭澆了冷水的山羊撲棱棱打個寒顫，滿身鈴鐺嘩啦啦響起來。她的兩隻白眼球鼓凸出來，指著炕沿下跪著的病人厲聲呵斥：該下油鍋的，還敢賴著不走！接著含一口燒酒噗地噴在火盆裡，火焰轟然騰起，鍋裡的沸油也被引燃。紅黃的火舌舔著焦黑屋樑時，孩子們嚇得屁滾尿流奪門而出，覺得整個木樓熊熊燃燒了起來。

在後來春情萌動的歲月裡，天賜就跟火花有了單獨來往。那時火花胸口的花襯衫已被頂起來，他的目光觸及，就想起自家南牆下剛剛出土的大黃：每年第一場春雨過後，爺爺從山林移植而來的那種藥材就頂出地面，紫紅色的嫩葉緊致地裹爲一團，茁壯得眼看就要爆裂了。他爲她傳遞過幾封故弄玄虛的「隱形書信」之後，二人就在火花的閨房裡偷食了禁果。那是他人生的第一次冒險，期望中的奇妙體驗卻在火花的叫喊聲中化爲烏有——她沒命地扭動身子哇哇亂叫，他以爲她會因此而一命嗚呼。幸虧當時火花的奶奶和母親都不在家，否則也會讓他下了油鍋的。別看清純美麗的火花還是個女孩兒，將來無疑也會成爲火家婆裝神弄鬼的，想想那個眼膛翻白口裡噴火的老巫婆，他更是心有餘悸。莫名的悔恨使他消沉了好長一段時間，之後便有意疏遠了火花。可在兩家大人眼裡，他倆的關係已是板上釘釘，因而在他赴京求學的前夕，兩家已約定了吉日，父母要帶他去火家提禮訂婚。他死活不去，被逼無奈就答應等他放假回來再去。結果他是黃鶴一去不復返，直到後來謀到安身立命的職業，也只是偶爾寄錢給家裡，人從來沒有回過茶馬鎮。

吳教授已將那些忘得一乾二淨，即便能想起來，他也不會去驚動火家母女。此前他已聽說，火花已跟坐鎮茶馬鎮多年的鎮長同居並有了孩子，既已如此，他就更沒必要晃動在火花面前了。可是現在，那個眼窩深陷的薩滿婆招手呼喚他，他不能陌路人一樣一走了之。

他一時找不到眼鏡布裝在哪兒，抽出掖在牛仔褲裡的襯衫前襟，胡亂擦了擦所剩一隻鏡片上的烏鴉屎。然後他戴正眼鏡，像個落難的加勒比海盜走了過去。

15

頭上塗著烏鴉屎的吳教授走上火家木樓時，老太婆停下手裡捻動的毛線陀螺，皺著眉頭用巴掌搧著空氣叫道：「呸呸呸，我最討厭這氣味了！」

「要不我明天再來？」他在樓梯口停下了腳步。他覺得老太婆是要給他一個下馬威，而他也巴不得卽刻轉身就走。他確實需要洗個澡，換一身乾淨衣服了。

在火家婆深陷的眼窩裡，兩隻小小的褐色瞳仁就如樓下火塘裡暗藏的火星。那是個精明透頂嘴巴又不饒人的老婆子，只需盯著你看上兩秒，就會毫不留情兜出你心中的秘密。她冷笑道：「又想溜走是吧，你這壞小子！」

不過火家婆隨卽收斂了她的刻薄，咧開嘴笑了笑說：「別擔心小子，今兒我不會興師問罪的。」

火家婆放下手中活計，端來一盆水讓他洗了頭臉。接著她換上一盆清水，並找來一件男式外套扔給他，命令他脫下襯衫。水盆裡的陽光投射到簷下，一圈圈漣漪在木格窗櫺上蕩來蕩去。他記得那裡就是火花的閨房，似乎還聽得見她那驚心動魄的喊叫。想想也是好笑，當年心驚膽戰的冒險非但沒嚐到什麼愛情的甜蜜，倒成爲日後坦然相見的障礙。不過看來火花並不在家，這讓他懸著的心落了下來。

他爲難地站在水盆邊，直到火家婆狠勁扽了扽他的襯衫袖口，才將變得像帆布一樣僵硬起來的襯衫脫了下來。讓一個老太婆處理此事未免欠妥，實際上火家婆也並沒有那樣去做。她只是示意他將襯衫丟進盆裡，然後憋著氣別過臉，用腳踢著將盆子移到一邊的角落裡去。

火家婆爲他倒了杯茶，然後重新坐在墊著舊褐子和羊皮的躺椅上，轉起了她的毛線陀螺。「你太聰明了天賜，走的卻是歪門邪道。」老巫婆一語雙關地說。不過她隨即將話題限定在當下，「你該先來問問我，小子。推開那扇門卻不知道怎麼對付那些畜生，誰的下場也不比你更好。」

火家婆說，早先來老鎮旅遊的人都喜歡湊在那兒看稀奇，直到有人被抓破了臉，有個女人的耳環套在烏鴉爪上扯豁了耳朵，那門口才漸漸清淨下來。

吳教授漸漸擺脫尷尬，順水推舟討論起那些該死的烏鴉來：「烏鴉又不下雞蛋，隆卜舅舅白白養著它們幹嘛？」

「他的祖父死在去拉薩朝聖的路上，靈魂寄託在一隻烏鴉身上飛回來報信，他就把那些扁毛畜生當成了先人。不過那也沒費他多大功夫。每天一大早烏鴉飛到北邊山谷裡去，僧人們會撒些剩米飯，揉些乾餅子。吃飽了它們就回來曬太陽，晚上也在那裡過夜。」

「它們還說人話呢，」他推了推失去平衡的眼鏡框，「那個斯芬克斯一樣的謎語，到底有沒有人猜中過呢？」

「什麼斯芬克斯？壞小子，別跟我來那一套。告訴你，說話的可不是烏鴉。」老太婆變得和藹起來，仿佛當年那個既聰明又文雅的天賜眞成了她家女婿，耐心解釋道，「那個臭男人訓練了一隻鷯哥兒，強迫所有烏鴉聽從它。別看那麼個小不點兒，它能把不聽話的老烏鴉啄得渾身精光，跟燙過的母雞一樣。它說的可不是什麼謎語，只是向你討些吃的。你應該帶上圓的和長的禮物去見它們，那就是豌豆和青稞。酥的是麵包，它們最愛吃的。本來就是一群討厭的畜生，讓那個臭男人教唆得更壞了！」

他才覺得高估了烏鴉，丟失的自尊又找了回來。他接著問道：「隆卜舅舅去了哪兒？什麼時候回來呢？」

「那要看情況。天一亮就跟他的先人們一起動身，烏鴉在天上飛，他在地上走。烏鴉去寺院尋吃的，他去北邊路口刻瑪尼石。他在佛像前立了誓，到死要刻滿十萬八千塊石頭。

傍晚回來時還要沿路撿垃圾，人們隨手扔掉的蛋糕啦麵包啦，帶回來丟給他那些祖宗，若是碰見熟人，可能就東拉西扯聊到看不見地上的草棍兒。我可能忘了告訴你，小子，他那臭皮囊如今只是拿酒來養著。多虧我的火花願意孝敬他，每天都幫他灌滿那個棕色的扁瓶子。他已經是紮住了糌粑口袋的人，天不管地不收的，哪裡在乎時間的遲早。」

火家婆聊著隆卜舅舅的事兒，忽而抱怨嘲諷，忽而又誇讚兩句，一副既嫌棄又憐憫的樣子。就那樣不知不覺已到後晌，火家婆突然問他幹嘛要找那個臭男人。他說，聽說隆卜舅舅的外甥女卓瑪早年失蹤了，還不清楚怎麼回事呢。

「見過阿拉合身邊的安靜了吧？」火家婆反問道。

他點了點頭。他猜測老太婆的意思也跟年輕僧人們一樣，就驚異地看著她。

火家婆笑道：「要是她真的轉世回來，也該有那麼大了。」

「卓瑪真的死了？」他驚訝地問道，「到底怎麼回事？是病死的，還是出了什麼意外？」

火家婆白了他一眼：「一個大男人，怎麼見風就是雨？我可沒說她死了。話不能那麼說，小子！」

他盯著火家婆，愈加莫名其妙。

火家婆斜著眼問道：「壞小子，你忘了我家火花是吧？臭男人們都一樣的貨色，占到便宜就跑得沒了人影，誰也好不到哪裡去。我問你，那時你故意躲著火花，是不是想找個天仙女？你城裡的老婆呢，是不是比她還要好看？」

「是不難看。只是……一起也沒過多久。」

「是嗎？」火家婆嘴角漾起一圈漣漪，好像老天已幫她懲治了這個負心漢。她說，「不過，如今火花也輪不到你來關心。知道嗎小子，鎮長可是有本事的人，也是個靠得住的男人。他不像你天賜，是個叫得好聽卻要飛走的布穀鳥。」

他歪著頭嗅了嗅混合著煙酒氣味的外套領子。那是一件四個兜的藍色幹部服，款式已經過時，如今的領導都穿藏青色的翻領夾克。無論如何，火花的男人是茶馬鎮的頭面人物，至少不會讓她因錢物的匱乏而受困窘，對一個漂亮女人來說，那才是重要的。只是關於卓瑪的下落他仍一無所知。「我是說卓瑪……」他提醒道。

「好吧。既然你放不下那個卓瑪，那我告訴你。她失蹤是因爲懷上了孩子。一個裹著袈裟的女子，天天吃齋念佛，肚子卻突然大了起來。你想想小子，那讓她怎麼見人？就是躲在鐵瓦殿裡也藏不住那個秘密！」

卓瑪有了孩子？誰的孩子？他緊張地盯著火家婆兩片薄嘴唇，希望她說出的不是活佛的名字。

「有個不要臉的男人糟蹋了她，倒讓阿拉合背了壞名聲，差點還當不成活佛了！」火家婆說著就來了氣，「阿拉合是啥人我不清楚？我也清楚禍害卓瑪的那人是誰。那個人的名字就在我嘴邊，就是不想說出來。你不是不知道天賜，茶馬鎮人不喜歡背後說人壞話，心裡清楚就夠了！」

卓瑪的遭遇讓他震驚，但謝天謝地，活佛是淸白的。至於哪個不要臉的男人害了她，他倒是一點兒興趣也沒有。就如火家婆所說臭男人都是那樣，非但如此，一些人還拿它作爲吹噓的資本，成倍誇大得手女人的數目。

咚地一聲，火家婆將重得提不起來的線陀螺杵在地上，盯著他的眼睛問道：「我問你天賜，這次阿拉合叫你回來，是不是因爲那個快要死了的哥哥？」

老太婆眞是無所不知，他想。但他不便透露活佛的計劃，於是避重就輕地回答道：「我的女助手是醫科大的研究生，她或許能幫上點兒忙……」

「靠屁吹火呢！城裡大醫院都判了死刑的人，你的女助手就能讓他起死回生？她是崑崙山上的西王母，手裡捏著起死回生的靈芝嗎？」火家婆冷笑道，「小子，想矇人你可選錯了對象。告訴你天賜，我淸楚你們想幹什麼。阿拉合是想把那個人從閻王手裡奪回來，他需要你這個逮得住鬼魂的人來搭把手。說句公道話，他們兄弟倆爲茶馬鎮做了不少事兒，這我們都記著。可那個人做的壞事不止那一件，而是車載斗量！他手裡攥著大把的票子就想上天入地，連你吳天賜不是也脬子跟著毬打露水嗎！如今他聽不進阿拉合的話，也不把我們茶馬會放在眼裡。善惡果報自有天定，陰司判官的黑白石子兒可不會算錯的！」

他一下子僵在那兒。雖然火家婆不肯說出那個人的名字，可那人是誰再也明白不過。他像被薩滿婆下了毒蠱一樣目瞪口呆，略微回過神來的時候，卻斷然否定了那個可能。他想，或許茶馬會的老人們在刀吉那兒屢屢受挫，憋了一肚子怨氣的老太婆只是借題發揮罷了。

16

日影移上屋簷，吳教授準備起身告辭的時候，沒想到火花卻回來了。

火花牽著個五六歲的男孩兒走上樓梯，看見他先是一愣，接著就紅了臉說：「你是來討火的吧吳瘋子？樓下火塘裡壓著火，自己去點好了！」

這正是他要回避的局面。不過由於有著足夠的心理準備，如此的嘲諷他還是受得起的。他側著腦袋，母雞瞅架般從一只好的鏡片裡看著她：勻稱的身材，得體的打扮，鼻樑挺直雙目流光，唯她的嘴唇略嫌豐厚——當然那也是他喜歡的模樣，造物主賦予了她別樣的性感。顯然，她是茶客與馬客的混血，混了多少代卻已無從查證了。跟刀吉的女人香草一樣，眼前的火花仿佛也得到歲月的赦免，額頭的肌膚光潔細膩，連眼角有沒有魚尾紋都看不出來。他張了張嘴，喉頭卻像塞著棉花，未能叫出久違的火花二字。

他急忙移開目光，去看跑到一邊自顧玩耍的孩子。見那男孩兒方面大耳虎頭虎腦，不由心中感慨：那鎮長是何等陽氣衝天的人物，一舉解除了火家世代只生女孩兒的魔咒。

一旁冷眼觀察的火家婆提起嘴角笑了笑，隨即打圓場道：「火花你才來呀？讓人家天賜等了一下午。我想他是專門來找你的，只是忘了我家大門開在左邊還是右邊。好了火花，趕緊去收拾晚飯。吃飯的時候你們慢慢聊吧，這小子肯定有話跟你說。」

火花卻不吃那一套。她徑直走向自己的房間，一邊回頭對她的母親說：「讓我來舉案齊眉伺候他？別想了媽媽。人家是京城裡的大教授，我火花這輩子還沒修來那個福報呢！」

「我想我該回去了。」吳教授對火家婆說。他看了看水盆裡泡著的襯衫，心想那件就不要了吧，沈菲在他的行李中打著一大疊乾淨襯衫呢。可光膀子出去肯定不行，他就將那披著的幹部服套上袖子，扶著欄杆戰戰兢兢下了樓梯。

第六章

17

老鎮西北高地上的煨桑臺，過去只擺著一圈煙薰火燎的黑石頭，如今已砌了半人高的四方基座，外壁還刷了白灰。煨桑臺右側，地表拱起盤龍臥虎似的灰白岩石，就像大地裸露出來的雄奇骨骼。那石花斑斕的岩石斜面上凹陷著一些深淺不一的小腳印，有左腳的，有右腳的，也有雜遝在一起的，當年三虎崽常去那裡，爭搶著將自己的腳丫放進去。對他們沾滿泥巴或故意踩踏過牛屎的小腳掌來說，那些腳印有的嫌大有的略小，有的則剛剛好。那時人們的說法跟隆卜舅舅的奇談怪論如出一轍，或許最初就出自隆卜舅舅之口：在茶馬鎮還沒有人煙的年代，那裡是小仙童們歌舞娛樂的宮殿。如今，一些清晰規整的小腳印被人們撫摩得油黑發亮，旁邊還抹著酥油粘著羊毛，而且，連那岩石周圍的一大片砂礫地面都被柵欄圍住了。

離開火家木樓，吳教授恍恍惚惚走到了那裡。他隔著柵欄瞅了瞅，想起兒時將腳丫放進石窩的情景。柵欄前立著塊牌子，他湊近去看，只見赫然寫著「活佛神跡」四個大字。接著，他又歪著頭從一隻鏡片裡讀出了下面的幾行小字：

尼拉木寺十二世活佛薩曲梅隆・桑吉堅參幼時常來此處，帶領小夥伴們做誦經禮佛的遊戲。他的腳掌踩在岩石上，岩石軟泥一般陷了進去，留下了這些神奇的腳印。

薩曲梅隆・桑吉堅參是桑吉入寺以後的法名，牌子上寫的倒好像另外一個人。吳教授晃晃腦袋，心想有的人可能需要諸如此類的神話故事增其分量，而他熟悉的那個人是不需要的。當然，那也許只是旅遊開發催生出來的應景之物，就如老鎮裡那些石牆土屋，以及尼拉木寺裏著袈裟踽踽獨行的僧侶，一定程度上可以滿足內地遊客的好奇心。

此時，一個三十來歲的長髮男子從另一側走上煨桑臺。那人懷抱一捆柏枝，口裡嗚哩嗚啦念著什麼咒語。吳教授認不出那人是誰，甚至拿不准他是不是茶馬鎮人。年紀小於他的他都認不出來，但基本常識告訴他，那身材粗壯、五官更具立體感的男人，應該是來自哈拉瑪草原的牧人後代。

那人見他相貌衣著很不搭配，可能將他當成了落單的遊客，甚至是需要提供幫助的落難之人，就用奇怪的目光打量一陣兒，試探著招呼道：「哈啷！」

吳教授瞪著眼沒吭氣兒。

那人伸手指了指西邊天空。吳教授扭頭去看，遠處哈拉瑪草原升起了連天接地的烏雲。那人說：「回新區的話，我用我的馬送你。」他又朝那邊努了努嘴，「我的馬就在那兒。」

醉馬草湧動的斜坡下，一條小河閃閃爍爍向南流去，遠處有座歪歪斜斜的老磨房。他想起來，在桑吉還未被認定爲轉世靈童之前，有次獨自去了那裡，在磨房裡睡了一夜。第二天誰也不知道他去了哪兒，小女孩卓瑪卻領著桑吉的母親，徑直去那裡找見了他。在當時來說，那倒是一樁讓人無從解釋的奇事。如今，那搖搖欲墜的磨房附近還駐紮著一頂黑牛毛帳房，一些紅的白的青的河曲馬散佈在周圍的草地上。他不清楚那帳房和馬匹是何時出現的，但眼前這人顯然是那裡的主人。見那人還站在原地等他回話，他就搖了搖頭，表示他哪兒也不去。

那人便埋頭去做自己的事。他在煨桑臺上點燃柏枝，將一袋混合桑料倒在火堆上。濃稠的桑煙升騰起來，又被忽東忽西的山風吹散，青稞炒麵、酥油以及糖果被燒灼的香味飄散開來。那人又從懷裡掏出一隻裝了柄的風馬印版，舉起來一下一下在桑煙上拓印著，一邊高聲呼喊：拉嘉勒！拉嘉勒！

吳教授大致聽得懂馬客的話，知道那人喊的是神勝利了。那煙盒大小的木板上刻著凌空飛翔的駿馬，馬背上馱著火焰如意寶。那是牧人們祭獻給尼拉木山神的禮物，得到供養的山神將戰無不勝。隨著那人不停地拓印，他覺得馱著珍寶的無數馬匹騰空而起，在茶馬鎮的天空裡噠噠噠疾馳。

18

一隻烏鴉啄食過煨桑臺餘火中的祭品，張大嘴巴站在台沿上，讓涼風冷卻它被燒灼的喙。

那人走後，吳教授依然蹲在煨桑臺前的土坎上。下面密集的屋頂已紛紛升起炊煙，空氣裡飄蕩著柴草燃燒的辛辣味。那煙火氣息又將他拉回遙遠的童年時代，桑吉被認定爲轉世靈童並由僧侶們帶往尼拉木寺的情景閃現眼前。

那天卓瑪也在。尋訪靈童的僧侶們來到鎮子南坡邊的時候，她正在跟他們一起玩找牛犢的遊戲。

孩子們在樹下圍成一圈，刀吉桑吉和妹妹德吉，卓瑪和火花，還有鎮子裡十來個差不多一般大小的孩子。他們讓卓瑪扮演丟失的牛犢，大家拉著手將她圍在中間，刀吉第一個充當找牛犢的人。刀吉做出大人模樣背著手走來走去，粗聲問道：嗨，你們這些光屁股的小子，看見我家丟失的牛犢了嗎？大家說牧場裡的牛犢數不清，你家牛犢啥毛色？刀吉說：哼，頭人家的牛犢都盯不住，它是雪球一樣的白牛犢！大家說沒見那樣的白牛犢，這裡有一頭花牛犢。刀吉說：笨蛋們，那是它塗上了黃泥巴！此時大家抬起胳膊，胳膊下形成一個個門洞，牛犢主人可以想辦法衝進去，捉住他丟失的小牛犢。刀吉大大咧咧走到一個門口問：怎麼打開這道門？大家說：門上掛著金鎖子，帶著金鑰匙的人才能開開。刀吉裝作忘了帶鑰匙，就轉身去下一道門試運氣。每一道門口，大家都用類似的難題阻攔他。到了最後一道門口時大家說：這道門上拴著狗，沒帶打狗棒進不來。刀吉舉著兩手說：我能空手摔死一隻大灰狼，狗見了我只會夾著尾巴吱吱叫！說完就想衝進去，大家卻收攏圈子人挨人擠在一起，將小牛犢隱藏在最裡面。刀吉左衝右撞，最後搡翻了幾個小孩才闖進去，一把將卓瑪扯了出來。

接下來大家讓桑吉扮演找牛犢的人，卓瑪仍是他要找的小牛犢。那天卓瑪穿一件花裙子，臉蛋紅撲撲的，兩根小辮翹起來，就像山林裡跑出來的一隻珍禽異獸。她見桑吉不大情願參與遊戲，就咯咯咯笑著鼓勵他，等著他去捉。大家知道桑吉不會說話，都不想過於爲難他。待他不慌不忙轉過一大圈，大家說這道門上拴著狗，沒帶打狗棒進不來的時候，桑吉才振作精神準備衝進去，大家卻拉著手飛快地旋轉起來，不給他留下一點兒空隙。此時卓瑪已經等不及了，也顧不得什麼遊戲規則，扒開人鏈自己跑了出來。她跑到桑吉身邊，一把抓住他的手說，你眞笨桑吉，自己的牛犢都找不見！

大家嗷嗷嗷叫著，刀吉更是大聲抗議，說不算不算，牛犢自己跑出來的不算！卓瑪不理他，仰起臉蛋望著桑吉，仿佛那才是她的小主人。

再來一遍！刀吉大聲宣告道。他過去擋在桑吉面前，脹紅著臉對卓瑪說，再當一次小牛犢，你這野ㄚ頭！這次你也要自己跑出來，跑到我的跟前來！

孩子們重新圍成圈兒，準備讓刀吉再來一遍的時候，一旁的僧人卻打斷了他們的遊戲。那是確認轉世靈童的重要日子，刀吉和桑吉隨即被叫回家去，辨認老活佛留下的那些破爛玩意兒。那天傍晚，桑吉就被僧人們帶走了。

後來桑吉生病回家，天賜想去見見他，問問靈童轉世是怎麼回事兒。可那大門上插著柏枝，謝絕所有人探訪。只有小女孩卓瑪得到准許，被桑吉的母親單獨叫進去過一次，不過很快就被守護桑吉的僧人們趕了出來……

一隻百靈鳥忽地從頭頂掠過，吳教授覺得那就是卓瑪的影子。他仰頭去看，接二連三的雲雀跟著飛過，嘀哩哩嘀哩哩叫著，眞像當年嘰嘰喳喳吵鬧的孩子們。

19

遮天蔽日的烏雲推移過來，陰影遮住了鎭子。吳教授回頭看去，只有高聳的尼拉木山頭還殘留著一抹夕陽。他才發現，那山頭的積雪已消融殆盡，此前他竟是不曾留意的。在他童年的記憶裡，那座遺世獨立的山峰被稱爲「銀冠爲飾的尊者」，以藍天爲背景的山頭即便在炎炎夏日也潔白耀眼。如今那裡已是一片醜陋的灰色，棱角分明的山岩被歲月的腳步踩爲齏粉，正如頭天夜裡在鐵瓦殿聽到的那樣，一道道決堤的流沙傾瀉下來，漫及坡度漸緩的山腰。

濃厚的雲層使夜幕提前降臨，到什麼也看不清的時候，吳教授才高一腳低一腳走下了煨桑臺。在幽深的街巷裡磕磕絆絆左拐右繞，快到十字北街的時候，他猛然跟活佛的父親桀西迎面相遇。老人提一盞外罩熏黃了的氣死風燈，像被雷電擊中的一截樹樁杵在他面前。

「跑什麼呢？慌慌張張的，我都差點給你撞倒了！」老人裝作生氣地說，「聽說中午你去過南坡邊，怎麼一晃又不見了？大半天找不見你的人影！」

吳教授無言以對。他眞該順路去看看活佛的父母，當時滿腦子卻是卓瑪，將起碼的禮數拋置腦後了。

見他不吱聲，老人眞生氣了：「你可是個人物了，天賜。自從考上大學去了京城，我就不記得你回來過。你老父親倒是個有情有義的人，每年都要從縣上回來看看大家。老朋友們都爭著請他吃飯，可第一天他肯定要來我家。我們老哥倆喝上幾杯，一起睡在熱炕上，一晚上有拉不完的話。那就是人情，天賜，茶馬鎭人就在乎那個。你小子倒好，忘了你鄉下的兄弟，也忘了你的老鄰居！」

「我去過那裡，老屋大門上掛著鎖子。」他辯解道。

「你弟弟一家早就搬到縣城裡去了。娘老子老了，身邊要有人照顧，可是靠你天賜，怕是要靠到門簾上去了！」

他才明白老屋關門上鎖的原因，心裡不免生出些愧疚來。

「這次回來，聽說還是桑吉叫了你。」老人又問道，「眞是他叫你回來的？」

他點頭道：「是阿拉合叫我回來的。」

「我只是擔心你，天賜。」老人說，「我怕你和刀吉陰鬼勾上陽神，又幹出些沒名堂的事情來。你爺爺你父親一輩子替人熬藥扎針行善幹好，茶馬鎮老老少少都念著他們，到了你天賜身上，怎麼就不一樣了呢？」

他又垂下眼簾不吱聲了。

「你也是我看著長大的，天賜，知道你跟著桑吉就能學好，跟上刀吉肯定沒什麼好事兒。既然是桑吉叫你回來的，那我問你，你倆到底想幹什麼？」

「刀吉可能熬不過中秋節，您知道的。八月十五那天，阿拉合要爲他做一場續命法事。」

「那你能做什麼？幫著敲鑼打鼓嗎？」

「我是做那方面研究的，老人家。阿拉合給了我那樣一個機會，讓我可以完成一項科學實驗。」

「什麼實驗？是不是要把那哇哇亂叫的混蛋當成實驗品，老鼠一樣給剖開了？」

「我哪有那樣的本事……科學方面的事，我不知道怎麼向您解釋。」

伴著低沉卻使大地隱隱震顫的雷聲，頭頂的烏雲翻騰著，閃電也一陣緊似一陣。老人仰頭看了看，緩和了語氣說：「你也快一把年紀了天賜，我不該那樣說你。聽說你回來了，老太婆忙了大半天準備晚飯，讓我到處去找你。跟我回家吧，天賜。今晚你哪兒也別去，咱爺倆說說話，讓我聽聽你的科學是怎麼回事。」

他知道無法向老人作出解釋，就找藉口說：「改天吧，老人家。圖丹喇嘛讓人準備了晚飯，不回去可能會生氣的。」

「好小子，我還請不動你了是吧？」老紮西說著，氣呼呼地轉身走了。

吳教授站在那裡，目送老人搖搖晃晃走遠，手裡的燈籠甩來甩去。那個養育了兩個非凡兒子的父親，如今穿一身臃腫的棉衣棉褲，看上去跟勞累一生的普通牧人並無兩樣。就算他不想從刀吉那兒得到什麼好處，活佛父親的身分足以讓他安享世間的榮華富貴。可是顯而易見，他一樣也沒有沾著。從他的話裡也聽得出來，作爲父親，對小兒子性命攸關的決定仍然毫不知情。

第七章

20

在鐵瓦殿經堂裡，從牧場返回的活佛也在等吳教授。高大的佛像下是活佛法座，法座兩旁的燈案上一排排酥油燈在閃爍搖曳。活佛坐在右側燈案下的矮桌旁，手裡緩緩撚動著念珠，不時扭頭留意著經堂門口。

活佛再次回頭時，看到了如此滑稽的一幕：大步跨進門檻的吳教授突然停住腳步，接著又按了退回鍵一樣，從那段畫面裡迅速退了出去。他像僧侶們每天所做的那樣，在門外脫掉鞋子並擺放整齊，才又躡手躡腳走了進來。

「你沒事兒吧，天賜？」活佛打量著他問道。

「能有什麼事兒！」他表情僵硬地答道。

活佛發現他不僅穿著別人的衣服，一隻鏡片也不見了，就疑惑地問道：「怎麼回事？是不是眞有人找你麻煩了？」

「去看隆卜舅舅，人沒見著，倒讓那些該死的烏鴉把鏡片摳掉了。」

活佛這才放下心來，一邊示意他在對面的墊子上坐下，一邊開玩笑道：「那就別那麼繃著臉，天賜。茶馬鎮的天氣是有點兒冷，還不至於把臉上的肌肉給凍住吧。」

他也照著活佛的樣子腿盤坐下，然後扭頭去打量四周。錦緞包裹的幾根方柱上掛著些陳舊的唐卡畫，周圍板壁上是一個個黑洞洞的佛龕，裡面隱隱約約坐著各式各樣的菩薩。大殿正上方是一尊足有三米高的銅佛，在柔和的燈光裡垂目微笑。檀香味伴著酥油燈的芬芳氤氳其間，使他紛亂的心緒漸漸寧靜下來。

安靜進來替他們倒水的時候，吳教授又留意看那年輕侍者的臉：清瘦的面容，潔白的牙齒，嘴角上揚似笑非笑。跟普通男子相比，他不過更顯優雅而已，那也是僧人長期修持的結果。他不明白人們爲何要將他和卓瑪扯在一起。

活佛笑著提醒道：「好了，天賜。我要是安靜，也會讓你看得不好意思的。」

他收回目光道：「覺得好面熟，以前可能在哪兒見過。」

「肯定見過面的，只是不在茶馬鎮。」

不在茶馬鎮，又會在哪兒？他忽然想起來，多年前活佛去北京接受培訓，身邊就帶著個眉目清秀的小僧徒。於是他找到了辯白的理由：「一個小男孩兒長成了男子漢，一下子怎麼認得出來？」又回頭對安靜說，「你應該記得的，安靜，你怎麼不告訴我？」

安靜笑著瞥他一眼，提著茶壺轉身出去了。

「他那名字也有意思。」他看著安靜的背影說。

活佛笑道：「跟他本人是不是相稱呢？」

「簡直是量身定制！我就在想，爲他起名的那個人肯定也非等閒之輩……」

21

經堂門口突然闖進一老一少兩個男人，安靜張開胳膊想攔住他們，卻讓老者蠻橫地推開了。那老者是個瘸子，聳動著肩膀，一條僵直的腿拖在後面，卻從衣領上撕扯著一個壯小夥。吳教授認得那老者姓姚，印象中他還是健全的，聽說後來試圖炸毀渡口吊橋，結果把自己的一條腿搭了進去。

姚瘸子對吳教授好像視而不見，在活佛面前強按著小夥子腦袋要他向活佛磕頭，一邊叫道：「您瞧瞧阿拉合，不知我這輩子造了什麼孽，養了這麼個沒良心的畜生！」

活佛抬手讓他們站起身來：「是你兒子吧，作父親的，怎能說出那樣的話？告訴我，到底出了什麼事。」

「就因爲我是個瘸子，他眼裡就沒我這個老子了！阿拉合您還記得吧，我年輕的時候也是草尖上飛的男人呢……」

「當然記得。」活佛說，「那時候，每個人都想保護茶馬鎮，可沒有你那麼胡來的，給老鎮留下了壞名聲。」

姚瘸子爭辯道：「我的阿拉合喲，您眞是站著說話不腰疼。您說我爲啥要做那樣的事？因爲他的兩個姐姐啊！她們先是讓人騙去新區給人洗腳，說句實話阿拉合，她們給娘老子都沒洗過一次腳呢！後來，後來她倆就……唉，我那兩個閨女受的苦遭的罪，讓我怎麼說得出口啊我的阿拉合！」

活佛看著委屈抹淚的姚瘸子，沉默片刻說道：「你應該知道，我們這一代人經歷的，是我們的前輩千百年也無法看到的。雖然有許多東西不是我們想要的，但世界總是朝好的方面發展，我們不該捂住自己的眼睛和耳朵，一味去抵抗和拒絕。不提過去的事了吧，我們都要往前看，往好處想。好了，現在你來說說，你的寶貝兒子又做錯了什麼？」

姚瘸子說，他兒子長大以後也總往新區跑，擋狗一樣擋不住，就把他關在房間鎖上了門。沒想到那混蛋放火點著了屋子，要不是鄰居們幫忙撲救，一家老小早就露宿街頭了。後來呢，後來那混蛋就成了個家賊，把大家湊的一點錢都拿去花掉了。他家處在一片窪地，一下大雨泥水就漫進門檻，泡塌了院牆，青蛙在堂屋裡呱呱叫。眼看今年又到深秋雨季，鄰居們擔心他家再次遭災，就你一百他五十地湊了錢，準備買水泥備石料，幫他硬化院子，開通排水管道。可放在鐵盒子裡的錢被那混帳東西拿了去，跟一群混蛋朋友去新區喝酒唱歌找女人，一個晚上就糟蹋掉了。

「我會賠你的！」年輕人梗著脖子說，「我有的是力氣，讓我去那邊的工地上掙錢，我就雙倍賠你！」

姚瘸子搧了兒子一巴掌：「在阿拉合面前還敢犟嘴！等你掙到了錢，幾間破房子早就泡塌了！」

活佛按了按手，讓他們停止了爭執。

活佛盯著小夥子說：「看得出來，孩子，你也是個懂道理的人。那麼請你回憶一下，你從盒子裡拿錢的時候，是你的手要那麼做，還是你的心？」

年輕人猶豫片刻，慢慢伸出了自己的右手。

「你很誠實，孩子，但那隻手並不代表你自己。」活佛說，「看來情形是這樣：眞實的你還在沉睡，任由你的手去做那不該做的事，就跟做夢一樣。你要知道，尋求快樂的只是你的肉體。孩子，你要試著讓沉睡的自己醒來，成爲你的主人。」

年輕人呆了片刻，重又跪倒在活佛面前。這次他是自願的，老老實實向活佛磕了三個頭。

活佛笑道：「孩子，一個是眞實的你，法官一樣明辨是非，另一個是帶著各種欲望的肉體，需要你作出正確的引導。他們之間時常會發生爭執，只要你不妥協不讓步，肉體終究會服從於你，讓你走上正道。記住了嗎，孩子？」

年輕人低下頭說：「記住了。」

活佛拿起矮桌上幾個牛皮紙信袋中較厚的一個，遞給姚瘸子說：「這是內地居士們供養給我的，拿去補上那個窟窿吧。等你修好了排水道，青蛙就不會跑到屋裡呱呱叫了。」

姚瘸子推辭一番，最終還是接受了。

活佛又對姚瘸子說：「還是讓孩子過去闖闖吧。我們總是把新區想得很壞，擔心年輕人一過吊橋就學壞了。學好學壞全在自己，做父母的要給他們足夠的信任。你見過石頭被河水滲透過嗎？就是把它丟進臭水坑裡，裡面也永遠是乾淨的，需要的時候照樣能打出火來。」

22

姚家父子出去不久，又有人敲開了鐵瓦殿的大門。

一會兒，圖丹喇嘛搖搖晃晃走了進來，說隆卜舅舅送了一樣東西進來。隆卜舅舅不肯來到經堂，說不便打擾活佛和吳教授，讓圖丹喇嘛代爲轉交。原來那是吳教授掉在烏鴉糞便裡的一隻鏡片，已擦洗得乾乾淨淨，並用一頁紙包著。

活佛對圖丹喇嘛說：「這麼晚了，怎麼還讓您跑來跑去？有事我會叫安靜的。」

老經師俯身道：「安靜跟您跑了一天，我讓他早點休息去了。我瞌睡少，就多陪陪您吧。」

活佛仰頭深情地望著師父，半晌才輕聲道：「好了，今天沒什麼事了。您也早點休息吧師父，別跟著我們熬夜。」

老經師躬身退了出去。

吳教授將鏡片摁進框裡戴好，隨手撫平紙張看了一眼。那煙薰火燎的一頁紙像是從小學生寫字本上撕下來的，上面還畫著一幅蠟筆畫。那是一幅線條稚拙的兒童塗鴉：一個身著彩色長衫的人，橫吹笛子翩然飛翔於天空，就像照著敦煌壁畫臨摹下來的飛天圖。畫面上的人面如滿月身材修長，看不出是男是女，衣帶飄飄迎風招展，身前身後還點綴著星星和奇異的花朵。他覺得有趣，就將它遞給活佛。

活佛接過去笑道：「是卓瑪畫的。」

卓瑪，是的，活佛竟提到了那個名字。他注意到，活佛說出那個名字的時候神情自若，甚至帶著由衷的讚賞。

活佛又說：「你知道的天賜，卓瑪跟我們一起長大，是個非常聰慧的女孩兒。還是她上小學的時候吧，有次把夢裡的景象描畫出來，貼在她舅舅的牆上。前不久我去跟隆卜舅舅喝茶聊天，看見它還貼在那裡。」

就在活佛再次欣賞那幅畫的時候，吳教授發現紙張背面還寫著這樣兩行字：

他是個覺醒了的人
為他慶祝的時刻就要到了

一聲驚雷在鐵瓦殿上空炸響，緊接著，外面就嘩啦啦下起了瓢潑大雨。

吳教授腦子裡也轟響一下。那個「覺醒了的人」是誰呢？那兩行字本來就有，還是不肯露面的隆卜舅舅添加上去的？字不怎麼好看，但筆劃老道遒勁，不像出自一個小女孩之手。

活佛察覺到他的反應，也翻過去看了看。活佛的眉頭挑動一下，接著搖了搖頭，笑著將紙片伸向燈焰。

吳教授看看飄落的紙灰，再看看對面的活佛。打著補丁的僧裙下是結了厚繭的腳掌，赤色的右臂總那樣袒露著，肩頭象徵活佛身分的黃色坎肩也在日曬雨淋中變爲灰白。但他微笑的嘴唇，沉靜的目光，似乎已不爲世間的驚雷所動。

不容他多想，活佛拿出一串小巧的念珠說：「本想把它當面送給沈菲，可你已經讓她去了刀吉那兒。是不是有點爲難她了？既已如此，我也不好再說什麼，刀吉身邊確實需要心明眼亮的人陪護。常說天雨雖寬不潤無根之草，佛法無邊只度有緣之人，知道嗎天賜，沈菲就是那樣的有緣之人，見面第一眼我就看出來了。」活佛說著將念珠遞到他手上，「借你的手轉交一下吧，算是我對她的感激和祝福。」

他將念珠捧在手裡。那是用岷山雪寶頂的水晶製成的十八顆珠子，就像如今女孩兒們的時尚手鏈。

活佛並不避諱自己跟卓瑪的交往，接著說道：「那也是卓瑪留下的。她讓火花轉交給我，我一直帶在身邊。如今，算是替它找到了合適的歸屬。」

吳教授無法掩飾自己的驚訝。他想，如果卓瑪眞的在鐵瓦殿跟活佛修行多年，那麼她要送他什麼是無須讓人轉手的。到底怎麼回事？

活佛好像明白他的心思，笑了笑說：「你可能還不知道，天賜，卓瑪在鐵瓦殿跟我一起度過了四個春秋。她也是圖丹喇嘛的弟子，還是師父很賞識的女弟子呢。後來我去當瑪當廓閉關，從此再也沒有見到她。」接著，活佛果斷關閉了令他不勝好奇的那扇門，「那一頁早已翻過去了，我的朋友。人生的大書雖然寫滿了不幸，但總有合上的一天。」

吳教授從活佛臉上移開了目光。他依然在想，看來火花是瞭解情況的，至少對卓瑪的遭遇略知一二。卓瑪是隆卜舅舅的外甥女，而火花是隆卜舅舅的親生女，此前他竟忽略了這層關係。只可惜已錯過了跟火花接觸的機會，那驕傲的女人拒他千里之外，若是再去找她，肯定又會自取其辱的。

「我們沒時間胡思亂想，天賜。」活佛又褪下他的腕錶，一邊緊著發條一邊說道，「在接下來的日子裡，你要允許我完成自己的事兒。首先我要去一趟寺院，提前舉行往年九月末的禳災法會。師父會留在這裡照應你們，至少不會讓你們師徒幾人餓著肚子。他對我們的計劃不怎麼贊成，但也不會袖手旁觀的，對他你就不必要隱瞞什麼。我還應該去一趟當瑪當廓，我在那裡閉關兩次，也是我最初領悟佛法的地方。哈拉瑪草原還有我的救命恩人，風裡雨裡攆著她所剩不多的牛羊跑來跑去。最後我會拿出一天時間跟父母團聚，提前跟他們過個中秋節。」

活佛將上足發條的手錶放在他手裡：「從明天起，天賜，該由你看著鐘點來把握事情的進展了。」

他的心又揪了起來。那是塊老式梅花錶，錶殼邊緣已露出銅色，但他感到了沉甸甸的分量。他將它舉在耳邊，那義無反顧的嚓嚓聲，似乎開啓了那個秘密儀式的倒計時。

「但願只是個夢，」他自言自語道，「就像夢裡錯殺了人，咬咬舌頭醒來，原來是虛驚一場。」

「別讓情緒左右著你，我的朋友。」活佛整理了一下肩頭的袈裟說道，「很久以前我就感覺到了——以前只是隱隱約約，而今卻一天天清晰起來——我聽到了那個聲音的召喚。我知道，我生活在此時此地不是沒有道理的，我的生命也不是毫無意義。我肩負了那樣一項使命，如今也算具備了完成那個任務的可能。天賜啊，你是大半生致力於探索生命奧秘的人，你放心好了，我是沒什麼問題的。到時候需要你借助那些儀器給予協助的，只是身不由己的刀吉。」

雷聲在鐵瓦殿上空來回滾動，殿外簷水嘩嘩傾瀉著。

第八章

23

夜雨後的茶馬鎮，包裹在棉花團似的白霧裡。

一大早，來自附近牧場的女人們奔走在濕漉漉的街巷，她們將袍襟別在腰間，兩手提幾個小桶，一聲聲叫賣溫熱的牛奶。而來自峽村的農婦們頭上頂著花手巾，已將各樣青菜背到馬場街，在店鋪屋簷下一字排開。

從前來馬場街賣菜的都是渡口村人，自從那裡聳起青灰色的水泥樓群，失去土地的人們只能在工地上搬磚淘沙子，而原本耕種青稞油菜的峽村人就接過了那樁生意。峽村在鎮子東南黑河對岸的峽谷裡，女人們的竹子背篼裡裝滿了蔬菜，在黎明前就成群結夥通過嘎吱作響的南部吊橋。擺到街頭的蔬菜就跟自家食用的一樣乾淨，她們會事先在村前的小河裡反覆淘洗，蘿蔔紅白分明，韭菜蒜苗鮮嫩碧綠，芫荽苦豆兒正在開花。多年前峽村又遭了天災，暴雨泥石流毀了村莊和土地，以致馬場街的蔬菜市場中斷多年。逐漸恢復後，從前賣菜的一些女人不見了，代之以更年輕的面孔。跟來自牧場的女人們相比，她們的膚色要白淨得多，也羞於喊出聲音來招引買主，只是羞怯地站在背篼後面靜靜等待。

老鎮依然滯留於自給自足的年代，除了牛奶和蔬菜，街巷裡沒有人兜售別的什麼。人們看不慣新區那些不知從何而來的小商販，見遊人遠遠走來，就指著攤位上所謂的虎骨熊掌之類，信誓旦旦喊叫「茶馬鎮特產！」茶馬鎮不產那些烏七雜八的玩意兒，他們的「虎骨」不過是熏黃了的犛雌牛脛骨，「熊掌」則是由蒸熟的駱駝蹄整形加工出來的。雖然老鎮裡不乏鐵匠、銀匠、桶匠、皮匠、氈匠、靴子匠以及過了時的鞍子匠、褐子匠，略微上點年紀的個個都是金手銀胳膊，但他們不會將自己的寶貝拿到街頭叫賣，更不喜歡跟人討價還價。他們認爲只要是實用之物，而且貨眞價實，自然會有人找上門來。熟門熟路的買主也懂得珍惜，人牢的物牢，再便宜的物件也不會被糟蹋了。拿去新區也許會賣個好價錢，但他們不想那樣，少賺點錢又不會死人。他們要做的只是看好房前屋後的花草不被踐踏，並及時清理遊客隨手扔掉的塑膠瓶、包裝袋和其他雜物。短牆後總有女人們換下的衛生巾，樹蔭下也胡亂扔著鼻涕一樣的乳膠套套，碰見那些晦氣之物，他們會別過臉去處理掉，免得讓別人再觸黴運。至於一些遊人將鏡頭對著他們的臉左拍右照，將大活人視爲千年陶俑的無禮之舉，他們已能坦然接受，不再有什麼過激的反應了。看到有人在火神廟前摟抱接吻，甚至脫光衣服在渡口吊橋上擺著姿勢拍女人裸體，他們最多低聲嘟囔幾句，別過臉裝作什麼也沒有看見。他們努力適應旅遊開發帶來的一切，因爲活佛要大家記住的一句話是「男爲菩薩，女爲度母」——菩薩和度母是沒有分別心的，視天下衆生平等如一。何況，卽便你自己看不慣那些，也保不住你的子女將來不會那樣。

24

吳教授從他的房車旅館裡起床，走出鐵瓦殿後院的時候，眼前仍是白茫茫一片。聽到老白塔那兒有人說話，他就循聲走了過去。原來是活佛和他母親的身影，一個端莊挺拔，一個腰身佝僂，二人在濃霧裡時隱時現。爲了不打擾母子倆，他繞了一個大圈兒，站在高處打量他們。

老婦人躬身從地上撿起一條條蠕動的蚯蚓，輕輕放進兒子湊過來的小鐵桶裡，嘴裡還絮絮叨叨說著什麼。昨晚來勢迅猛的雷雨稀裡嘩啦拖成一夜秋雨，灌出了深藏在土裡的蚯蚓。那些已退化掉眼睛的小東西扭動著試圖離開，老半天還是在原地掙扎，而即將照臨的陽光很快會讓它們一動不動，乾硬成一截截彎曲的草棍兒。也有被雨水打濕了翅膀的灰蛾子在泥水裡撲騰，老母親同樣用笨拙的手指撚起來。繞白塔一圈下來，確認轉經道上不再有那些小生靈，母親便接過兒子手中的小鐵桶，走過去將它們傾倒在路邊草叢裡，並揮手驅趕道：「去吧去吧，別跑到人家腳底下來。跟我一樣眼睛不好的人會踩著你們，叫你們白白送命不說，也讓人家平白無故造下罪孽……」赤著雙腳的活佛在一旁笑著，母親走過來將空桶遞給他的時候，他卻將那枯瘦的手跟桶沿一起抓住了。母親並未察覺到兒子的衝動，她抽出自己的手，回頭看看地上的一個個水坑，於是又找一根樹枝撥拉著，讓蓄積的雨水流了出去。

忽然，一束白亮的陽光照射過來，將母子二人的身影投在白塔基座上：一人俯身大地，一人躬身靜立，彷彿演繹了人間悲歡的一齣話劇即將落幕，展現出最後的造型。

轉繞白塔的老人們陸續到來，他們見到活佛便紛紛躬身行禮，活佛也不停地合掌回應。他似乎不便繼續待在那兒，就告訴母親，說他今天要回到寺院裡去，然後依依不捨告辭了母親。剛走幾步母親又叫住了他：「等一下，阿桑。」

待他回到跟前，母親從懷裡掏出一顆蘋果遞給他：「沈菲給我的，我又咬不動。一直給你留著呢，差點兒又忘了。」

活佛嗅了嗅帶著體溫的果子，俯在母親耳邊說了句什麼。只見母親生氣地推他一把：「你來嚼碎了餵我？說什麼呢阿桑，就不怕人笑話！」接著她又叮囑道，「從寺院回來就去看看阿刀，記住了嗎？多給他念念經，叫他早點好起來！」

活佛微笑著點頭。

母親找到立在白塔一側的拐杖，加入了轉經者的行列。繞白塔一圈過來，她看著兒子拎著空桶走向鐵瓦殿的背影，捋捋鬢邊白髮，瞇了眼自豪地微笑著。

在吳教授眼裡，活佛的背影卻是那麼孤獨。那麼此時此刻，活佛本人是否也有那種感覺呢?他無法猜測。一種莫名的衝動突然而至，又被他極力壓抑下去——他想即刻奔過去攔住活佛，大聲跟他辯論，勸他放棄那個連自己的父母都需保密的決定。

陽光普照，晨霧漸漸散開，升高，變幻成繚繞在四山頂上的祥雲。由於雨水的浸潤，南部河畔飄來的天仙子香味愈加濃郁，估計那些寶罐狀的蒴果已紛紛開裂，細碎的籽粒全都潑撒了出來。

吳教授想，那幸福快樂的老母親尚不明白，活佛雖然是她的兒子，可自從被尼拉木寺確認為上一世活佛的轉世，並支付過一點可憐的贖金之後，他就不再屬於她，也不再屬於那個家庭了。今天，他陪她做完每次夜雨之後可能要做的事兒，也許就是他身為活佛的最後一次了。

25

吳教授和刀吉桑吉兄弟倆一起長大，也知道桑吉是母親嚼著食物嘴對嘴餵大的，但對他們的家庭生活和各自經歷的一切並非十分了然。在接下來的日子裡，他從陪伴活佛四十年的老經師口中瞭解到兄弟倆的諸多往事，並努力將它們跟自己的記憶相對接，努力拼湊出一些較為連貫的圖像。

晚於刀吉半小時出生的桑吉看上去有點孱弱，母親就想多給他些奶水，讓他跟哥哥一樣健壯起來。可每當她攬著兩個孩子餵奶的時候，哥哥嘴裡噙著乳頭，眼睛卻死死盯著弟弟，小手也格外有勁兒，一把又一把去抓弟弟的臉。年輕的母親就點著刀吉的額頭說：在媽媽肚子裡就不安分的，原來是你這個小霸王呀！那樣幾次三番之後，桑吉就不再吃奶了。母親將肚皮滾圓的哥哥放在羊皮襁褓裡，抱著弟弟單獨餵奶，他還是不吃。他不哭也不鬧，只是用舌頭將乳頭頂出來，搖晃著小腦袋左躲右閃，彷彿母親的乳頭上抹著辣子。母親沒了辦法，只好在燒開的牛奶裡攪點酥油和糌粑麵粉，一小勺一小勺餵給他。

得到雙份奶水的哥哥開始哇哇亂叫，喝著糌粑糊糊的弟弟卻顯得過於安靜了。桑吉後來雖然也跟哥哥一樣胳膊腿兒粗壯起來，卻總是靜悄悄躺在羊皮袍子裡，盯著視窗的亮光眼睛也不眨一下，彷彿是個卸掉了電池的橡皮娃娃。

其實桑吉是說過話的，只是心不在焉的母親不曾留意罷了。在他咿呀學語的時候，有天他說：「媽媽。」

他的哥哥卻說：「我的媽媽。」

他說：「爸爸。」

哥哥又說：「我的爸爸！」

於是他就不再開口了。

桑吉得到的優待，只是在獨享柄上鏤著蓮花圖案的一隻小銀匙。那是爺爺從牧場帶回來的，說它餵養過紮西家族一代代男兒，是個能讓孩子們筋骨強健的傳家寶。母親每天用它攪拌糌粑糊糊，餵完後就讓他捏在小手裡。時間一長，他不抓著那銀匙就不肯睡覺，如同別的孩子依戀著乳膠奶嘴。在他牙齒尚未長全之前，吃東西都是母親嚼爛了嘴對嘴餵他，就像一對紅嘴鴉母子，不同的是紅嘴鴉幼雛總是啊啊啊地叫著索取，他從來不是那樣。父親紮西責怪他那馬大哈妻子道：到底怎麼回事？這本該是個丫頭，你卻把他弄成男孩子生了出來！漂亮母親就懸著她那母牛般的乳房，俯身親吻著小兒子說：那就把我的阿桑當女兒來養吧，長大了還能幫媽媽洗衣做飯呢！可是兩年以後，妹妹德吉以嘹亮的哭聲宣告了公主地位，他便不再得到額外的恩寵了。

三歲時桑吉仍不說話也不哭鬧，父母確信他再也不會發聲，可是有一天他突然大聲哭叫起來。那天他在母親的懷裡熟睡，突然自驚自詫醒了過來——原來他在母親的懷裡撒了尿，弄濕了母親的襯衫。他哇哇大哭，驚得屋簷上的鴿子都撲棱棱飛起來。他一邊哭叫一邊掙開了母親的懷抱，從此再也不肯在母親懷裡睡覺，也不讓任何人抱著他。

漸漸長大的時候，兄弟倆的性格也顯出不同來。父親趕著馱牛去百里外的縣城出售乾奶渣，給兄弟倆買來一模一樣的兩隻玩具小狗，裝上電池就能汪汪叫。哥哥玩自己的小狗時眼睛卻盯著弟弟的，覺得自己的沒有弟弟的好，母親就讓他倆調換過來。可是沒過多久，哥哥又覺得弟弟手裡那只更好。後來哥哥索性將自己的小狗踩扁並從樓上扔了下去，將弟弟的拿過去據爲己有。桑吉眼巴巴看著哥哥，哥哥說：啞巴是不需要玩具的。他就站在一旁看哥哥玩，兩隻小手跟著做扳開開關又推送一下的動作，咯咯咯笑著。父親還將買來的蜜棗一人一把分給兄弟倆，哥哥很快吃完了，桑吉一次只吃一顆，其餘的都在抽屜裡存起來，結果還是讓哥哥找到，全都吃掉了。哥哥安慰他說：我夢裡撿到好多蜜棗呢，醒來滿抗找，可又不見了——下次撿到分你幾顆好不好？他高興地點著頭。

父親總是騎著馬往來於牧場和鎮子，也常常將哥哥帶過去，偌大的樓房裡只有母親在照看他和妹妹。有時母親懷裡揣著妹妹出門做事，留下他獨自坐在二樓的露臺上。對面山林上懸浮著朵朵白雲，看上去就像一個個平底的饅頭，而他小小的身影在日光下慢慢變換著位置，就像一個用來標記時辰的日晷。雖然父母並不是不喜歡他，但由於不說話也不哭鬧，差不多就將他忘記了。屋前的楊樹上喜鵲喳喳喳叫著，有時它們一個跟一個飛到下面的河邊去，他覺得自己也跟著飛了出去。喜鵲飛到黑河的對岸，他也貼著河面飛過去，看見河底的花斑魚兒游來游去，他會高興得咯咯笑起來。他甚至聽得見大樹從地下咕咕飲水的聲音，接著千萬片樹葉的臉兒滋潤起來，在微風裡一起鼓掌歡笑。

有天他一個人坐著的時候，正屋唐卡畫裡的白度母突然走了下來。他聽到白度母從畫裡起身時窸窸窣窣的聲音，接著兩隻腳啪嗒一聲落在地板上，衣帶翩翩走了過來，站在他面前朝他微笑。白度母本來坐在蓮瓣上，手裡擧著歪歪扭扭的花枝，上面有三朵蓮花，一朵含苞，一朵將開未開，一朵是完全綻開了的。他面前的白度母卻沒帶著花枝，而是隨手從地上撿起半截草棍兒給他看，突然變戲法一樣，那草棍兒頂端就冒出花骨朵來，接著燦然開放，變成茶馬鎮山坡上隨處可見的馬蓮花。他也聞到了馬蓮花的香味，仿佛置身於漫山遍野的花叢中，甚至蜜蜂蝴蝶都在身邊嚶嚶嗡嗡。白度母就那樣陪著他玩兒，直到聽見母親的腳步喀嗒喀嗒走上樓梯，才急忙隱身到唐卡畫裡去。那枝馬蓮花隨卽也變回半截乾草棍兒，一切恢復原狀，好像什麼事兒也沒有發生。

從此，白度母就成了他的守護人。他在人前不說一句話，可母親分明聽見他說話的聲音，那通常是他獨自面對唐卡畫的時候。年輕的母親一個人忙裡忙外，當時記著要將她的發現告訴丈夫，過不久又忘得一乾二淨了——那幾乎是個用腳尖走路的快樂女人，肥大的胸脯一顫一顫，鼻子裡還唔唔唔哼著不著調的歌兒。

26

有天下午，母親坐在地板上陪他和妹妹玩羊骨拐的遊戲。母親突然停下手來，扭頭看著外面自語道：那個人肯定叫狐狸精們迷住了，要不快一個月了，怎麼還不見回來呢？

就在此時，桑吉眼前顯出一幅清晰的畫面。他看見父親騎著那匹大青馬，胸前摟著他的哥哥，嘩嘩嘩涉過西灘的小河，正向鎮子裡飛奔而來。他扯扯母親的衣袖，指指西灘的方向，然後用手指在地板上叩出喀噠噠喀噠噠的馬蹄聲。

過一陣兒，父親眞的已在門口拴了馬，手裡牽著他的哥哥，厚底的皮靴踩著樓梯櫜櫜走了上來。母親看看她的丈夫，再看看她的小兒子，一時驚訝得說不出話來。

父親來不及換下沾滿牛屎的靴子，一把拉起母親，擁著她跌跌撞撞進了屋子，準備躲開孩子們的眼睛立刻親熱一番。氣喘咻咻的母親推開他，用衣襟掩住白胖的前胸，將小兒子方才的舉動告訴他，並警告道：在牧場你最好也規矩一點，你瞞得了我，可瞞不過阿桑的眼睛！

父親聽了哈哈大笑，出去摸摸小兒子的腦袋說：眞有那回事兒？今天我倒要試試看，你那雙眼睛還能看到什麼！

父親就說他那鷹翅骨做的笛子丟失多年，家裡翻騰過幾遍不見蹤影，今天不妨再碰碰運氣。桑吉從來沒見過什麼鷹翅骨笛子，可白度母又適時幫了他的忙，明確顯示給他笛子藏匿的位置。他拉著父親的手走到廚房角落，指了指高處黑洞洞的板壁夾縫。父親不相信似的看看他，遲疑著將手伸了進去。果然，父親從那裡取出了約莫七寸長、有六個洞眼的黃白色骨笛。跟在後面的母親大驚失色，那是剛結婚時她親手藏進去的。她擔心丈夫吹著笛子又讓牧場裡那些妖精魂不守舍，就將它藏在自以爲最牢靠的地方。

就在母親雙手加額祈求白度母寬恕的時候，父親卻高高舉起他的小兒子，將他架在脖子裡走下樓去。他讓桑吉騎在馬鞍上，自己牽著馬原路返回了牧場。一路上父親用笛子吹奏出鷹嘯似的曲子，不時回頭看著小傢伙嘿嘿發笑。父親急於將他帶到爺爺奶奶身邊，向他們宣告那不可思議的奇蹟。

在牧場期間，桑吉跟爺爺奶奶住在一座宮殿式的黑牛毛帳篷裡。每天清晨，當船形土灶裡的牛糞火呼呼響起時，奶奶就做香噴噴的犛牛初乳羹給他吃。之後他就站在帳篷門口，看遠處一條大河上白霧連成了一道牆，陽光照臨，霧牆上顯出絢爛的虹光。太陽升高濃霧散盡，遼闊的草原便一覽無餘，黑白豌豆似的牛羊馬匹散佈期間。那是他第一次看到哈拉瑪草原，天際那些連綿起伏的山巒，草地上一叢叢金露梅銀露梅，都像浸泡在水裡一樣，在透明的嵐煙裡輕盈閃動。

爺爺總是氣喘吁吁，鼓凸著壯年人一樣厚實的胸脯。一開始，爺爺那張失去平衡的臉讓他驚恐不已，爺爺要抱抱他的時候他就躲到奶奶身後去。爺爺左臉頰到脖頸斜拉著一道可怕的疤痕，仿佛牆壁開裂並且錯位，表面只是用泥巴勉強糊住了。奶奶告訴他，爺爺年輕時騎馬追趕盜馬賊，漸漸接近時被人家反手砍了一刀，最後盜馬賊還是沒能得手，被趕走的幾匹馬又追了回來。

到慢慢習慣了的時候，爺爺就將他放在馬鞍前摟著，帶他遊歷了哈拉瑪草原的所有帳圈。爺爺逢人就大加炫耀：這小子不是喝著母親奶水長大的，因爲他是白度母的兒子；他在人前不肯說話，他的話只跟白度母講呢！

爺爺還從馬群裡選了一匹蹄腿端正的白馬駒，牽過來把轠繩放在他手裡：它是你的了，阿桑，喜歡嗎？

他摸了摸小馬駒濕漉漉的鼻子，小傢伙卻驚得跳起來，掙開他手裡的轠繩，翹著尾巴奔回馬群裡去了。爺爺哈哈大笑說：快快長大吧孩子，它也會很快長大的。等它長出四顆新牙的時候我就馴服它，你騎著它想去哪兒就去哪兒！

紮西家族代代沿襲著頭人的地位，甚至可以說，整個哈拉瑪草原就是紮西家族的領地。可惜時代變遷，顯赫的地位在桑吉曾祖父的身上就終止了。新政權建立後，做了大半輩子頭人的曾祖父被請去縣裡做官，成了什麼政治協商會議的副主席。由於不識字兒，他的辦公桌上連一頁紙都沒有，整天坐在那裡只是喝茶打發日子。後來弄明白那只是個有職無權的空頭銜，一氣之下打馬回家，結果連頭人的名分也丟了。

爺爺這一輩自然與頭人無緣，但不計其數的牲畜在哈拉瑪草原還是首屈一指的。部落頭人的征服欲也尚未淡化，只是宣洩的管道僅剩一條了。爺爺身材魁梧爲人強悍，被他看中的女人往往成爲鷹爪下的兔子，沒一個能僥倖逃脫——當然，女人們也心甘情願被那樣的男人去征服。因而除了跟奶奶所生的包括父親紮西在內的七個兄弟姐妹，其它帳圈裡還散佈著稱他爲舅舅的十來個私生子女。

父親紮西在親弟兄中是墊底的，也出人意料成爲這個家族的異類。雖然外貌跟祖輩一脈相承，秉性卻內斂溫和，仿佛食肉動物發生了基因突變，一下子成了食草動物。他也並非像妻子擔心的那樣，會吹著鷹笛去勾引那些既風騷又寂寞的牧女，或揣著三尺花布去鑽別人妻子的帳篷。有了雙胞胎兒子後，他的心思就全放在家裡了，卽便許多時候不得不滯留牧場，一有空閒總會回到妻兒的身邊。

如今在紮西心目中，這個從屋裡看見他騎馬從西灘涉河而來，也能看穿板壁的小兒子占據了重要位置。他覺得大兒子肯定是紮西家族某個先人的轉世，而這個悶葫蘆阿桑，很可能是某位得道高僧的化身。等他到了上學的年紀，如果學校嫌他是個啞巴不肯收，就送他去尼拉木寺當個小紮哇，讓喇嘛們教他識字禮佛。將來他有何發展暫且不論，至少可以結束紮西家族牛羊滿灘卻沒個準數的歷史。

第九章

27

桑吉的童年有著怎樣色彩斑爛的夢，連他的父母也是難得一窺的。

到了四五歲的時候，桑吉跟刀吉已經長得一模一樣了。面對複製品一樣的兄弟倆，人們總要好奇地追問誰是哥哥誰是弟弟，他們的父母一時也回答不上來。母親將桑吉喚爲阿刀的時候桑吉只是咧著嘴笑，把刀吉呼爲阿桑的時候，刀吉就大聲抗議道：我可不是啞巴！

母親便想了個好辦法，讓父親從城裡買來兩頂不同顏色的毛線帽，作爲區分兄弟倆的標記。有天刀吉在屋裡玩他從牧場帶來的毛蛋，嘩啦一聲打碎了牆上的鏡子。他跟父親待在牧場時用牛毛團了個蛋蛋，起先只有拳頭那麼大，他就成天追著幾頭牛犢在它們背上繼續團，還不停往毛蛋上吐口水，那樣會粘下更多的毛，毛蛋也團得更加瓷實。他將那碗口大的毛蛋帶回家來，拿它當籃球玩，沒事就在壁板上嘭嘭嘭投籃。母親聽到鏡子碎裂聲奔過來的時候，他已一把抓過桑吉的帽子戴在頭上，而將自己的帽子扔給了桑吉。面對氣糊塗了的母親，他還伸手指了指桑吉。母親立刻找來燒火的棍子，將小兒子按在炕沿上不掂輕重揍起來。那次父親正好在家，趕來抓住母親的手說：你已經夠漂亮了老婆，還要那鏡子做什麼？讓我看看到底怎麼回事。一旁的德吉鼻涕吹著泡泡大聲揭發道：鏡子是阿哥刀吉打破的！他剛剛換過了帽子！母親才知道打錯了人，回頭要找那個眞正的肇事者，刀吉早已噔噔噔跑下樓去了。

有天兄弟倆和鄰家男孩兒天賜在屋後玩，刀吉準備爬上一道土牆的時候，桑吉扯住他的袖子，搖搖頭不讓上去。刀吉哪裡理會，甩開他就噌噌噌爬了上去。結果那土牆轟隆一聲倒下來，刀吉埋在土塊裡哇哇喊叫。桑吉和天賜搬開壓在他身上的土塊，發現他的左腿已彎到前面去了，桑吉就急忙拉來了父親。父親將刀吉抱到炕頭，轉身去請天賜的爺爺，母親見阿桑卻是好好的，以爲那個聰明的傢伙在報復哥哥，於是又拿棍子打得他屁股開花。

天賜的爺爺吳老先生，是茶馬鎮人人敬重的正骨能手。他將刀吉的腿子放平捏了捏，說小腿裡一粗一細兩根骨頭都折了，還錯了茬兒。老郎中笑道：不要緊的，鐵鍬鏟斷的蚯蚓扔在地上會自己接起來，孩子們的胳膊腿兒也一樣。

吳老先生讓班瑪用雞蛋清攪了一盆豌豆麵糊糊，讓紮西幫他將刀吉的腿子抻展拉直，他仔細捏著將兩根骨頭一一對上茬口，然後將麵糊抹在布條上一層層纏裹起來，再用薄木板夾住綁好。老郎中還找來幾條活蹦亂跳的娃娃魚，說那是老偏方裡的「接骨丹」，讓刀吉就著清水一起喝下去。老郎中臨走叮囑紮西夫婦，要讓孩子老老實實在炕上躺夠一個月，那樣骨頭才長得牢靠一點。結果不到半月，有天刀吉聽到街巷裡孩子們的打鬧聲，自己拆掉夾板就跑下樓去了。

28

天賜每天來找兄弟倆，刀吉便成爲三個人的頭兒。三個小男孩兒一天泥裡出水裡進，不知疲倦地滿世界瘋跑，三虎崽的稱號就是那時得來的。陽光曬黑了他們的皮膚，也給了他們健康快樂以及難忘的記憶。七八月他們最愛去的是南部河灣，那兒的農田裡有水嫩的豌豆角，放在嘴裡一咬啪地炸開，滿嘴都是甜水兒。一到冬天他們就打雪仗，在雪地上拓人形——爲拓出男孩子完整的體形，刀吉脫掉衣褲赤條條撲倒在雪地上，一而再再而三，以致他的牛牛紅腫起來，像凍了消消了又凍的胡蘿蔔。母親不得不拿破布片將它包起來，又將布條做的褲帶打上好幾個死結。馬場街的火神廟也是個好玩兒的地方，身披樹葉的赤發炎帝端坐高堂，面前的案子上擺著黑膩膩的瓦燈，還有發了黴的饅頭和乾癟水果。左側偏殿裡塑著持刀捋髯的關公，右側偏殿裡是一尊陰司判官，看上去都是氣勢洶洶的模樣。那陰司判官一手捧著生死簿，一手高舉蘸了紅色顏料的毛筆，據說他劃掉本子上某個人的名字，那人即便好端端走在街上，也會突然倒地一命嗚呼。刀吉卻不吃那一套，老是爬上他們的脖子當馬騎。

三虎崽光顧最多的要數隆卜舅舅的敞院。那裡幾乎是個小小的動物園，烏鴉、喜鵲、灰兔乃至旱獺應有盡有。卓瑪那時已跟她的舅舅住在一起。據說隆卜舅舅在山道上遇見她的時候，她亂蓬蓬的頭髮就像鐵線蓮花須一樣飛起來。隆卜舅舅用泉水洗淨她的臉蛋才發現，她的兩眉中正有顆紅痣，像是用朱砂點上去的，可是怎麼洗也洗不掉。後來人們都說，那樣一個醜八怪男人，怎麼會有如此俊俏的外甥女？因而懷疑那並非他的親外甥。孩子們管不了那麼多，他們都喜歡卓瑪，很快就成了好朋友。他們每天去找她玩，逗惹滿院子的小動物，偶爾也會撞見騸馬的場面，想看看的時候卻被隆卜舅舅跺著腳轟出來。據說以前隆卜舅舅每天要做十幾匹馬的手術，敞院的木頭架子上拴滿了倒楣的小公馬，割下來的馬卵子一個人吃不完，就送給鎮子裡需要的男人。後來他們全程觀摩過一次，可能因爲成了卓瑪的好朋友，隆卜舅舅對他們就不再那麼凶。那次是一匹棕色小公馬接受酷刑，只見它被放倒在架子下，兩隻前腿用皮繩結結實實綁著，兩個牧人用膝蓋頂住它的頭和背，第三個牧人使勁板起一條後腿，讓那鼓鼓囊囊的寶貝蛋兒暴露出來。一旁的地上劈劈啪啪燃著一大堆劈柴，兩三把長柄烙鐵燒得通紅。隆卜舅舅一步一個響屁走過去，拍拍馬兒臀部，又捏捏那膠皮袋子似的陰囊，好像估摸那兩顆肉蛋夠不夠他炒上一勺。一切準備妥當，只見隆卜舅舅一揚胳膊將褐子斗篷掀落在地，操起一盤細皮繩和月形外刃刀赤膊上陣。他一把捉住馬兒陰囊的根部，擠奶似的倒換著兩手，使兩顆拳頭大的卵子鼓凸出來，表皮也越來越薄，眼看就要爆裂了。接著他拿細皮繩在手底下一圈圈纏繞起來，使那陰囊成爲一朵黑牡丹的蓓蕾。隆卜舅舅用舌頭舔了舔月形刀的外刃，眨眼間手起刀落，兩顆紅紅的肉蛋就蹦了出來。桑吉和天賜掩住眼睛不敢看，刀吉卻一點也不怕，嘻嘻笑著一步步湊到跟前去。隆卜舅舅抬頭看見他，晃著手裡的月形刀嚇唬道：兔崽子，小心把你也一起騸了！刀吉才停住了腳步。那可憐的小公馬掙扎著，又是蹬腿又是甩頭，無奈被牧人們死死摁著，只有尾巴一下一下抽打著隆卜舅舅的光膀子。其時兩條細細的精索還連著卵子，血水滴瀝不絕，隆卜舅舅拿起手邊一個二尺長的木夾板，一手用夾板夾住精索，另一手搆著火堆裡的長柄烙鐵，呲地一聲青煙騰起，兩隻卵子便啪嗒啪嗒掉在地上。他一連換了幾次烙鐵，將夾板縫裡的精索斷頭烙得焦黃結痂，滿院子飄蕩起炭火烤肉的味兒。最後隆卜舅舅鬆開夾板，精索斷頭縮了回去，再解開纏繞的細皮繩，膠皮袋子裡就空空如也了。牧人們牽著渾身顫抖的馬兒離開後，隆卜舅舅從地上撿起兩個肉蛋，吹吹上面的土和草屑，用髒兮兮的手掌揩一揩，每個上面再劃上一刀，洗也不洗就丟進鍋裡煮著。他們看著隆卜舅舅幾乎遮住嘴巴的大鼻子，就想那軟乎乎的一團肉要是割下來，分量也跟馬卵子不相上下。

29

有次他們去隆卜舅舅那裡，一隻巧嘴的紅嘴鴉落在桑吉肩頭，一聲聲叫著桑吉、桑吉。隆卜舅舅就對桑吉說，它跟你有緣呢，小子，帶回家去好好養著吧。

紅嘴鴉體型較小，尤其孩子般的叫聲乖巧可愛。那只紅嘴鴉便成了桑吉形影不離的夥伴，站在肩頭出來進去地招搖。媽媽給他一塊剛烙好的餅子，紅嘴鴉一嘴先啄了去，接著又吧唧一聲將糞便拉在他的後背。媽媽氣得拿笤帚追著去打，紅嘴鴉卻撒嬌似的叫著媽媽媽媽，媽媽也就被逗笑了。

紅嘴鴉整天叫著桑吉、德吉，甚至叫出了鄰家男孩兒天賜的名字，卻不肯叫一聲刀吉，好像它的聲音在那兒就金貴起來。刀吉很不服氣，又是拿好吃的引誘又是舉著樹枝嚇唬，可它頑固地叫著爸爸媽媽桑吉德吉和天賜，接下來就令人沮喪地閉了嘴。刀吉就找來用樺樹枝和竹棍兒製成的弓箭，將那可惡的紅嘴鴉作爲練習射箭的靶子。

那眞是驚險一幕。刀吉瞄準站在欄杆上的紅嘴鴉就要發射的時候，桑吉急忙奔過去擋在紅嘴鴉前面。他看到尖端裝了鐵釘的竹棍兒直直飛來，本能地舉起手護住了自己的眼睛，只聽噗地一聲，鐵釘射進了他的右手掌心。

若不是舉手護住，桑吉眼裡的苦水早就放掉了，從此他不僅是個不說話的啞巴，也會成爲用布條蒙住一隻眼的獨眼龍。母親替他拔掉鐵釘的時候，他疼得眼淚直流，看到紅嘴鴉還好好活著，就咧開嘴嗨嗨笑了起來。

桑吉的手心腫得老高，仿佛捧著個大肉球，十天半月膿還放不出來。天賜的爺爺就摘來自家院子裡的杏樹葉敷在上面，早晚各換一次，終於拔開了膿包。膿血流盡，肉球也就平復下去，留下了半瓣蠶豆似的疤痕。刀吉拿那支箭射過樹上的鳥和牆頭的貓，也射過街上的流浪狗，所幸桑吉並未因此染上可怕的狂犬症。

30

後來就出了那件離奇事兒。

有天紅嘴鴉不見了，桑吉樓上樓下找了幾回都不見蹤影。他以爲紅嘴鴉自己飛了回去，就到隆卜舅舅的敞院裡去找。可是紅嘴鴉不在那裡，隆卜舅舅和卓瑪也不在家。

桑吉就一個人走著，任由兩隻腳把他帶離了鎮子。鎮子西邊向下的斜坡長滿了醉馬草，很快就將他小小的身影隱沒了。雲雀懸在頭頂嘀哩哩嘀哩哩叫著，眼睛像紅瑪瑙似的野兔在他前面停下來，翕動著豁嘴唇好像跟他說話，孵卵的鵪鶉媽媽眨著一對小眼睛，他靠得再近也不肯跑開。看見一隻金龜子困住在蛛網裡，他就用草棍兒挑開蛛網，讓它張開翅膀嗡地飛走了。再下去，西灘裡是一條湍急的河流，是他從家裡看見父親騎馬涉過的那條河。那條河從北部山谷的寺院旁流下來，河上有座無人看管的立輪水磨，由於不是磨面的季節，水流被導向一側的渠道。他提了一下閘板，河水嘩嘩湧入水槽，磨房裡花崗岩的磨盤便轟隆隆轉動起來。那磨盤像一頭沉睡的犛牛被突然驚醒，笨重的嘴巴咀嚼起來，可它的胃裡沒什麼東西可以反芻，只有牙齒磕碰的聲響驚心動魄。他急忙將閘板壓了下去。不知不覺天色暗了下來，困倦使他的眼簾變得沉重，就蜷縮在磨盤下的地板上睡著了。

半夜的時候磨房裡突然亮了起來，比白天還要亮上幾倍。接著他又看到了白度母。這次白度母好像變小了一點，成了個跟他差不多大小的女孩兒，微笑著站在他面前。她向他伸出手來的時候，他像一片羽毛從地板上飄浮起來。她牽著他的手，漸漸向高處飛去。他感到從未有過的快樂，只是不明白要去往何處，就開口問道，我們這是去哪裡呀？她回頭咯咯咯笑著說：別擔心桑吉，到了你就知道了！他就放心地隨了她，一直飛向星光燦爛的天空……

第二天太陽照進磨房，看見母親和卓瑪站在磨房門口的時候，他還拿不準是不是仍在夢中。卓瑪的頭髮不再像鐵線蓮那樣飛起來，而是梳成了兩根結實的小辮子。她的臉蛋像蘋果一樣，眉心的紅痣也愈加明顯了。她面帶自信乃至驕傲的微笑，就跟夢裡見到的白度母一樣。他的母親卻眼含淚水，不相信似的看著她失而復得的小兒子。

原來他一夜未歸，母親以爲他留在隆卜舅舅家過夜，天一亮就跑去看。知道他不在那兒，母親就急得哭了起來，正在替自己紮辮子的卓瑪卻說：

「我知道他在哪兒。」

母親就跟著卓瑪走出鎭子，穿過那片醉馬草覆蓋的山坡，在河邊的磨房裡找見了他。母親再次被弄糊塗了：小女孩兒卓瑪怎麼知道她的阿桑就在那裡？只有秋冬之交人們排隊磨麵的時候，那裡才會熱鬧上一陣兒，平時幾乎是沒人願意光顧的。但那樣離奇的經歷，很快還是被母親忘掉了。

回到家裡，桑吉仍找不見他的紅嘴鴉，刀吉就壞笑著說：你那可惡的紅嘴鴉，讓屋後那家的貓兒叼走了。刀吉又對母親眨眨眼睛，母親也幫腔道：眞的阿桑，我也看見那邊牆根下留著一攤紅嘴鴉的毛呢。

從此桑吉常常一個人到西灘裡去，卓瑪也會不約而同出現在那裡。他帶她參觀他的磨房，提起閘板讓急流打轉水輪，將那壞脾氣的石犛牛一次次喚醒。之後他倆就躺在開滿紫菀花的草地上，看天上的白雲一朵朵浮現出來，接著又淡然隱去，仿佛融化在清澈的湖水裡。桑吉想，雲是怎麼憑空生出來的呢？怎麼又突然不見了？他抓起卓瑪的手，心裡對她說：知道嗎卓瑪，別人的媽媽一次只生一個，我肯定是多出來的一個，就像爸爸去城裡買東西，他買了一個西瓜，人家又搭給他一個桃子。卓瑪好像聽懂了他無聲的話語，咯咯咯笑著說：「我也一樣桑吉，我也是個多出來的桃子呢！」

爲了讓桑吉開心，卓瑪揪下一枝五鳳草，用管芯裡冒出的白色汁液給他點了眉心。五鳳草是有毒的，不一會點過的地方就起了燎泡，紅紅地凸起來。卓瑪就拉他去河邊照著影子說：「看呀桑吉，我倆一模一樣了！」

到了弟兄倆快要上學的時候，母親歎著氣對她的丈夫說：「阿刀將來肯定是個有本事的人，可讓我的阿桑怎麼辦？他不會說話，長大了也要受人欺負的。」

一旁的刀吉舉起兩隻小拳頭說：「有我呢，媽媽。誰敢欺負啞巴弟弟，就讓我去揍他！」

父親也笑道：「放心吧老婆，每頭牛嘴底下都有一棵草。」

第十章

31

不知是白度母暗中相助，還是佛菩薩格外惠顧，桑吉六歲半被認定爲尼拉木寺老活佛的轉世，而且也開口說話了。不過他不想稀里糊塗接受命運的賞賜，開口第一句話竟是對自己靈童身分的否認。甚至長大成人以後他還猶豫再三，爲該不該走上那空置已久的神聖法座糾結不已。他覺得除了這樣那樣的機緣巧合，剩下的不過是自己生逢其時而已。

早在三虎崽出生那年，尼拉木寺十一世活佛莫名其妙失蹤了。那是很不平靜的一年，茶馬鎭還出了另外一些匪夷所思的怪事。一些起先只是街頭巷尾的傳聞後來卻得到了證實，比如天黑以後北街一戶人家的後牆會顯出一張人臉來。那樣的事聽起來足夠稀奇，膽大的男人們就想眼見爲實，弄出個所以然來。於是，晚飯後他們咕上幾口青稞酒壯壯膽，相約去那戶人家屋後，屏住呼吸盯著石牆看。果然，那裡漸漸顯出一張人臉的輪廓，接著好像石塊中的黑色粒子迅速聚合，眼睛，鼻子，嘴巴，一樣不差，相片顯影般漸漸清晰起來，還向看它的人們擠眉弄眼呢。不過也就那麼一眨眼的工夫，仔細端詳的時候又倏然不見了，摸摸那裡仍然是冰冷的石牆。親眼目睹過的人都說，那張臉有點像尼拉木寺失蹤了的老活佛。

「是有點像，還是一模一樣？」

「是有點像……一閃就不見了，哪能看得那麼清楚。」

此事傳到尼拉木寺僧侶們的耳朵裡，他們要求房主人用泥巴糊住牆壁，此後就什麼也沒有了。

鎮子中心的鐵瓦殿裡，每天半夜又閃現出一串燈光來——問題是居住在那裡的十世活佛圓寂之後，畫著六道輪回圖的鐵瓦殿大門就一直鎖著。那是一長串發出黃光的蓮花燈，好像被一行人提在手裡，列隊在午夜的大街上走來走去。

茶馬鎮人不忌鬼神，差不多每個人都有類似的經歷。走夜路的時候，即便耳旁有隱形之物在嚯嚯喘氣，或一根煙柱子似的物體旋轉著從眼前經過，他們至多呸呸唾上幾口，絕不會大驚失色尖叫起來。可是，當一個陌生男人出現在茶馬鎮的時候，卻給他們帶來了不小的恐慌。

那是積雪消融的初春時節，人們發現那形跡可疑的傢伙出現在鎮子西北的煨桑臺上。他戴著黑塑膠框的眼鏡站在那裡，仰頭凝望著西北天際，好像期待什麼神秘之物的到來。人們迷惑不解，他到底從何而來？來茶馬鎮想幹什麼？尤其每天夜幕降臨之際，大家看著那黑黢黢的身影幽靈一樣出現，一時議論紛紛，擔心他會給茶馬鎮招來什麼災禍。

那時，天賜的爺爺算得上是茶馬鎮最有學問的人。他憑鑽研祖上傳下來的五十多卷《本草綱目》繼承了鄉間郎中的衣缽，尤其擅長脫臼和骨折的矯治，被人們奉爲正骨還魂的神手。老先生常常將仁義禮智信掛在嘴邊，對天上地下的事都略知一二，至於那不速之客的出現，自然也能做出與他的見識相當的判斷。

由於剛剛得了長孫天賜，志得意滿的老先生站在白塔邊，捋著山羊鬍呵呵笑道：「何必大驚小怪，那不過是個占星師而已。他那麼專注地盯著天空，其實是在觀察天象。」

人們小心地問：「那他爲什麼跑到茶馬鎮來？難道別處就沒有天空了嗎？」

老先生笑道：「茶馬鎮的星星又大又多，看得仔細嘛。」

許多人不明白觀察天象有什麼用，老先生就解釋說，跟他熟知各種植物的藥性一樣，根據星星位置的變化和明暗程度，占星師也能預測出世事變遷，大人物的誕生也看得出來。

吳老先生並未直言自家孫兒可能是個大人物，看著他欲言又止的神態，大家還是能領悟到那層意思。他的話在一定程度上緩解了人們的恐慌，卻也無法阻止他們進一步的猜想：尼拉木寺老活佛生死不明，占星師能看到他去了哪兒嗎？假如老活佛已圓寂在外，占星師能不能看到下一世活佛降生在哪裡呢？只是話又說回來，轉世靈童只會出現在虔敬事佛的人家，信奉孔孟之道的吳老先生家裡就是生出個三眼六臂的神童，跟活佛轉世也是扯不上關係的。

32

那是文化大革命後期，山外的寺廟幾乎都被搗毀，尼拉木寺雖然偏安一隅，但這樣那樣的消息不斷傳來，許多僧人還是離開了寺院，最後連老活佛本人也不見了。跟老活佛一起消失的還有一件鎮寺之寶：一隻包了銀嘴的右旋白海螺。那稀有之物是一世活佛薩曲梅隆帶來的，一代代保存下來，象徵著尼拉木寺的法脈傳承，估計也被老活佛裹在袈裟裡帶走了。當然那只是猜測而已，實際的情形不得而知。無論如何，尼拉木寺是幸運的，那些石頭壘砌的經堂佛殿和古老的經卷得以保全，剩下的二三十個僧侶雖然不敢做公開的法事活動，像圖丹喇嘛那樣閉門研習經典的仍大有人在。

老活佛手下原有兩位堪布，學識淵博的圖丹喇嘛主持教務，事事較真的丹巴喇嘛負責日常事務的管理。老活佛棄寺而去之後，圖丹喇嘛好像也給自己卸了任，他只顧自己閉門研讀經卷，寺院大小事務全落在丹巴喇嘛肩上。

丹巴堪布生就一張羯羊臉，黃色瞳仁裡帶著無法抹去的憂慮，讓人既敬畏又同情——壓在他肩頭的擔子過於沉重了。他多次用念珠打卦，結論是老活佛已經身壞命終，不在這個人世了。後來聽說鎮子裡石牆上出現老活佛的面相，他便確信了自己卜算的結果，覺得老活佛是借由那種方式傳遞一個資訊：他回來了，但回來的只是他的神識。如此一來，當務之急便是尋訪老活佛的轉世靈童，不然剩下的僧侶也會跑光，具有六百年歷史的寺院就要關門了。丹巴堪布是個神經質的自語者，常年誦經使他養成了那種不自知的惡習，尋訪靈童的重擔壓在肩上，使他自說自話的毛病更是不可救藥。他嘴皮子底下不停念叨著：老活佛是不是轉世了呢？靈童會出現在哪個方位，什麼樣的人家？即便跟別人談論另外一件事，他也會突然兩眼失神喃喃自語起來，使對方也心煩意亂，忘了正在討論的話題。

聽到鎮上來了那麼個神秘人物，丹巴堪布覺得無疑是觀音菩薩派來了救星。於是又一天黃昏來臨，他身著便裝混跡於人群，打算近前予以確認，或可旁敲側擊做些必要的試探——若是那人真的道行高深，不妨請來寺院作進一步討教。

就在丹巴堪布跟著大家接近煨桑臺的時候，那四隻眼的傢伙突然指著西北天際大叫一聲：

「來了！」

人們不明白什麼來了，也不知是凶是吉，頓時毛髮倒立脊樑發麻。待大家順著他的手指望去的時候，只見西北天際有個閃閃爍爍的亮點，朝著茶馬鎮的方向直直飛來。

「我的星，我的星！」

那傢伙大聲喊叫著，同時轉動一個煙盒大小的收音機的旋鈕，呲啦啦呲啦啦，突然噪音消失，傳來一陣淸晰嘹亮的音樂聲，嘀嘀噠——嘀嘀噠——聽起來竟是十分悅耳。

原來吳老先生也有弄錯的時候。那人並非什麼占星師，而是個神通廣大的牧星人。不過跟哈拉瑪草原牛羊成群的牧人不同，屬於他的星只有那麼一顆。那顆星由西北方向緩緩飛來，經過人們頭頂時也未加逗留，而是一直向前，一直向前，最後消失在東南部黑幽幽的密林之後。

「它會回來的！」那人肯定地說。他顯得滿有把握，仿佛手裡牽著一根看不見的韁繩，讓那頭牛絕對聽命於他。

一個時辰過後，那顆星再次出現在西北天空，收音機裡又嘀嘀噠嘀嘀噠響了起來。所有人對他投去敬畏的目光，覺得他就是傳說中法力無邊的廣目天王。

第二天，牧星人就被丹巴堪布秘密約請到寺院裡去了。

丹巴堪布爲他獻上一整隻羊胃囊盛裝的酥油，外加一條表達敬意的哈達，請他算算尼拉木寺老活佛是否已經轉世，轉世在什麼方位，什麼人家，最好能說出靈童的屬相和父母的名字。那人面無表情推開眼前的酥油坨子，只說了一句話就轉身離開了寺院。他說的那句話是：

「現在還不是時候。」

33

牧星人從此留在了茶馬鎮，住在馬場街張鐵匠的鋪子裡。那樣一個拿掉眼鏡立馬變成瞎子的人，卻能讓天上的星星聽命於他，讓它回來它就回來，一個晚上讓它繞幾圈就繞幾圈，對茶馬鎮人來說太不可思議了。於是，人們就想讓他解開許多困擾著他們的謎團。

人們聚集在鐵匠鋪裡，七嘴八舌提出那些懸而未決的問題：茶馬鎮人眞是天神的後代嗎？雲端裡還有沒有神靈飛來飛去？魔女谷那個母夜叉眞的是被山神遺棄的原配夫人嗎？有什麼辦法可以對付她，不讓她傷害無辜的人畜呢？諸如此類的問題，都希望得到滿意的回答。

牧星人斜倚在炕角的被卷上，埋頭於一本滿是字母和數位的厚書，對人們的問話充耳不聞。他仿佛不僅是個四隻眼的瞎子，也是個不問世事的聾子。實在吵得無法看書的時候，他就從塑膠眼鏡的上方瞪著大家說：

「對不起，我們的天空是不一樣的。」

他的耳根並未因此清靜下來。又有人問，石牆上怎麼會顯出一張人臉來？每天半夜，鐵瓦殿裡怎麼又會閃現出一串蓮花燈，像一隊人提著似的滿大街走來走去呢？

牧星人頭也不抬地說：「那得讓我親眼看見了再說。」

人們覺得他過於傲慢，張鐵匠好心收留了他，他卻懶得跟他們多說一句話。就在他們面紅耳赤跟他論理的時候，張鐵匠就將風箱拉得火星四濺，拿錘子噹噹噹敲著鐵砧說他要幹活了，不由分說將人們推搡出去。

丹巴堪布仍是堅持不懈，十天半月就跑去鐵匠鋪諮詢一次，那人的回答都是同一句話，至多再拿出他的收音機晃一晃：「它告訴我，那件事兒還得等等。」

34

就那樣過了六年，有一天出乎丹巴堪布所料，牧星人主動去寺院找到他，鄭重宣布道：

「是時候了，去做你們想做的事吧。」

可是，至於靈童降生的方位以及人家，牧星人卻不肯多說一個字。在丹巴堪布躬身俯首的期待中，他也絲毫沒有替人分憂的意思。他說：「對不起，我不是吃那碗飯的人。我只能說時候到了，其餘都是你們自己的事兒。」

那人離開茶馬鎮的時候才公開了自己的身分。他說他不是什麼神通廣大的牧星人，也不是能掐會算的巫師，他只是從西部戈壁灘流亡而來的航天工程師。滑過茶馬鎮上空的是我國第一顆人造地球衛星，他本是那顆衛星發射團隊的一員，可惜火箭點火升空的時候他並不在現場。在衛星將要被送入太空的時候，他因反對在上面嵌滿偉人像章而獲罪，作爲對領袖不敬的壞分子被關押起來，在一次批鬥大會之後僥倖逃脫。他知道逃到老家同樣被捉回去，於是隱姓埋名來到茶馬鎮。他說作爲一名負責任的工程師，他的意見並沒有錯，後來升空的衛星也沒有嵌滿那些鋁合金贅物。指責他的人其實也心知肚明，那樣做會使那僅僅載有無線播音設備的棱形反光器墜落下來，難說會砸到他們自己的頭上。

牧星人說，他要回到隱藏在胡楊林中的秘密基地，回到他傾注了大半生心血的崗位上去。他還說，他們將會發射更多更先進的衛星，讓人人變成神話裡的廣目天王，坐在自家炕頭就能看到外面的三千大千世界——而他無法回答的那些問題，到時候大家自會找到答案的。

牧星人離開茶馬鎮不久，僧侶們也被允許重新裹上袈裟，可以修復破敗的寺廟，公開誦經禮佛了。

第十一章

35

在丹巴堪布心目中，尼拉木寺的歷史就是薩曲梅隆活佛世系的傳承史。早在茶馬鎮還沒有人居住的時候，那個名叫薩曲梅隆的高僧就來到這裡——因夢中得到佛菩薩的授記，他帶著五名弟子風餐露宿長途跋涉而來。他們在馬蓮花覆蓋的山包用白石壘砌了簡易的佛塔，又在與之相對的北部山谷建起了靜修石屋，從此留居下來誦經打坐。那年秋季茶馬交易日到來之際，人們才發現平地建起的佛塔，去北邊石屋裡拜訪過薩曲梅隆之後，才知道他們每年兩度紮帳熬茶的地方，看上去竟然像釋迦佛祖講經傳道的金剛法座。其時薩曲梅隆身邊只剩一個年輕弟子，據說五位弟子中的一個早在修建靜修石屋時不堪重負不辭而別，在其後的日子裡，另外三個也難以忍受山谷裡的寂寞，辭別師父繼續去作浪跡天涯的行者。人們對薩曲梅隆和那位弟子心生敬意，拿出一部分食物供養了師徒二人。只是他們不像僧侶們那樣心懷禁忌，照例在佛塔周圍的草地上搭起帳篷，於煙火繚繞中完成他們袖筒裡的買賣。

在僧侶們堅信不疑的傳說中，那個遠道而來的薩曲梅隆是個道行極深的高僧，頭天夜裡將念珠拋撒在外面的草叢裡，翌日凌晨會自動穿起來，一百零八顆一顆不差。他也能隨意轉換物質的形態，可以將一坨牛糞變成黃橙橙的酥油，或者將試探者故意獻上的一團摻雜了沙土的糌粑變成石頭。據說他覺得年老體衰無法完成弘法大願時，有天看到山谷裡送來一具剛剛死去的少年屍體，一大群禿鷲自天而降準備享受美餐，老喇嘛就走了過去。他揚手趕走那些光脖子上滿是紅色肉瘤的大鳥，然後在屍體旁打坐入定。片刻工夫他就坐脫立亡，而那少年的屍體卻翻身坐了起來。他向依然端坐不倒的老喇嘛遺體俯首三拜，然後走向薩曲梅隆的靜修石屋，接續他前世的未竟事業。

山間高地上人口稠密起來後，北部山谷的石屋旁也陸續建起了像模像樣的經堂佛殿，並正式定名爲尼拉木寺。僧侶們還在寺院入口建了一座護法神殿，將地方神祇尼拉木山神的形象描畫於牆上：那是一位鬚髮皆白的武將，身著金色鎧甲，背插五面令旗，騎一匹高大的紅色戰馬，威風凜凜巡遊於群山之巔。封閉的環境也成全了這座寺院，外界的戰亂和動盪總難波及，卽便山外發生改朝換代的巨變，這裡依然風輕雲淡麗日高照。無奈寺院的信衆有限供養微薄，施主大多只是來自哈拉瑪草原的牧人，他們不是從懷裡掏出一坨滿是黑指印的酥油，就是從馬褡子裡取出一隻枯柴般的風乾羊腿。薩曲梅隆的繼承者都想擴大寺院規模，卻沒有足夠財力來支撐那樣的雄心壯志，他們只是重砌了如今老鎮中心的那座白塔，因爲當初的那座石塔過於粗陋，況且它的邊角已經坍塌了。卽便如此，小小的尼拉木寺也自成體系，延續了從未間斷的活佛轉世系統。他們追認薩曲梅隆爲第一世活佛，那個從禿鷲群裡翻身坐起的少年爲第二世，到如今失蹤的薩曲梅隆．丹正堅參活佛，已排序

爲尼拉木寺的十一世活佛了。

歷代活佛的身影湮沒於曠久的歲月，只有十世和十一世活佛的一些言行還在僧侶之間口耳相傳。據說十世活佛是來自東部農區的漢人，曾翻越喜馬拉雅山追尋過佛祖傳道的足跡，回來後就在白塔旁建起了另一座經堂。因經堂屋簷覆以張鐵匠祖父奉獻的一百零八塊鐵瓦，那裡就被稱爲鐵瓦殿，十世活佛在那裡度過了他的餘生。他說，信奉佛法的人不可以避居深山獨善其身，而應遵循出世又不離世間的法則，努力親近大衆服務社會，踐行佛陀自覺覺他、度己度人的教誨。十一世活佛的觀點又與之相左，他很少去光顧鎮子裡的鐵瓦殿，失蹤前還發出過這樣的感歎：

「尼拉木寺是一座尋求清淨的寺院，這是開山祖師薩曲梅隆尊者的初衷。據我所知，他帶著那只白海螺離開所在寺院雲遊到此，就是爲了躲避沒完沒了的教派紛爭和跟世俗社會無異的權利角逐。他離開以後，據說在那佛法薰染已久的土地上還不斷傳出一些令人咂舌的事，有人爲達成一己私利，在對手的靴子裡縫進惡毒的咒符，或者在畢恭畢敬端上的酸奶裡投入了砒霜。那些行爲不僅背離了佛家慈悲爲懷的初衷，也讓世俗社會的人們聽了臉紅。值得慶倖的是，深藏山間的尼拉木寺從未受到外在勢力的裹挾，也躲過了這樣那樣的天災人禍。如今，世界正發生著翻天覆地的劇變，東邊的大海被掀了起來，再高的山峰也無法抵擋那滔天巨浪。在你們將要經歷的年代裡，尼拉木山頭的積雪將消失不見，茶馬鎮也會像海裡的浮冰一樣很快消融……」

36

山頭的積雪可能眞的會消失不見，大海掀起的浪頭卻已退去，尼拉木寺躲過了那場劫難。那麼，接下來的第十二世活佛又將是什麼樣的人呢？那是誰也無法預料的。甚至他會出現在哪個方位、什麼人家，丹巴堪布也毫無把握。正如十一世活佛所說，尼拉木寺得益於地處偏僻和籍籍無名，尋訪靈童的過程不會受到什麼宗派勢力的左右，也不可能有世俗社會的權力越界參與角逐。這對他來說無疑是件好事，完全可以按照既往的儀軌，尋訪到不具任何背景，也不帶任何功利色彩的活佛繼承人了。

牧星人最後一次拜訪寺院的時候，僧人們正赤膊搬運石塊，加固即將坍塌的經堂後牆——那種身體力行的修行方式，同樣是秉承了尼拉木寺的傳統。牧星人前腳離開寺院，丹巴堪布後腳就奔往工地，讓參與苦役的圖丹喇嘛和幾個年長僧人放下手頭活計。他們迅即組建了尋訪班子，全力投入這項重大事務中來。

可老活佛對身後大事並未留下任何囑託，哪怕一句暗示都沒有。這大大增加了尋訪的難度，丹巴堪布和他的團隊成員覺得事關寺院的前途命運，卻又毫無頭緒。在丹巴堪布沒完沒了的嘮叨中，大家花了三天時間，翻遍老活佛所有的經卷和遺物，最後只找見寫在一部經卷底頁上的四句話，不知是隨手抄錄於某部典籍，還是特意爲尋訪靈童所作的偈語：

大河東流去，古楊年年綠，
舟筏皆已漏，虹橋在夢裡。

於是，那四句話不僅被視爲尋訪靈童的依據，也成爲丹巴堪布自言自語的新內容，六字大明咒似的每天念叨上萬遍。他們反覆推敲每個字的含義，最後理出了一條雖然牽強卻也能自圓其說的線索：靈童出生地應該在一條大河邊上，門前長著一棵或好幾棵楊樹；附近河岸或棄置著破舊的木船，或架著一座看上去美如彩虹的拱橋。

至於靈童出生的時間和方位，丹巴堪布又打卦三次，結果都顯示是虎年所生，方位在南。虎年所生的孩子已長到六歲多，這似乎沒什麼問題，因爲老活佛失蹤快七年了；問題是茶馬鎮南部皆爲農區，雖然人口稠密，佛法早已作爲封建迷信掃除殆盡，虔敬的信奉者猶如鳳毛麟角。是不是卦象有誤？丹巴堪布對自己的卜算能力依然缺乏信心，穩妥起見，寺院又專門舉行了一次祈願法會，迎請四方神靈給予必要的授記。他們用一大堆柏枝和數十升糌粑煨起了桑煙，滾滾濃煙拔地而起扶搖升空。那是個晴朗無風的好天氣，僧侶們屏住呼吸仰頭注視著它的動向：濃煙不偏不倚升至半空，接著卻出奇地靜止下來，一朵巨大的金針菇般懸浮在那裡。莫非連神靈也難以做出決斷？可是且慢，接著他們就看到了驚人一幕：濃煙的頂端突然變幻出一隻巨大的手，那只巨手緩緩伸出食指來，明白無誤指向了南部天空，彷彿轉世靈童就等候在那條直線延伸的末端。

再遲疑就沒有半點道理了。丹巴堪布讓他的團隊換上俗人裝束，身背裝有老活佛木碗、銅鈴和手鼓等遺物的毛褐口袋，口誦那四句神聖偈語，義無反顧奔赴南方。

37

那一年氣候反常，乾旱洪澇相加，所到之處一片蕭條。在丹巴堪布催促下一行人跑得腳底冒煙，最終不得不接受令人沮喪的現實，半年後一個個瘸著腿跛著腳回到了寺院。他們搖著頭說，老活佛帶走了作爲鎮寺之寶的白海螺，也連同尼拉木寺的幸運一起帶走了。他們所到之處，經過改天換地的群衆運動已是滿目瘡痍，持續的乾旱和暴雨泥石流又雪上加霜，即便在環境未遭毀壞的村寨裡，跟人們談起佛法已是恍若隔世，從年齡相符的孩子們臉上也看不出什麼靈性和慧根來。還有更爲不利的情形，廉價收購民間古董的騙子和裝扮成貨郎的毛賊橫行鄉里，村民們對陌生面孔一概心存戒備，問什麼都是大搖其頭，對他們避之唯恐不及。口袋裡叮噹作響的法器也帶來了麻煩，他們往往被當成招搖撞騙的古董販子，好幾次遭到當地派出所的盤查，一次次被驅逐出境。

丹巴堪布覺得，延續六百年的活佛傳承就要斷送在自己手裡了。他的嘴上起了燎泡，扁桃腺腫的老高，彷彿患了缺碘的大脖子病。這天他坐臥不寧來到寺院門口，一邊不可遏止地念叨著我是罪人、我是罪人，一邊手遮額頭眺望山谷下面的鎮子。那是個八月裡常見的好天氣，四山蒼翠，朵朵白雲懸浮山頭，彷彿爲寶藍色的天穹綴上了蕾絲花邊。老鎮裡綠樹成蔭雞犬相聞，環繞在鎮子南部的黑河波光粼粼，到處一派寧靜祥和的景象。一瞬間他恍然大悟：佛祖啊，眞該懲罰我這個笨蛋！我們跑遍無數村寨，哪裡見過這樣的景象？看看，那奔流不息的黑河，不就是老活佛偈語中的大河東流去嗎？南坡邊那些高大的白楊不就是古楊年年綠？傻瓜蛋們，我們捨近求遠一意孤行，浪費了多少寶貴時光啊！

38

丹巴堪布立刻召集原班人馬，風風火火衝向鎮子。

他們剛剛進入鎮子，卻劈頭蓋臉遭遇了一場雷陣雨。丹巴堪布對大夥說：「顯然這是個吉兆，我的喇嘛們。可淋成落湯雞也不怎麼好看，先去火家婆那兒躲躲吧。」於是他們將袈裟頂在頭上，拐過幾個巷口直奔火家木樓。

那時的火家婆還是火花的奶奶。由於身兼茶馬會成員和火神廟的香頭，那個從未看見過世間事物的老太婆對鎮子裡的情況卻瞭若指掌，能一口說出各家有幾個大人幾個孩子，是男孩兒還是女孩兒。其實丹巴堪布也想借此機會跟老太婆聊聊，或許能得到些有用的線索，省去挨門走訪的麻煩。

「你們不光是來躲雨的吧？」那個通靈者轉動著白翳覆蓋的眼球問道，「別人來找我，可能想知道丟失的牛去了哪個方向，還能不能追回來。可是你們，要找的不會是一頭牛。」

丹巴堪布說：「您說對了，老人家。我們只想問問，鎮子裡有沒有木虎年出生的男孩。」

「你們又不是瞎子，不會自己去看啊？」老太婆氣呼呼地說，「怎麼不去南坡邊打聽打聽？紮西家就有一對雙胞胎男孩兒，今年六歲，當然是虎年出生的！」

老太婆又不失時機自誇起來：「不知你們聽說過沒有，那紮西還差點成了我火家的女婿呢！他常常約我的女兒到牧場裡去，一天到晚吹笛子給她聽，就跟牛郎織女一般。怪就怪我那丫頭心氣兒太高，擔心跟了那個放牛的，一輩子風裡雨裡不說，渾身還是洗不掉的牛屎味。後來呢，可憐的紮西沒有辦法，就娶了個叫班瑪的邋遢女人做老婆！」

丹巴堪布對那些毫無興趣，急切地追問道：「那您說說，紮西和班瑪兩口子爲人怎麼樣？對孩子們來說，是不是一對稱職的父母呢？」

老太婆說：「都說紮西長得跟他的父親老紮西一樣，我又沒見過老紮西的高矮胖瘦。聽說班瑪也鼻子是鼻子眼睛是眼睛，哼哼，可她老是丟三落四犯迷糊，早上起來找不見自己的褲子。我們說奶頭大沒心計，說的就是她那樣的女人！」

丹巴堪布回頭對大家說：「我們沒頭的蒼蠅一樣四處亂撞，怎麼就忘了眼皮子底下的茶馬鎮，也忘了鎮子裡那些虔信佛法的牧人後代？燈下黑啊我的喇嘛們！」

「別那麼遮遮掩掩的，」老太婆又不高興了，「新媳婦放屁一樣放一半夾一半，那有什麼意思！其實屬虎的還有一個，就是南坡邊老吳家的大孫子。比較起來，那還算是個稍微正常的！一開始你們提到木虎年，我就知道你們心裡只有馬客家裡出生的孩子。實話告訴你們吧，紮西的兩個兒子像一個模子裡磕出來的，可哥哥是個搗蛋鬼，弟弟卻是個啞巴！」

丹巴堪布對火家婆的憤慨並不介意。他想那兄弟倆中的一個合乎條件就夠了，同樣出色倒是件難辦的事兒。

於是，雨剛停歇他們就從火家木樓裡衝了出來，一步一滑趕到鎮子南坡邊。

那兒生長著許多高大的楊樹，房前的雨水積成一個個水坑，映照著雨後明亮的天光。僧人們趕到時，一大群孩子圍在水坑邊吱哇亂叫，水坑裡是幾個泥鰍似的男孩，吧唧吧唧扭打成一團。他們在水坑邊看了半天一籌莫展，丹巴堪布俯身問一個小女孩兒：哪兩個是紮西家的孩子？小女孩兒盯著水坑裡面目全非的男孩們看了又看，甩著小辮子說：我也認不出來了！等會兒他們洗淨了臉，我再指給您看吧！

可僧人們不想等，將幾個男孩兒從水坑裡拎了出來。衣服纏裹在他們身上，泥水滴瀝不絕，一個個眨巴著驚恐的眼睛，以為這些僧人是來找他們麻煩的。

水坑裡的打鬧卻是有些原因的。陣雨過後，挽著褲腳的孩子們聚集在那兒，有個大男孩賣弄他的塑膠水槍，吸了雨水朝孩子們身上噴射。別的孩子都尖叫著跑開，只有桑吉站著不動，水槍就在他身上來回掃射，很快全身都淋透了。作為哥哥的刀吉就不幹了，撲過去奪過水槍，喀嚓一聲折斷丟進水坑，接著二人就扭打起來。一旁的天賜眼看刀吉打不過那個大男孩，也撲上去助戰，跟刀吉聯手將那大男孩放倒在水坑裡。桑吉是最後加入的。本來他想把打鬥的雙方拉開，不料自己很快也成了一隻泥鰍。

不等僧人們開口，刀吉將桑吉和天賜拉在自己身邊，指著那個大男孩兒申辯道：是他用那破水槍把我弟弟幹掉了！你們要是來收拾壞蛋的，就去使勁打他的屁股！

僧人們忍住笑，將兄弟倆拉到一旁問了些簡單的問題，父親母的名字啦，誰是哥哥誰是弟弟啦，刀吉聲音響亮地作了回答。在丹巴堪布眼裡，兄弟倆雖然渾身泥水，但面相端莊五官周正，尤其大膽直率的哥哥更讓他滿意。

靈童人選基本可以圈定在紮西家，偈語中提到的其他物象也能逐一對應才好。此時一個僧人驚呼一聲，大家抬頭看時，一輪雙層彩虹赫然出現在東邊天空，一頭紮在鎮子裡，另一頭跨過黑河，懸浮於蒼翠如洗的南部山林。這正是偈語中的虹橋，懸而未決的問題迎刃而解。至此，河流楊樹虹橋都對上了號，唯舟筏二字依然懸置。僧人們在南坡邊走來走去，望著下面的河灘，希望那裡也有驚人的發現。可那裡除了高架於石籠上的老吊橋，哪怕一隻簡易的木筏都沒有。

此時闊臉膛的圖丹喇嘛開口了。他對丹巴堪布說：「據我理解，舟筏只是個比喻而已。如來所說八萬四千法門，都是指月之手和擺渡的舟筏。」

丹巴堪布依然皺著眉頭念叨那四句神聖偈語，對圖丹喇嘛的提示充耳不聞。

平常不愛講話的圖丹喇嘛便提高聲音說：「何必糾纏那些細枝末節？模稜兩可的話，怎麼理解都是對的！」

丹巴堪布這才瞥他一眼：「我想你已經失去耐心了，圖丹喇嘛。別忘了你也是寺院的堪布，說話是要負責任的。」

圖丹喇嘛說：「我從來不說一句廢話，丹巴喇嘛。」

其他人倒也贊同圖丹喇嘛的意見，說接下來還有那些嚴格的甄別程式，肯定不會弄錯的。

丹巴堪布這才讓步說：「既然大家都這麼認爲，那就試試看吧。其實我比你們還要著急，我的喇嘛們。可是你們不要忘了，圖省事從來不是我們做事的風格！」

孩子們見那群僧人自顧爭吵，覺得沒自己什麼事了。他們又將坑裡的雨水用腳丫修成渠道引到坡邊，在那斜坡上弄出一條油光閃亮的泥水滑道，男孩們側著身子飛一般滑溜下去，女孩兒們發出一聲聲尖叫。

39

僧人們繞過渾濁的雨水坑，踩掉靴子上的爛泥，跟丹巴堪布上了紮西家二樓。

面對躬身相迎的紮西夫婦，丹巴堪布先是向他們合掌致意，接著對驚愕不已的夫妻倆宣布道：

「立刻叫你們的孩子回家，馬上！我來給你們透個底吧，雙胞胎男孩中的一個可能是尼拉木寺老活佛的轉世，大兒子的可能性還要大些。當然現在還不是下結論的時候，我說的只是有那個可能。我的意思是，將來可能登上尼拉木寺神聖法座的人，不該是滿身糊著泥巴的那個樣子！」

臨走丹巴堪布又鄭重叮囑：此事千萬不可聲張，也不要告訴孩子們，七天後他們會再來這裡。這期間，做父母的要照顧好孩子們的飲食起居，不要讓他們再瘋子一樣四處亂跑，更不能接觸不乾不淨的東西。

送走突然而至又迅卽離開的僧侶們，夫婦倆站在樓梯口半天說不出話來。對妻子班瑪來說這是做夢也想不到的好事，待她回過神來的時候，一下子撲到丈夫懷裡又哭又笑。她的手探進丈夫襯衫裡沒輕沒重地擰著，又在丈夫胸口留下幾欲滴血的咬痕，作爲對他新婚之夜所做努力的獎賞。

紮西卻無論如何高興不起來。兄弟倆中的一個可能是老活佛的轉世，那當然是求之不得的，可又說大兒子的可能性要大。他們是不是弄錯了呢？

不知那神聖的光環最終罩在哪一個孩子的頭上，紮西只是更加虔敬地在白度母像前點燈焚香，祈求神靈做出正確的裁決。

第十二章

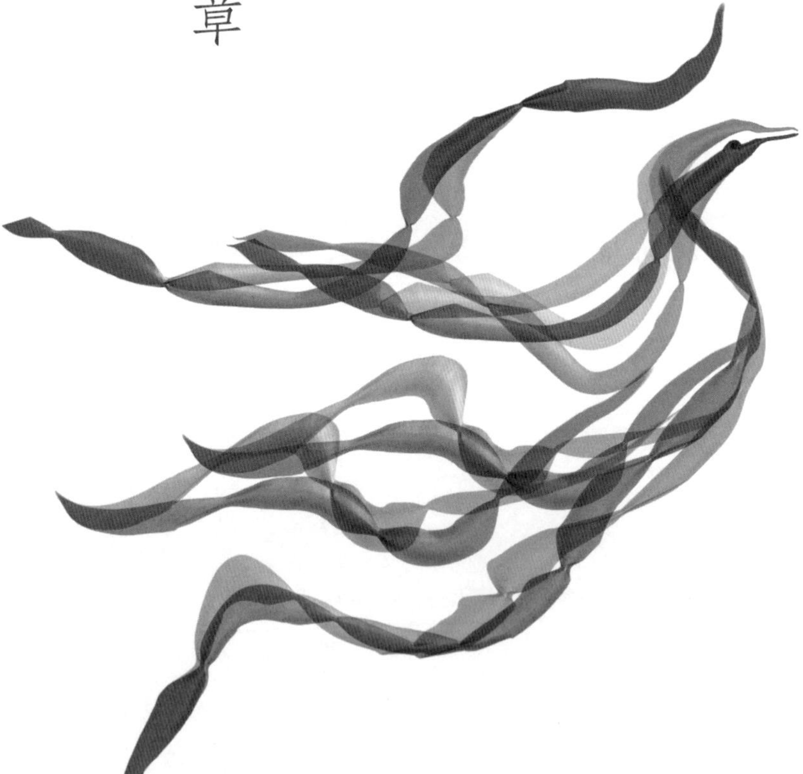

40

七天之內，尋訪班子成員分頭在鎮子裡走訪，也有僧人扮成牛馬販子前往哈拉瑪草原的牧場。於是，丹巴堪布對紮西家族的歷史以及跟兩個孩子相關的傳聞，事無巨細悉皆瞭若指掌。正如紮西所盼，在丹巴堪布心目中，兄弟倆的重心已發生了偏移。

丹巴堪布覺得圖丹喇嘛的話還是有些道理的，他們不該糾纏於那些偏重象徵和隱喻的詞句，重要的是找對人。靈童降生於紮西家已是毫無疑問，擺在他們面前只是二選一的難題。雖然看上去哥哥既聰明又活潑，可那個不說話的弟弟似乎更具靈性。小傢伙能從家裡看到從西灘打馬而來的父親，也找得見在出生以前就被母親藏在壁板夾縫裡的鷹笛。尤其讓丹巴堪布感慨的是，面對一隻無辜小鳥，一個要拿自製的弓箭射殺，另一個卻不怕傷到自己去保護，哪一個更具悲憫情愫？那是不言而喻的。唯一欠缺的是什麼呢，就是那小子不會說話。一個連六字大明咒都念不出來的人，將來如何在大庭廣眾面前講經說法？當然，兄弟倆還需接受進一步的遴選甄別，最後才能做出正確的判定。萬一弟弟被選中，那個小小的缺憾其實也不難彌補。他可以鑽研經典著書立說，必要時由寺院堪布或他的經師代爲宣講。活佛本人免開金口，非但不影響他對佛法的領悟能力，在信眾眼裡倒可能更具活佛的威儀。

於是到了約定日期，丹巴堪布懷了志在必得的信心，帶領尋訪班子再次出現在鎮子南部。

決定命運的時刻悄然來臨，兄弟倆卻渾然不覺。貪玩的刀吉不顧父母警告，只要鄰家男孩天賜在門口發出某種暗號，他就向弟弟妹妹使個眼色，三人噔噔噔奔下樓梯揚長而去，直到父母追趕出去，早已不見了人影。不過僧侶們二次登門那天，他們只是在自家門前的大樹下玩耍。

他們正和十來個一般大小的孩子一起吵吵鬧鬧，玩那找牛犢的遊戲。那場刀吉執意要求重複一遍的遊戲，結果還是被僧人們打斷了，也爲他們無憂無慮的童年畫上了句號。

神色肅穆的僧人們趕到那裡時，恰好看到扮演牛犢的小女孩卓瑪衝出重圍，跑到她的「主人」身邊，並抓住了桑吉的手；一旁的刀吉大聲抗議著，說他要再次充當找牛犢的人，要卓瑪像剛才那樣自己跑出來，跑到他的身邊來。看到那樣的情景，丹巴堪布不由揚起了他的羯羊臉，褐色瞳仁裡倏然掠過一片陰雲。他不知道那樣的情景預示著什麼。在他限定的期限內，紮西夫婦繼續放任兩個孩子，讓他們混同於普通孩子之間，意想不到的是，兩個小傢伙好像已萌生了對異性的情感。是天眞未鑿的童心使然，還是佛菩薩特意示現給他的警示呢？但他提醒自己不能再猶豫了，活佛法座空置已久，僧侶們群龍無首惶惶不可終日，尼拉木寺是拖不起的。

於是，丹巴堪布不由分說打斷了孩子們的遊戲，讓刀吉桑吉兄弟倆在門口等著，帶領僧人們上了紮西家二樓。

41

測試靈童的儀式是頗爲莊嚴的。

丹巴堪布希望那不露聲色的弟弟給他一個驚喜，但也清楚可能出現的幾種局面：一是兄弟倆同時過關；二是兄弟倆都過不了關；三是其中一個脫穎而出，卻不是他希望的那個。想到那些，他的心就不免提了起來。

在場的人都爲兩個孩子捏著一把汗。桑吉的爺爺老紮西和奶奶也在家中，是父親特意叫他們從牧場趕來的。兩位老人身著祖輩留下的頭人和頭人太太的盛裝，臉上也掩飾不住自豪，期待見證那個可能重新爲紮西家族帶來榮耀的時刻。

僧人們在白度母唐卡一側掛上了他們帶來的釋迦牟尼佛像。供桌上點了三盞燈，擺上七盞淨水碗，然後在屋子正中安置一張條桌。他們從帶來的毛褐口袋裡取出鈴杵、念珠、小經桶以及護身佛盒、木碗、拔鬍子的銅鑷子之類，煞有介事在桌上擺弄一番。那些東西被僧人們背著遠行並經過無數次倒出來裝進去的折騰，已磕碰得瘢痕累累，兩隻木碗甚至裂了縫，邊緣像狗啃了一樣。每樣東西都是同樣的兩件，有前任活佛用過的器物，也有以假亂眞的仿製品，被僧人們費盡心機混雜在一起。一切準備停當，僧人們在丹巴堪布帶領下跪在佛像前祈禱一番，並恭恭敬敬磕了頭，以致重新站起身來的時候，丹巴堪布的額頭還粘著塵土草屑。丹巴堪布示意紮西叫兩個孩子上來，對桌上的眞假器物予以辨認。

兄弟倆氣喘吁吁跑上樓來。他們看著滿桌子的破爛玩意兒，一時張大了驚訝的眼睛，不明白要他們做什麼。

「刀吉和桑吉，」丹巴堪布神情威嚴地叫著他們的名字說，「對你們來說，這是一生中最重要的時刻，千萬不可馬虎輕率。你倆已經看到這一大堆寶貝了是吧？很好，現在請你們再仔細瞧瞧，然後揀出幾樣覺得眼熟的東西來，因為那些曾經陪伴過你們的前世，甚至前世的前世。」

刀吉自是當仁不讓。他拿起一隻木碗，假裝喝一口裡面並不存在的東西就重重放下，又抓起一串念珠戴在脖子裡低頭看看，隨即取下來扔在一邊。最後他舉起一個小經桶唧唧咕咕搖了搖，還是覺得沒什麼意思，哐當一聲丟在桌上。他覺得僧人們帶來的東西沒一樣是好玩兒的。他仰頭看看丹巴堪布，希望告訴他接下來做什麼。見丹巴堪布默不作聲，他就問道：「這些都是送給我們的嗎？」丹巴堪布說：「不是那樣，孩子。只是讓你們辨認一下，哪一件是看著眼熟的。」刀吉不假思索地說：「我都看過了，沒一樣是好玩兒的！」

丹巴堪布無法從相貌上認出哪是哥哥哪是弟弟，但現在他已明白，這個大膽直率、口齒伶俐的就是哥哥。他心裡既有惋惜，也有一絲慶倖。

刀吉不耐煩地問道：「我可以去找我的小牛犢了嗎？」他知道夥伴們依然聚在門口，他要接著去完成那個遊戲，讓卓瑪跑到他的身邊來。見丹巴堪布面無表情地點了點頭，他就獲釋一般噔噔噔跑下樓去了。

丹巴堪布滿懷期待看著留下的那一個。所有人都命懸一線盯著桑吉，母親班瑪將手按在劇烈起伏的胸口，就像她從黑河邊背起水波蕩漾的木筲，剛剛爬上門前那道斜坡。對那個沒有半點心計的女人來說，心中的希望已失去了大半。父親紮西卻面露喜色，看著他的小兒子鼓勵道：「別急阿桑，用你看穿過板壁那雙眼睛仔細瞧瞧！」

奇蹟果然出現了。他們的小兒子不慌不忙，動手將那些東西歸爲兩份，一邊是眞的，一邊是假的，清清楚楚涇渭分明，仿佛僧人們設置那道難關的時候他也參與了。

僧人們屏住呼吸盯著桑吉的手，只等他指指那一份眞的，即可證明老活佛本人乘願再來了。

他們並未看到那樣的結果。只見桑吉躊躇一下，最後將手指指向了另外一份，那都是以假亂眞的贗品。

僧人們一時瞠目結舌。旣準確無誤辨識了眞假，偏偏又指認了那一份錯的。到底怎麼回事？屢遭挫敗的僧人們再一次洩了氣。他們拉著臉搖著頭，乒乒乓乓將桌上的寶貝玩意兒重新收入口袋，以備在另一個或遠或近的人家如此這般再擺弄一番。

可丹巴堪布按了按手，讓僧人們安靜下來。他面色莊重目光堅定，仿佛已勝劵在握。他抓起桑吉的右手，將那鐵釘射穿的疤痕展示給他們：「請張大你們的眼睛，我的喇嘛們，我要你們看看這個。爲了擋住一支利箭，他毫不猶豫站在一隻無辜的小鳥前面。我們四處奔波尋找什麼？難道我們可以無視佛陀宣導的這種獻身精神嗎？我們沒頭的蒼蠅一樣四處碰撞，問題出在哪裡？正如圖丹喇嘛所說，我們讓那些模稜兩可的詞語綁住了手腳。那麼今天，在這個受著白度母護佑的孩子面前，我們又要成爲睜著眼睛的盲人嗎？感謝佛菩薩指點，讓我們找到了踏破鐵鞋也難尋覓的那個人。他不想指認老活佛用過的那些器物，也許另有隱情卻難以開口表達，但我相信，這孩子具有一雙洞悉一切的眼睛，不但分得清眞假，也將看到尼拉木寺和茶馬鎭的未來……」

意想不到的事再次發生，桑吉突然開口說話了！他打斷丹巴堪布的話，大聲喊出了三個字：

「我不是！」

眞是石破天驚。桑吉的父母和爺爺奶奶又驚又喜，原來小傢伙是會說話的，這一點就足夠了，是不是轉世靈童已退至次要——當然，能被選中那是再好不過了。

丹巴堪布也不相信自己的耳朵。他轉動著褐黃的瞳仁，弄不懂衆口一詞的啞巴怎麼能開口說話，甚而至於，第一句話就是對他的否定。但開口講話又給了他額外的驚喜，使他愈加堅定了信心。他蹲下身子，雙手捏住桑吉稚嫩的肩膀問道：「你說你不是什麼，孩子？」

「我不是你們要找的那個人！」

桑吉聲音響亮地回答道。接著他又說：「爸爸想要送我去寺院，只是讓我做個識字讀經的紮哇！」

「原來是這樣。」丹巴堪布微笑一下，直起了他那高大的身軀。他威嚴地掃視大家一眼，表示他的決心不再動搖。他不想讓這個期待已久的儀式做成夾生飯，而要一鼓作氣，完成鑿木成舟的壯舉。

丹巴堪布轉身又跪倒在地，向牆上的佛像磕了頭，口裡念念有詞。他再次站起身來時嘴角掛了笑意，似乎他的判斷也得到了佛祖的認可。他將桑吉拉在自己身邊鄭重宣布道：

「今天的測試儀式非常圓滿。七天前我們找到了靈童轉生的人家，今天又從二選一的難題中走了出來。桑吉開口說話顯然是佛菩薩的旨意，消除了我們心中的顧慮。毫無疑問，這個極具靈性的六歲男童桑吉，正是我們要找的尼拉木寺十一世活佛薩曲梅隆．丹正堅參的化身。」接著他對同伴們提示道，「還愣著幹嘛，我的喇嘛們？難道你們還沒有從這樣的驚喜中回過神來麼？」

僧人們心領神會，一時紛紛跪倒在地，向他們未來的活佛磕起了頭。可憐的桑吉一邊後退一邊叫道：「我不是！我不是你們要找的那個人……」他的爺爺急忙走過去，用那熊掌般的大手按住了他的嘴。

桑吉的靈童身分就此成為事實，只待政府部門下達一紙例行的批文了。他比他的哥哥更加幸運的原因，並非緣於白度母的暗中相助——他漸漸長大以後，牆上的白度母再也沒有下來過。也許白度母覺得他擁有了自主的能力，完全可以放手了。其實僧人們擺弄的那些玩意兒在他眼裡是一目了然的：仿製品是粗陋的，僵硬而沒有生氣，歷代老活佛用過的器物卻光潔圓潤，它們是活的，隱隱散發出生命的光澤與氣息——歷代老活佛簡樸的生活與堅忍不拔的意志凝聚其中。正是那種細緻入微的辨識能力，讓他陷入了眼下的困境。雖然他對自己該不該降生於那個家庭發生過懷疑，以為他是哥哥降生時附帶的一個，知道大千世界不乏類似的情形以後，他再也不那麼自艾自憐了。可他真的不清楚自己從何而來，更無法確定自己是尼拉木寺老活佛的轉世。他不能欺騙別人，也不想欺騙自己。雖然他忘了當初不說話的原因，後來他只是喜歡待在寧靜的世界裡，覺得那樣才是獨立的，也是踏實自在的。可如今，他像一隻不慎落入網罩的鳥兒，雖然奮力撲打著翅膀，卻沒有掙脫的可能。他被束手就擒了。

丹巴堪布眼裡的憂鬱一掃而光。他從圖丹喇嘛手中接過兩條哈達，不由分說獻給了紮西和班瑪。他俯身向紮西夫婦祝賀道：「靈童的父親紮西，母親班瑪，你們是一對爲人正派、誠實厚道的夫妻，這在你們的鄰里之間有口皆碑。感謝你們用善意和虔敬作爲繈褓，用純眞無欺的言行作爲食物，爲尼拉木寺養育了一位出色的活佛繼承人。」

丹巴堪布又從懷裡掏出黃綢包裹的一遝鈔票，鄭重放到紮西手裡說：「請不要拒絕這微薄的贖金。你們知道，尼拉木寺只是個小寺，僧人們過著上頓下頓都是清水糌粑的日子，但不意味著會忽略你們對靈童的養育之恩。」

桑吉眼含淚水，希望父母將那贖金退回去。可他們並沒有那麼做。父親隨手將錢遞給了母親，而母親馬上將它揣入懷中，仿佛那筆錢比他們的兒子還要貴重。他的眼淚就止不住流了下來。

其實父母並非貪財之人。那點錢也許抵不上賣掉一匹馬的價錢，但那樣做是對他成爲轉世靈童的認可。他們欣喜地看著他，似乎已看到他身著黃色法衣，頭上舉著瓔珞流蘇晃動的傘蓋，在眾多僧侶簇擁下款步走來。老紮西用那強壯的雙臂將小孫子舉起來：「孩子，跟你的榮耀相比，紮西家族過去的頭人地位算得了什麼！別擔心孩子，爺爺會常去寺院看你，給你買好吃的、好玩的，你很快會開心起來的！」

僧人們帶他走出家門的時候，晚霞燒紅了茶馬鎮的天空。丹巴堪布牽著他的手從那一大群孩子中穿過，刀吉和天賜都吃驚地看著他，不明白出了什麼事兒。聽到僧人們要將他帶到寺院裡去，孩子們就默默跟在後面，一直跟到鎮子北邊的路口。桑吉頻頻回首的時候，也看到了小夥伴中間的卓瑪。她穿著漂亮的花裙子，紅紅的臉蛋上掛著淚珠。

42

桑吉離家的第二天中午，鎮子裡來了個搖響雙面手鼓的老人。他灰白的長髮糾結成縷，額頭用朱砂畫著個卍字符號，拄著高過自己一頭的樺木棍子，身上的黑布袍子布絮飄零。也許他已到了古稀之年，看上去面如土色，袍子下端露出的小腿皮膚皸裂，跟他手中的樺木棍沒什麼兩樣。他一邊梆噹梆噹搖著手鼓，一邊唱著誰也聽不懂的歌謠，像個從中世紀荒原走來的吟游詩人。

一大群孩子跟著看熱鬧，上了年紀的人卻叫得出那人的名字，親熱地向他問這問那。

他名叫瑙格爾，茶馬鎮人，家在鎮子西端隆卜舅舅敞院的一側。他年輕時跟了一位苯波阿尼出門雲遊，從此杳無音訊。他的兩個妹妹出嫁在牧場，父母死後屋裡就斷了煙火，破敗的石頭房已經坍塌，土石堆裡長滿了闊葉的酸模。如今他也成了一個流浪的老阿尼，人們就叫他阿尼瑙格爾。他不回答人們的問話，徑直走向南坡邊的紮西家，搗著棍子叮叮哐哐上了二樓。當他看到紮西夫婦的時候，莫名其妙大叫一聲：

「我的桑吉啊！」

他撲通一聲跌坐在地，任紮西夫婦怎麼勸也不肯起來。沉浸在喜悅中的紮西夫婦莫名其妙，好像他們的小兒子不是被選爲靈童，而是遭了什麼不測。不過片刻之後，他們的不快就被惻隱之心取代了。

阿尼瑙格爾像一匹累倒在路途的老馬，弓著身勾著頭，涕淚交加地自語道：「我的桑吉啊，後半輩子我棲棲遑遑四處奔波，就是爲了找到你這樣福慧雙全的弟子，可惜我還是來晚了一步！偉大的西饒彌沃尊者啊，您在夢中給了我明確的授記，可這件事還是讓另事其主的尼拉木山神給攪黃了！不知僧侶們給了他什麼樣的好處，如今他爲寺院的事兒愈加賣力了！爲了讓僧侶們的陰謀得逞，他拿一些無關緊要的瑣事絆住了我的腳步，最後又使出障眼迷心的花招，讓我這個老阿尼迷失在山外的岔道上……」

阿尼瑙格爾一口氣喝掉班瑪爲他端來的熱茶，他仰起頭遞過空碗時，瞪著血紅的兩眼說：

「它只能緩解我腹中的乾渴，夫人，卻一點也暖不了我的心。若是你們的小兒子還在，我可能會道一聲道感謝的。」

他吃力地用棍子撐著身子，咻咻地吹著氣站起身來，紮西夫婦聽得見他破衣服裡的骨節在嘎嘎作響。他一級級挪下樓梯，頭也不回離開了那裡。

阿尼瑙格爾接著去了北部山谷，趁僧侶們不注意闖進了寺院門口的護法殿。他用樺木棍子指戳著牆上的尼拉木山神畫像，痛心疾首地罵道：「你這瞎了眼的山神，別指望我再五體投地跪拜你！因爲我多年沒有回來給你上供，你這貪圖祭品的傢伙就心懷嫉恨，不但背叛了祖師西饒彌沃尊者，也一心偏向著尼拉木寺的僧侶們了！我詛咒你，詛咒你庇護的尼拉木寺！就算僧侶們搶先得到了他，也別想讓他順利登上活佛的法座！」

傍晚時分，他又出現在鎮子西頭的老屋前。他用棍子撐著身體，低頭站在那荒草叢生的廢墟邊，一直到繁星滿天。之後他摸黑拔來狼毒花的根子放在嘴裡嚼著，試圖了結他毫無意義的生命。

狼毒花根極具毒性，奇怪的是阿尼瑙格爾並未死掉。第二天早上，人們發現他靠在馬場街三間鋪的窗下，仰頭瞪眼口吐白沫，喉嚨裡還能發出嗚嗚嗚的叫聲。

第十三章

人的靈魂也許是一隻蛾子，從一個身體裡出來，又進入另一個身體。自從桑吉成爲老活佛的轉世被僧侶們帶走，天賜小小的腦瓜裡就飛舞著那樣一隻「么蛾子」。

他和鄰家兄弟倆幾乎每天在一起，根本想不到桑吉是活佛的轉世，可最終還是讓尼拉木寺的僧侶們認了出來。他們是怎樣做到的呢？難道他們眞的看到了那樣一隻神秘的蛾子，從老活佛的軀體裡出來，一直滿世界飛啊飛，然後準確無誤鑽進桑吉的鼻孔裡了嗎？

他想眞要是那樣，就能解釋發生在火花身上的事兒了。火花從他家屋簷上倒栽下去，自己卻覺得飛上了天，從高處俯視著下面的鎭子。她的身體裡肯定也住著那樣一隻蛾子，受到驚嚇突然飛走，過不久又飛了回來。

那是桑吉被喇嘛們帶走的頭一天，他請桑吉兄弟倆和妹妹德吉去自家院子裡玩兒，自然也少不了卓瑪和火花。他們一個個唇紅齒白雙眸明亮，按隆卜舅舅的創世高論，無疑都是不愼落入凡塵的天子天女。他們都是放養的孩子，未曾套上這樣那樣的轡頭和絆子，男孩兒如撒蹄瘋跑的馬駒，女孩兒像山谷裡迎風點頭的香薷花，享受著快樂無憂的好時光。

土牆圍著的院子從外面看是個封閉的碉堡，進了大門卻別有洞天，滿院子花木蔥郁蜂飛蝶舞，一些藤蔓植物爬上了高高的屋簷。簷下左右是兩棵果實繁密的杏子樹，天賜本想拿杏子款待他的小客人，沒想到長在樹上看著黃黃的，揪下來一咬卻又硬又澀，大家的鼻子眼睛立刻縮爲一團。天賜的父母去南部河灣收割青稞，簷下喝茶的爺爺奶奶看著他們也不攔擋，只是呵呵呵地笑著。孩子們不滿地叫嚷起來，天賜覺得對不住大家，就指了指屋簷上排列的蜂箱說：「我們去吃蜜吧，蜂蜜啥時候都是甜的！」

吳老先生這才開口道：「傻孩子，你要給我們闖禍呀！」

可孩子們還是蹭蹭蹭爬了上梯子。無數蜜蜂在眼前穿梭，越到蜂箱前越是密集，像一張嗡嗡作響的大網，他們根本到不了蜂箱前。天賜想起爺爺對付蜜蜂的辦法，就下了梯子，從屋後拔來一抱黃蒿，每人分一棵舉在眼前。那毛茸茸的蒿草散發出濃烈氣味，孩子們憋紅了臉不敢吸氣，蜜蜂卻也不敢靠近了。天賜做出一副老練模樣，不慌不忙打開一個蜂箱的頂蓋，用黃蒿掃去蜜蜂，扳下一塊塊黃澄澄的蠟板分發給大家。蠟板上排列整齊的小洞裡滿是蜂蜜，孩子們咬一口就叫一聲「甜死了！」不一會兒，大家滿手滿下巴滴著濃稠的蜜汁，嘻嘻哈哈笑著，又滿足又得意。就在他們忘乎所以的時候，被激怒的蜂群突然發起總攻，小女孩火花忘了是在人家屋頂上，尖叫著飛奔起來。天賜急忙趕過去想抓住她，可火花已經一腳踩空，花襯衫一閃就不見了。

幸好，火花跌在簷下盛開的金盞菊叢中。被天賜爺爺抱起來的時候，她的呼吸和脈搏已經試不出來，摸摸胳膊腿子卻是好的。

後來火花告訴他們，她覺得自己突然飛了起來。她說她像一隻蝴蝶飛在天上，看到挨挨擠擠的屋頂越來越遠，街道上的人越來越小，黑河也成爲一條閃亮的帶子。不過她沒有飛得太遠，好像有根橡皮筋拉扯著，過不久又彈了回來。她看到自己躺在天賜爺爺的懷裡，臉上的劃痕滲著血，小夥伴們圍在跟前嘰哩哇啦喊叫。她也清楚地看到，天賜的爺爺捏一根細如麥芒的銀針，對準她的嘴唇上方噌地紮了進去。於是她又回到了自己的身體裡，清醒了過來。

天賜就想，火花的身子掉了下去，卻感覺飛了起來，回來後又旁觀了爺爺替她扎針的過程——那麼，蛾子般飛走又飛回來的，肯定就是她的靈魂了。

他所以想到蛾子，緣於爺爺講過的一個故事。過去茶馬鎮有個痲風老人，感覺自己快不行了的時候，就躲進南坡下自己挖好的窯洞裡，叮囑家人將洞口砌上，並用泥巴糊住空隙。人們覺得那樣做不合情理，結果他的大兒子就遭了厄運。老人咽氣時一家人圍在身邊，他的大兒子拿一塊布帕準備苫在他臉上，就在那時，看見一隻蛾子突然從潰爛的鼻孔裡爬了出來。它撲棱棱搧著翅膀，灰白的粉塵飛濺著，直直朝大兒子臉上飛去。大兒子兩手胡亂撲打著，那傢伙還是敏捷地鑽入他的鼻孔，仿佛那是它熟門熟路的巢穴。大兒子覺得鼻腔深處癢癢難受，接連打了幾個噴嚏，結果紅紅的眼瞼和嘴唇就翻了出來，成爲又一個麻風病患者。倒楣的大兒子臨死前再三告誡家人：一定要封住洞口，並用大火焚燒他的屍體。這次人們不敢馬虎，在洞裡堆滿了能轟然起火的鐵線蓮飛絮和柴草，點燃後立刻拿土塊封住了洞口，又用備好的泥巴將空隙糊起來，蛾子才被徹底燒死了。

於是有一天天賜問他的爺爺：「桑吉也像那個麻瘋病人一樣，鼻孔裡鑽進了老活佛的蛾子嗎？」

吳老先生卻大搖其頭：「傻孩子，可不敢那麼說！」

爺爺告訴他，活佛轉世跟麻風病傳染是兩碼事兒，千萬不能扯在一起——麻風病人鼻孔裡飛出的蛾子不過是放大了的病菌，是提醒人們預防再次傳染。

「那人的靈魂究竟啥樣子呢？」

他的問題難住了凡事都想作出解釋的吳老先生。爺爺絞盡腦汁想了想，然後乾咳兩聲說道：

「像一根看不見的繩子。」

接著老先生拿眼前的東西打比方。他家屋簷下掛著一串串柿餅一樣的東西，其實茶馬鎮是不產柿子的，那不過是自家園子裡拔出來的元根。將霜凍後的元根削去頭尾，煮到半熟用木板一個個壓扁，再拿麻繩兒串起來，一串串掛在屋簷下陰乾，食物短缺時可以拿來充饑，差不多跟風乾牛肉一樣，不遇荒年就餵給病弱的家畜吃。他家屋簷下還掛著一串串更大的塊根，那是爺爺從山林移植過來的野大黃，每年都能挖出兩背篼之多。一到臘月年底，鎮子裡總有人感冒上火扁桃腺腫大，爺爺就將它搗細調成泥狀敷在病人脖子裡，兩三天就可以解毒消腫。爺爺指著簷下，抖著花白的山羊鬍說：「靈魂就像那樣一根根繩子，貫穿著人的前生後世。」

後來天賜才知道，僧侶們的經典裡是沒有靈魂二字的。他們只稱它爲神識——父精母血孕育成胎，再加上神識趕來投胎，一個新生命就誕生了。所有人都是轉世而來的，普通人無須根究自己的前世是誰，活佛轉世卻是件大事，聰明的僧人們總有辦法搞清老活佛的神識遷往何處。就如帶著蜂群離巢的蜂王，無論它飛往何處，飛到多遠，養蜂人總會跟蹤而至，找到它的落腳之處，然後小心翼翼將其收回來。

那是一根怎樣的繩子呢?它源自何處，有沒有終點?能不能親眼看看呢?天賜想，僧侶們說的神識可能也就是靈魂，洋芋也是土豆和馬鈴薯，叫法不同而已。那時他年紀尚小想不明白，卻也成爲後來投身生命科學研究的起因。那時他就暗下決心，僧侶們知道的，總有一天他也會弄個明白。

44

桑吉入寺不久，天賜和刀吉也結伴去上學。那時，茶馬鎮小學還沒有搬進後來才空下來的鎮政府院子，只在馬場街一座廢棄了的車馬店裡上課。那是一個倒凹字型院落，從前的一間客房就是一個年級，空間狹小，桌凳磕磕碰碰。由於天氣轉冷，屋子中間用土坯砌了個簡易火爐，一生火除了冒煙並無熱量，孩子們使勁跺著腳，腳後跟還是凍得針紮一樣。

他們的自然課老師複姓慕容，是個內地口音的瘦高男人，裹一件土黃色布面的羊皮大衣。他一進門就隱沒在黑板前的煙霧裡，只有接連不斷的咳嗽聲傳過來。

那時自然課是被忽略掉了的，開學好久才輪到第一次。天賜迫不及待站起來，提出一直纏繞著他的那個問題：「老師，人的靈魂是啥樣子呢？」

慕容老師喀喀喀敲著講臺大聲道：「誰在搗亂？我們的課本裡可沒有那個詞兒！」

「那，人是從哪兒來的呢？」天賜又問道。

慕容老師從煙霧裡走過來，看看天賜說：「這個問題倒提得不錯。好吧，既然你們感興趣，今天我就跳過許多課文，先講講人類自然進化的歷史。」

慕容老師接著說，大約二百萬年以前，森林古猿迫於環境變化，開始下地直立行走，成了人類的祖先……

有孩子打斷他：「老師，森林古猿是啥？」

「生活在樹上的猿類。簡單說，就是雙臂很長的大猴子。由於森林大量消失，它們開始在稀樹草原上尋找食物……」

老師的話音剛落，仿佛麻雀窩裡捅了一棍子，教室裡頓時吵翻了天。孩子們都聽過隆卜舅舅的故事，隆卜舅舅說茶馬鎮人最初是自天而降的。他們本來是飛翔於天界的神靈，由於喝了地上的泉水，吃了山間的草穗，才顯出了醜陋的人形，一個個拖著沉重的肉體，再也無法返回天界了。

刀吉也跺著腳喊叫：「老師，你才是個猴子！茶馬鎮人都是從天上飛下來的！」

慕容老師走到刀吉面前問道：「你是誰？」

刀吉一邊用牙齒撕扯著大塊的風乾牛肉，一邊斜眼看著老師，不想說出自己的大名。別的孩子都爭搶著替他回答：「他叫刀吉！」、「他是小活佛的哥哥！」

慕容老師盯著刀吉嘲笑道：「人不大，來頭還不小。那麼我來問你，那些話是不是你的活佛弟弟告訴你的？」

刀吉這才不高興地說：「他能告訴我什麼？他原先是個啞巴，能開口說話的時候，也只會說『我不是』。」

見刀吉答非所問，天賜補充道：「老師，是隆卜舅舅告訴我們的。」

「什麼舅舅？」慕容老師又轉向天賜，「你是說那個披著褐子斗篷的醜八怪？」接著就哈哈大笑起來。

天賜糾正道：「是隆卜舅舅，老師。」

「管他什麼舅舅！」慕容老師轉身走向講臺，一邊大聲道，「那不過是個臭烘烘的騙馬匠，茶馬鎮的吹牛大王！」

45

於是有一天，天賜就見證了慕容老師跟隆卜舅舅的正面交鋒。他覺得，那場雪地上的辯論應該載入茶馬鎮史冊，只可惜當時無人記錄——作爲聊聊幾個聽衆之一的他也才開始上學，還寫不了那麼多字兒。

那是九月的一個星期天，也是茶馬鎮被第一場大雪掩埋後的晴天。四山和附近的東西都隱藏不見，仿佛大地忽然升高，一直升到了半空中，白亮的陽光耀得睜不開眼。臃腫的穿戴使人們變成了大狗熊，孩子們幾乎可以皮球一樣滾起來。還是在鎮子西北的臺地上，無事可幹的人們聚在那兒，參觀張鐵匠和桶匠老楊的火箭升空比賽。兩人都聲稱得到了牧星人的秘傳，使出渾身解數打造出各自的火箭，湊在這一天當衆發射升空。二人先在煨桑臺上引燃柏枝祈請神靈保佑，至少不會因驚擾了他們而降下罪來。然後清掃出一塊岩石裸露的地面作爲發射場，將各自的火箭筒穩穩當當立起來。張鐵匠的火箭是用鑌鐵皮打造的，內有三段隔間，還將父輩留下的一隻金殼懷錶用松脂固定在頂端，火箭的各層間塡充了黑色火藥，中有小孔貫通，其原理是待火箭升至最高處，燃到頂部的火藥將樹脂熔化，那只懷錶便可脫離火箭筒繞地球飛行起來，不但金光閃閃，無風的天氣裡也聽得見淸脆的滴答聲。桶匠老楊的火箭看上去更爲笨重，是打了六道箍的細長樺木桶，表面還刷了黃橙橙的桐油，據說他的火箭頂端裝了一包柏樹籽，他不求火箭能進入太空，能飛多高就飛多高，能走多遠就走多遠，只希望最終樹籽散落下來的地方，翻年能長出一茬樹苗來。

天賜和小夥伴們趕到時，兩人的火箭已赫然屹立，接受人們最後的瞻仰。那天隆卜舅舅也在場，大鼻子大嘴，披著褐子斗篷蹲在一旁的土坎上，時不時從懷裡摸出那個棕色的扁瓶子，旋開蓋子抿上一口，酒味在淸冽的空氣裡竄來竄去。那時他還不算老，可那架勢就像一個頗有見地的部落長老。他看了看立在地上的兩支火箭筒，忍不住呼呼笑著，對著張鐵匠和桶匠老楊的背影說：「要說你們那玩意兒也能上天，我屁眼裡塞一把草點著，也會嗖地一聲把自己發射上去！」張鐵匠和桶匠老楊沉浸在人們的讚歎裡，對隆卜舅舅的嘲諷充耳不聞。當他們宣布點火的時候，圍觀的人們退到三四十步開外站成一個扇面，心情激動地引頸眺望。

慕容老師也適時出現在那裡。那位自然課老師披著他的土黃色大衣，在人群面前大步走來走去，一邊兩手圈在嘴上喊叫，讓各位家長帶著自己的孩子馬上撤離，也千萬不可模仿那種危險的遊戲。只是沒有人回應他，至多有人將自己的孩子拉在身邊，按住他們的肩膀不讓亂跑。

張鐵匠和桶匠老楊同時撅起屁股，顫抖著雙手點燃了火箭的引信，然後踉踉蹌蹌跑開。

在人們的注視中，桶匠老楊的火箭嗖地起飛，先是冒著火苗直直升空，接著就劈劈啪啪燃燒起來，一團火球劃著弧線向西墜落下去，在鎮子西邊那片白茫茫的醉馬草坡上空嘩啦一聲解體，碎木片帶著火焰四處散落。

「你的樹籽兒炒熟了，可以磨糌粑麵粉了。」隆卜舅舅對桶匠老楊說。桶匠老楊紅著臉沒有回頭。

張鐵匠的火箭沒有升起來。起初看到火繩在地面呲呲竄動，飄起一縷淡淡的青煙，接著就沒了動靜。大家屏息等了半天，火箭筒依然紋絲不動——凡事認眞的張鐵匠，也將裡面的火藥塡塞得過於實在了。他覺得在大家面前丟不起人，一邊嘴裡罵著髒話，一邊走上前去準備重新點燃。

張鐵匠劃著火柴在引信口燎了燎，沒想到火箭筒的下部砰地一聲炸裂開來。接著一道黑影從人們頭頂呼嘯而過，大家不由得俯身低頭，發出一片驚叫。那張牙舞爪的鐵器帶著輪胎跑氣的嘶嘶聲，拖一道白煙朝鎮子裡重重砸了下去。那裡同樣白茫茫一片，不知落在了誰家院牆之內，難說還砸穿了人家的屋頂。

張鐵匠仰面躺在那兒，似乎已成爲他那偉大創舉的殉葬品。大家呼啦啦圍了上去，只見他的腦袋像燎過的羊頭一樣，散發出皮肉燒焦的腥味。桶匠老楊托起那顆腦袋連聲呼喚著，老半天張鐵匠才喘出一口氣說：「還好，我兒子也能掄得起八磅大錘了……」

見張鐵匠並無性命之虞，桶匠老楊大聲寬慰道：「老哥，你那鐵傢伙也飛了起來！今兒咱哥倆算是打了個平手！」

46

張鐵匠被抬走後，看熱鬧的人們也陸續散去。慕容老師叫住了搧搧斗篷準備走開的隆卜舅舅，也讓孩子們等一等。他打算替隆卜舅舅糾正一下常識性錯誤，順便也給孩子們來一堂生動的課外教學。

兩人重新蹲在煨桑臺前的雪地上。藍幽幽的天空裡沒有一絲雲，不時卻有雪屑飄灑下來，水晶粉末似的閃著華彩。隆卜舅舅仍是垂著翅翼的烏鴉模樣，慕容老師從大衣領口探出頭來，像一隻脖子裡羽毛已被啄光的鬥雞。美中不足的是聽衆太少——孩子們大多還是跑掉了，留下來的除了天賜，還有三兩個老實聽話的學生。

下面是兩人對話的大致內容。

慕容老師：「茶馬鎮人眞是不可理喻。他們怎麼可以當著孩子們的面，玩那樣既可笑又危險的遊戲？弄不好要出人命的。他們還不知道，過不了多久，國家會把宇航員送上太空。發達國家已先行一步，用火箭把人送到了月球上，在那裡插上了他們的國旗。」

隆卜舅舅：「那些牧星人早就跟我講過。人家是專門發射火箭的，比你知道的多。」

慕容老師：「他待在茶馬鎮六七年，觀念還是大大落後了。據我所知，發達國家已準備聯合打造國際空間站，讓人可以連續幾年生活在太空裡。」

隆卜舅舅：「那又怎麼樣。當初我就對牧星人說，你們就是把人送上天，也不過是他們的肉體，最後還得回到原來的地方。只有清除了腦子裡的欲望和肚子裡的屎尿，把自己弄得清清爽爽，才能重新返回天界。人本來就生活在那裡，眞要回去一閃就不見了，用不著屁股裡冒煙把自己衝上去。」

慕容老師：「看來，那些荒謬的理論眞是出自你口。知道嗎隆卜舅舅，你已經誤導了茶馬鎮的孩子們，給他們純淨的白布染上了底色，讓我的自然課講不下去了。」

隆卜舅舅：「那不是什麼理論，慕容老師，事情本來就是那樣。你們可能有這樣那樣的理論，別想拿它來套住我們。」

慕容老師：「我不想冒犯你，隆卜舅舅。難道你眞的孤陋寡聞，不知道人是從倭黑猩猩進化而來？」

隆卜舅舅：「那是偷去了我們一個老掉牙的故事。我們的故事裡說，有個羅刹女喜歡岩洞裡一隻公猴，心急火燎要做那事兒。公猴不肯，她就三番五次來糾纏。觀音菩薩看她可憐，就苦口婆心勸公猴答應了她。結果他們就生下許多小猴子，一時遍滿大地。」

慕容老師：「我只相信科學，隆卜舅舅。達爾文先生的物種進化論是建立在科學考察的基礎上，不是像你那樣，一個人蹲在石頭屋子裡異想天開。生物之所以不斷進化，是因爲有著強烈的願望，比如鳥兒想飛就長出了翅膀。」

隆卜舅舅：「你說你是什麼猩猩的後代，好吧，就算你是。但我還是要問問你慕容老師，人也有飛上天空的願望，爲什麼長不出翅膀來？你說你從猩猩進化而來，那怎麼連身上的毛都褪掉了？要說那是進化的好處，爲什麼把自己弄得光不溜秋，既不能曬也挨不住凍，卻要獵殺無辜的動物，把它們的皮子穿在自己身上？」

慕容老師：……「這是走向文明的一個進程，隆卜舅舅。現代智人的進化完成於南非，那裡天氣炎熱，身上的毛自然就褪掉了。後來他們向全球遷徙，來到寒冷的地方，就需要穿上衣服來禦寒。衣服也有遮羞的作用，隆卜舅舅，人類畢竟是講文明的生物。」

隆卜舅舅：「你從哪裡來隨你，慕容老師。我只知道茶馬鎮人從哪兒來，最終又回到哪兒去。」

慕容老師：「天空裡除了大氣層什麼也沒有，隆卜舅舅。有故事說，清朝嘉靖年間，有個中原人自稱可以摘來天上的仙桃給大家吃。他和他的女人來到一處熱鬧集市，宣布了他那非凡的本領。大家忽信忽疑，想親眼看看他是怎麼做到的。那人就將肩上一捆麻繩用力一甩，那繩子就直直升入空中，像立起了一根杆子，看不到杆子的頂端。那人二話不說噌噌噌爬了上去，一會兒就不見了。人們正在納悶，忽然就有仙桃乒乒乓乓丟下來，葉子上還帶著天宮的露水。大家這才信以爲眞，爭搶著啃起仙桃來，味道果然不同於凡間的桃子。這時空中傳來人喊狗叫的聲音，接著那人就被大卸八塊丟了下來，血淋淋的胳膊腿子扔得滿地都是。他的女人捶胸頓足哭喊起來，說爲了讓大家吃到仙桃，他的男人冒險闖入天界，已被守護蟠桃園的天狗撕碎了。人們嚇得要死，急忙湊錢幫那婦人料理後事。那婦人收了足夠多的錢財，然後將東一根胳膊西一條腿的殘肢堆到一起。奇怪的是那些胳膊腿子自動組合起來，很快恢復了原形。那人睜開眼睛問道：收到錢了嗎？婦人高興地說：收到了，收到了！那人就翻身站了起來，看上去卻是毫髮無損。夫婦二人拱手謝過大家，盤好繩子帶著錢財揚長而去。人們這才明白過來，那不過是江湖藝人的障眼術，他們全都上當了！」

隆卜舅舅：「可見那裡自古是江湖騙子盛行的地方。除此以外，你還想說明些什麼呢，慕容老師？」

慕容老師：「隆卜舅舅，你這樣執迷不悟，可能是聽信了另一個故事。老實說，雖然我是個堅定的唯物主義者，卻也喜歡人類童年時期的那些神話傳說。在你們的故事裡，有個男人因爲生得醜陋，父母家人嫌棄他，最後又被村裡的人驅逐出去。他流落到另一個地方，走下山坡的時候遇到幾個牧人，盤問他從何而來。那人羞於說出自己的身世，就含含糊糊指了指身後。人們誤以爲他是從天上下來的，立刻對他敬畏起來。如你所說，隆卜舅舅，他們把他當成了自天而降的神。他們把他架在脖子裡抬回去，讓他做了他們的王。據說那人的手指粘連在一起就像鴨掌，鬆弛的眼皮耷在鼻樑上……恕我冒昧隆卜舅舅，他的樣子可能有點像你。」

隆卜舅舅：「完了？」

慕容老師：「完了。」

隆卜舅舅：「你弄錯了，慕容老師，那個故事並沒有完。據說他的王位傳了七代人，頭上都有一根看不見的光繩連著天界，死後可以攀著光繩返回天界。可惜後來出了個不忌殺生的王位繼承人，他喜歡比武逞強，在一次跟人角鬥的時候，自己不小心揮劍砍斷了頭頂的光繩，從此就無法返回光明天界了。你知道嗎慕容老師，那只是個寓言，有腦子會想事的人都明白它的意思。人們揮舞著貪欲的利劍，斬斷了原有的靈性之繩，既失去了跟天界的聯繫，也忘記了本來的尊貴地位。他們一代代墮落下去，就變得跟猴子沒啥區別了。

慕容老師：「看得出來，孩子們的世界觀被你扭曲了。隆卜舅舅，您是要負一定責任的！」

隆卜舅舅：「慕容老師，我知道你來茶馬鎮就是混那碗飯吃的，我只是個騙馬匠，我可一天也沒教過他們。」

隆卜舅舅說完就忽地站起身來，慕容老師也跟著站起。

慕容老師臉上帶著尷尬的笑，彎腰替隆卜舅舅拍打掉斗篷下擺的雪。那斗篷是用縫製帳篷的牛毛褐子連片綴成的，一道黑，一道黃，一道又是棕色，厚實，防雨，也耐髒，沾點兒雪根本不是問題。因而在天賜眼裡，慕容老師的舉動似乎有點討好的意思。

分手時慕容老師說：「隆卜舅舅，有空去我的寒舍裡坐坐。我存著一罐好酒呢，咱倆圍著爐子痛痛快快喝它一場，順便也讓你看看那些從猿到人的掛圖。」

「那也沒用，慕容老師。」隆卜舅舅搧了搧他的斗篷說，「不用看我也知道，那是一連串沒有靈魂的動物。」

第十四章

47

住在老活佛石屋裡的桑吉又不肯說話了。除了偶爾重複一兩句否認他是轉世靈童的話，此外總是用倔強的沉默來回報丹巴堪布的苦心。後來他就病倒了，不得不暫時送回父母身邊。

丹巴堪布爲他取了法名，叫薩曲梅隆．桑吉堅參，聽起來還像那麼回事兒。丹巴堪布親自擔任他的經師，教他識字讀經，練習活佛應有的行爲規範。可他一點也不開心。老活佛石屋在大經堂一側的角落裡，床上鋪著好幾層墊子和毛毯，黃色絲絨的被褥是全新的，連椅子也拿黃綢包裹起來。可被褥再厚也沒有家裡的火炕舒適，後牆上總是凝著一層霜，蚰蜒和鞋底板蛆揮舞著指爪在石縫裡爬進爬出。丹巴堪布在主屋外間搭了床鋪日夜不離陪著他，隨時矯正他的言行舉止。即便他不看師父那弓鼻樑的長臉，也感到一對褐色瞳仁無時無刻不在盯著他，讓他局促不安。

丹巴喇嘛還挑選一位年輕僧人做他的侍者。每天清晨，侍者提著香爐躡手躡腳進來，舉起他要穿的衣服在青煙上擺幾下，然後一件件幫他穿好。由於尚未受戒，他還不能穿上僧裙裹上袈裟，他的上身只穿一件黃色織錦緞的小背心，冷的時候再套上紫色小棉衣。穿戴齊整後，侍者將涼水和開水兌入黃銅臉盆，添入用藏紅花之類藥材調製的聖水，再用手背試試冷熱，低眉彎腰端在面前等他洗臉。

廚師已備好了酥油茶和各樣糕點，還有他以前很難嚐到的葡萄乾、柿餅和核桃仁之類，用一個金線描著吉祥圖案的大木盤端著。午餐和晚餐則可能是灌湯包子、土豆燉牛肉和肉末粉絲之類，由於信衆多是哈拉瑪草原的牧人，僧侶們也是不強求吃素的。端著木盤的廚師煞有介事用布帕蒙著口鼻，護法神一樣等候在居室的外間。等他洗漱完畢，侍者就去接過那個盤子，雙手捧到他面前的桌上，然後不聲不響退著離開。

他拿出帶在身上的銀匙，一小口一小口喝著酥油茶。酥油茶無須拿勺子來喝，可他患了強迫症似的，爲的只是讓他的銀匙派上用場。如今他跟家裡的唯一聯繫，就是臨別時母親塞給他的那個小巧餐具了。面對那些從未品嚐過的食物，他一點胃口也沒有。在師父逼視下，他用指尖掐著糕點勉強吃上一點，也覺得沒有青稞麵糌粑那麼可口。他牧草般瘋長的頭髮被剃掉了，心裡卻莫名其妙生出煩惱來：他呼喚著陪伴多年的白度母，可她似乎不再願意顯身，倒是卓瑪的臉蛋屢屢出現在眼前。那是跟他一樣多出來的一顆桃子，一頭撒著歡跑到他身邊來的小牛犢。她穿著漂亮的花裙子，可他心裡清楚，他喜歡的不只是她的花裙子。如今她每天做些什麼呢？會不會一個人又去了西灘，在那小河邊的磨房前等著他？眼前的一切都不是他想要的，他不屬於這裡，不屬於這個強迫他就範的冷酷世界。他想像自己像落在發燙石板上的雨滴瞬間蒸發，像一片雪花在落地前就消失於風中，像藍天上一縷白雲倏忽間化爲無形……可那是辦不到的。他也不能像一隻老鼠那樣，受到驚嚇就鑽到牆角的小洞裡去。

勉強完成習字禮佛的日程後，師父也將許多玩具擺在他面前。在軌道上嘰嘰嘎嘎奔跑的火車，做成鋼琴模樣的音樂盒，還有肚子裡能發聲的小和尙，扳一下後背的開關就不厭其煩唱誦起大明咒來。還有可以壘成各種建築物的積木，以及拼出各樣動物的硬紙板。沒有人再跟他爭搶那些東西，可他沒了一點兒興趣。在師父嚴厲目光的逼視下，他不得不機械地擺弄著，眼淚卻不知不覺滴在玩具上。

每當此時，師父的耐性就到了極限，粗喉嚨大嗓子地喝問道：「又怎麼啦？是師父打你了，還是讓你餓著肚子了？」

他低著頭一句話也不說。

師父又苦口婆心開導他：「孩子，你覺得這是在受苦，那你就錯了。知道米拉日巴尊者嗎？他爲求法走過的路，吃過的苦，遭過的罪，連師父都不敢想像啊！」

那時他不知道米拉日巴是誰，但清楚自己對不住師父，也沒法讓自己高興起來。

有次圖丹喇嘛去看他，見他低頭垂淚的樣子，就對丹巴堪布說：「現在我們需要的是耐性，丹巴堪布。別忘了他還是個孩子，跟別的孩子沒什麼兩樣。一下子離開自己的父母和小夥伴們，你讓他怎麼開心得起來？」

圖丹喇嘛的話音剛落，他就哇地一哭出了聲。

師父皺起眉頭對圖丹喇嘛說：「你像是在教訓我，圖丹喇嘛。我不覺得只管自己閉門讀經的人，也有在人前指手畫腳的資格。實話跟你說吧圖丹喇嘛，我閉口不提他的父母和家庭，就是讓他儘快忘掉那一切，順利完成身分的轉換。你倒好，一句話又把睡著的人叫醒了！」

圖丹喇嘛一離開，師父就拿起鞭子抽他。那布條做的鞭子打在身上一點也不疼，他知道師父只是做出鞭打的樣子而已。師父說：「知道嗎孩子，作爲老活佛的慈悲再世，你只是降生在了那個家裡。你管紮西和班瑪叫爸爸媽媽，不過是借他們的身體重新回來罷了！」

「我不是，」他說。他的聲音很低，卻一點也不含糊，「我不是你們要找的那個人。」

「什麼？你說什麼？你再說一遍！」師父氣得用鞭杆敲著炕沿，「你的前世撇下寺院不管，如今你也想推卸責任嗎？你忍心看著經堂和僧舍嘩啦嘩啦倒塌，最後只有野兔和鼴鼠在草叢裡跑來跑去？」

他低著頭，無法回答師父的問題。

師父又苦苦哀求道：「孩子，我們磨破靴底四處尋訪，最後在佛菩薩指點下才找到了你，這是我們尼拉木寺的幸運啊！傳承了六百年的法脈能不能延續下去，如今全指望你了。等你將來坐了床成了活佛，那時你說什麼就是什麼，現在聽師父一句好嗎？爲了我們的尼拉木寺，你就抬起頭來笑一笑，大口大口吃飯，然後跟師父大聲念經好不好？」

可是他沒有笑，也沒有大口大口吃飯，而是莫名其妙病倒了。他閉著眼一動不動躺在黃色被單中，師父的哀求和恫嚇一概失去作用。丹巴堪布的自語症重又復發起來，一邊在地上走過來轉過去，一邊嘴裡嗚哩嗚啦念叨著。

突然有人跑來報告，說阿尼瑙格爾去過護法殿以後，山神的眼裡流出了鮮血。

丹巴堪布大吃一驚：「眞的？」

「眞的。尼拉木寺受了老阿尼的詛咒了！」

丹巴堪布就急忙跟著去看。護法神畫像的眼睛下方有幾道劃痕，並有不明液體流下，不過已凝結爲黑色，像一滴風乾了的五鳳草汁液。

丹巴堪布讓人澆灑青稞酒祭祀了山神，自己磕著頭賠了許多不是，然後用帳幔遮住了畫像。肯定是那個落魄的老阿尼從中作梗，才使轉世靈童遇上了這樣的逆緣——當然，那個下咒的老阿尼似乎也遭了報應，據說如今整天躺在馬場街賣茶葉的三間鋪窗下，成了靠眾人施捨度日的乞丐。

「那還不夠，」丹巴堪布狠狠說道，「他不能繼續待在茶馬鎮了。」

48

桑吉的爺爺、父親和哥哥去寺院那天，丹巴堪布正和幾個可靠僧人聚在老活佛居室的外間，商議處置阿尼瑙格爾的事。既不能暗中害人性命，也不便衆目睽睽之下強行驅離，商量來商量去，最後拿出一個還算良心上過得去的方案：老阿尼是不忌酒的，派兩個年輕僧人半夜去給他嘴裡灌酒，待他人事不省時就扔到渡口外去。那邊的渡口村也有二十來戶人家，命硬的老阿尼不至於凍餓而死。

紮西家祖孫三代各騎一匹高頭大馬，威風凜凜進了寺院的大門。刀吉騎的是一匹漂亮健壯的大白馬，脖子裡綁著一條黃色哈達，背上的馬褡子裡還裝著各樣好吃的好玩的。那匹馬是爺爺送給桑吉的，當年將韁繩遞到桑吉手裡的時候，它還是一匹驚驚詫詫的小馬駒呢。三人在石屋前樹樁上拴好馬，老紮西帶頭闖入了老活佛的石屋。

靈童家人的突然到訪使僧侶們慌了神。曾經一言九鼎的丹巴堪布變得戰戰兢兢，唯恐靈童娘家人找他什麼麻煩。他看看臉上斜拉著一道疤痕的黑臉紮西，再看看悄無聲息躺在被窩裡的桑吉，結結巴巴解釋道：「靈童的身子有點不適……誰都希望他走向活佛法座的道路一帆風順，可難免也會遇上那麼一點兒逆緣的。」

「別說那些沒用的。」老紮西瞪了丹巴堪布一眼說。他將熊掌般的大手按在桑吉的額頭上，問他哪兒不舒服。見桑吉只流淚不說話，回頭又瞪著丹巴堪布，「怎麼回事？是不是壓著牛角喝水，結果把牛的肚子給喝撐了？」

丹巴堪布囁嚅道：「……是阿尼瑙格爾在搗鬼。」

「你是說那個躺在馬場街等死的人？他能搗什麼鬼？」老紮西突然就來了氣，「別說驢乏了怪鞍子的蠢話！告訴你丹巴堪布，雖然我是個數數數不過十的人，可我知道人心都是肉長的！你們沒有自己的孩子，哪裡知道什麼叫疼愛？把我老紮西整天關在這個破屋裡，我不會哭也不會生病，但我會罵人砸東西，還要把這屋頂給掀翻了！」

此時，刀吉拿起丹巴堪布未及藏起來的布條鞭子，無師自通地在空中揮舞一下，接著就啪地甩到弟弟的被子上。老紮西奪過鞭子逼視著丹巴堪布：「你說說這是什麼？我的寶貝孫子從小受著白度母護佑，娘老子對他一句重話都沒有，你卻把他當成了什麼？一頭需要馴服的野犛牛嗎？」

可憐的丹巴堪布有口難辯，將腰彎得更低了。

老紮西對孫兒的遭遇極爲不滿。他說，無論如何不能再這樣下去了，要趕快讓孩子回到家中，在父母身邊開開心心過一段日子，視身體恢復的情況再說。

按慣例，寺院向靈童父母交過贖金，孩子就不再屬於家人了。可面對大威德金剛一樣威猛的老紮西，丹巴堪布不得不做出讓步。

誰也料想不到的是，此時刀吉自告奮勇說：「弟弟一直說『我不是』，他眞的不是。讓他回去上學吧，我來當活佛！」說著就舉起布條鞭子，「誰敢抽我，我就抽他！」

老紮西聽了哈哈大笑。他摸摸刀吉的腦袋誇讚道：「這才是男子漢的樣子！牛不牴牛是慫牛，人不整人是慫人。好小子，你弟弟若有這樣的勁頭，當爺爺的我還擔心什麼！」

得到鼓勵的小傢伙蹬鼻子上臉，一屁股坐到黃綢包裹的椅子上，彷彿眞的已經取代了弟弟。他指著丹巴堪布大聲命令道：「把那些吃的玩的都給我拿過來，快點！」

丹巴堪布爲難地看著老紮西。按理說作爲靈童候選人之一，刀吉在寺院也該享有一定的地位，若是出家，無論學識如何，將來肯定也是個頗有威勢的大喇嘛。可尼拉木寺無法給他相應的待遇，因而他如此這般他們也是無話可說的。

老紮西並不制止刀吉，年輕紮西看不下去，過去搧了兒子一巴掌，將他從椅子上拉了下來。

老紮西隨即正了臉色，命令丹巴堪布將寺院大小管事的統統叫來。當僧侶們戰戰兢兢站在面前的時候，他從懷裡掏出三個邊角翻卷的本子丟給丹巴堪布：「拿去吧，我老紮西的家當都在這裡了，去重修你們快要倒塌的經堂吧！」

他又環顧一下低矮晦暗的石屋，舉起兩臂道：「這屋子太小了，裝不下將來的大活佛！推倒重修吧，建一座亮堂堂的活佛囊欠！門窗要大，玻璃亮得就跟沒有一樣！」

丹巴堪布小心翻開那些小學生的寫字本。第一個本子裡每頁都畫著羊頭，寫字似的一個空格一個，一直畫到最後一頁；第二個本子上同樣密密麻麻，全是長了彎角的牛頭；第三個本子上畫著一個個圓圈，估計滿篇都是貨眞價實的銀元。他抬眼看看老紮西，顫抖著嘴唇說不出話來。

老紮西大手一揮道：「別囉嗦了！明天就帶買主去我的牧場，照那個數目趕走牛羊，兌換成現錢。再讓人去鎮子南坡邊的樓房裡，從馬廄裡起出埋了幾輩人的財寶，牽上四五頭犛牛馱回來——那有什麼難處嗎？」

丹巴堪布合掌作揖道：「我是說，您這份佈施太過厚重了。過慣了苦日子的僧人怎麼承受得起……」

老紮西伸手要奪回他那些本子：「承受不起是吧？好，我原樣帶回去好了！」

丹巴堪布將本子攥在手裡後退著：「我的意思是，尼拉木寺六百年來，還沒遇上您這麼慷慨的施主……」

「說什麼廢話！」老紮西不耐煩地打斷他。他又警告道，「聽著丹巴堪布，別給阿尼瑙格爾打什麼鬼主意。人家遊歷過外面的大世界，比你們這些窩裡老有見識的多！如今他老得走不動了，你們就想狗咬下坡狼是不是？口念阿彌陀佛的人，怎能做出那樣見不得人的事！」

49

雪後的茶馬鎮，每一天都是陽光燦爛的好天氣。懸浮在鎮子上空的雲朵潔白而濃重，像雪團浸潤在清冽的湖水裡。

桑吉回到家裡以後，天賜總想過去問問，他是不是看見了撲棱棱飛舞著的那只蛾子，或者連接著前世今生的繩子。可寺院派了兩個年輕僧人一天到晚守在桑吉身旁，不讓任何人接近——他們提防阿尼瑙格爾再耍什麼花招，讓老活佛的轉世靈童一不小心變成苯波阿尼的接班人。卽便沒有僧人寸步不離守著，懂規矩的人也看得出來，桑吉家大門上插著一束柏枝，意思是謝絕所有人探訪。

只有天賜的爺爺被請去看過一回。老郎中爲桑吉號過脈看過舌苔，聞過大小便的氣味，最後囑咐給孩子多喝些薑糖水，祛除腹內濕寒之氣，並保持室內乾爽通風，此外就沒什麼好做的，孩子只需跟父母一起粗茶淡飯吃好喝好，在熱炕上睡幾天就沒事了。紮西夫婦求老先生給孩子扎扎針或者點幾個艾灸，老郎中笑著搖搖頭，說在小活佛身上他怎麼下得了手，再說也沒那個必要。爺爺回來告訴天賜，桑吉除了脾胃濕寒，主要還是因爲魂不守舍——他人被帶去寺院魂卻留在自己家中，如今已是破鏡重圓了。

也許眞有那麼回事兒，天賜想。他見過一些抱著孩子的婦女在草地上坐了一陣，起身離開時總要頻頻回首，不停呼喚著孩子的名字。她們也覺得孩子的魂兒貪玩，一不留神就追蝶逐蜂去了，若不及時叫回來，可能就找不到回家的路。

爺爺送給桑吉的大白馬拴在門口，似乎已被刀吉據爲己有了。刀吉一會兒兩手捧著豌豆讓它嘎嘣嘎嘣嚼著，一會兒又端來一大盆清水讓它咕咕痛飲。他又拿刷子煞有介事地刷著，搆不著高大的馬背，他就一下一下跳著刷。大白馬就那樣乖乖站著，至多是肩胛上的鬃毛抖一抖。

聽到桑吉回來的消息，小夥伴們又每天聚集在那兒，可是只有一次例外，小姑娘卓瑪被桑吉的母親叫了進去，很快又被僧人們送了出來。其餘孩子無法跟桑吉見面，只能參觀刀吉賣弄一般折騰那匹大白馬了。

由於寺院大興土木重建經堂，老活佛的石屋也要改建爲富麗堂皇的囊欠，半月後桑吉身體恢復正常的時候，就被送往鎮子中心那座空置已久的鐵瓦殿。那裡經堂僧舍一應俱全，簷下是油漆剝落的回廊，轉過去是一片荒廢的園林，初春之際會有幾枝紅梅獨自綻放，四五月的時候也有一叢叢紫丁香蓬蓬勃勃地開著，此外便是年復一年的枯草疊壓在一起，墨綠色的柏樹高過了鐵瓦殿屋脊。雖然那裡半夜總有燈光閃現，但未來的活佛入住，無論善神還是邪靈，肯定都被降服歸順的。僧人們趕跑房間裡吱吱亂叫的老鼠，清理掉地上的雜物和懸垂的蛛網，桑吉就被安頓下來。

重建大經堂的事務纏住了丹巴堪布，桑吉的經師就換成了圖丹喇嘛。圖丹喇嘛不僅通曉經典，性情溫厚又頗有耐性，對待桑吉就像是自己的孩子。如此的安排既讓家人滿意，桑吉面對新經師的時候，也不像以前那麼抵觸了。

第十五章

50

這天上午吳教授接到一張字條，落款人竟是火花。

其時他和王珂正忙活在鐵瓦殿後院的房車實驗室裡。那是跟起居間相隔的部分，占去了那輛改裝房車的大部分空間。師徒二人穿一身藍色防靜電服，王珂敲擊著鍵盤，吳教授俯身在後面盯著顯示幕。二人時而又轉換到另一個操作臺前，看著許多儀錶盤上閃現的數字和左右擺動的指針，比比劃劃討論著什麼。沒有人知道他們在幹什麼。那情形看上去有點像《皇帝的新裝》裡兩個身分可疑的裁縫，在空的織布機上煞有介事地忙碌。

圖丹喇嘛背著兩手，指縫間夾著那張紙條，搖晃著高大的身軀走了過來。他敲了敲車玻璃，將手中的紙條晃了晃。

吳教授打開車窗：「那是什麼？」

「一隻蝴蝶。」老經師說。他們已經很熟悉了，說話也隨便起來。

吳教授將那折疊成蝴蝶結形狀的紙條接了過來。開打紙條，只見上面只寫了一句話：

知道我家大門開在左邊還是右邊了吧？

字跡揮灑潦草，只下面的「火花」二字略爲工整，好像擔心他認不出來。他將那句話讀到第三遍的時候，隱約嗅到了一縷火絨草的清香。他向來不會揣摩女人的心思，但覺得那句話還是帶了情緒的。「眞是個惹不起的女人！」他說。

「我估計她是要請你去吃飯。」圖丹喇嘛笑道，「這裡每天除了糌粑就是酥油麵疙瘩，你也該換換口味了。」

糌粑是吳教授自小就吃慣了的，酥油麵疙瘩卻是僧侶們的新發明：將和好的麵團搓成條，揪成許多小丸子，蒸熟後澆上融化的酥油，外面再裹一層白砂糖和細奶渣。那種食物被當做美食來招待客人，他已經吃得胃酸過多了。

吳教授搖搖頭說：「在她那兒我只能吃到辣子。」

「辣子？哈哈，那不是生活的調味品嗎？」

圖丹喇嘛笑著離開後，吳教授將字條揉作一團扔進紙簍。他想，大半生寡淡無味的日子都過來了，還要那調味品做什麼。返回工作臺時又覺得心有不甘，回頭撿出紙簍裡的紙團又聞了聞。沒錯，是火絨草，淡遠清香的家鄉味兒，足以勾起他淡漠了的情感記憶。

他隨即改變了主意。青春年少時，他爲她寫過那麼多隱形的書信，害得她大半夜在燈下尋思破解之法。那時他們可眞夠天眞，就那麼一兩句不著邊際的話，寫的人和讀的人都緊張得要死。他想無論如何該去見見她，順便將那散發著煙酒氣味的外套還給她，然後在那裡喝一杯茶，拉幾句家常，若是她積怨未消，就再聽她罵幾句吳瘋子吧。

他向王珂交代幾句，脫去工作服回到起居間，認眞清理了兩腮的鬍茬。他換上乾淨的襯衫和水洗布牛仔褲，並鄭重打上一條紫紅色的眞絲領帶。然後他帶上那件光膀子穿來的外套，急匆匆趕往鎭子西頭。

八月的陽光照在身上是多麼舒服，空氣裡氤氳著萬物成熟的氣息。成群的灰鴿子盤旋在高空，無數雙簧管似的鴿哨嗚嗚嗚響著，仿佛茶馬鎭人寧靜生活的背景音樂。那個得到女王召見似的男人邁開大步，兩手朝後抿抿鬢髮，又擧起手臂聞了聞，烏鴉糞便的氣息已消散殆盡。

51

還是天賜在縣城讀書的時候，有次暑假回來，心血來潮給火花寫了封信——在別人看來那不過是一張白紙，他相信心有靈犀的火花可以讀出上面的字兒來。於是有一天，他倆在街上碰面的時候就將那封信塞給她，並喘著氣附加一句：「晚上再看吧！」火花的臉頓時燒紅起來，以爲那是一封寫滿了甜言蜜語的情書。她同樣喜歡他，因爲他是茶馬鎭街上唯一穿著短褲行走的男孩兒，看著旣清爽又洋氣，尤其他那總是高高揚起的腦瓜裡，肯定裝滿了世上最華麗的辭藻。她的心兒怦怦跳著，跑回家急不可耐就打開了信封。可信紙上什麼也沒有。她想起他的話，晚上再看吧。等到晚上，她在燈下翻來覆去看了又看，仍是一頁白紙，上面連一個螞蟻腿兒都沒有。她覺得受了愚弄，氣呼呼將信紙伸向油燈。火焰升起時，一顆淡黃色的字跡卻跳了出來——那是一個「人」字。她急忙撲打著弄滅火焰，在桌上撫平那頁紙，可是左看右看，還是那麼形單影隻一個字兒，散發出一縷熟悉的奶油香味。她若有所悟，又將信紙小心地湊近燈焰去烤，於是其餘的字也慢慢顯現出來，直至看到完整的一句話：火花，終有一天，我也會成爲看見靈魂的人。

沒一句情意纏綿的傾訴，火花大失所望。可轉念一想，覺得那聰明的傢伙是變著法子在討好她，因爲她就是看見過靈魂的人——當她掉在他家屋簷下的時候，她的靈魂輕飄飄飛了起來。彼此看得見靈魂的人，才算得上眞正的知心呢！

接下來，不斷有隱去字跡的信送到火花手裡。他在信裡談理想論抱負，甚至信誓旦旦地說，他終究要弄明白桑吉是怎樣被喇嘛們認定爲轉世靈童的，他要還原出那個秘密程式的原理。她對他的崇拜到了無以復加的程度，於是有一天趁母親不在，就約他去了她家的木樓。

火花拿出一遝被燈火反覆熏燎過的信紙，含情脈脈地問道：「你是怎麼做到的天賜？今天就咱兩個人，能不能告訴我呀？」

天賜心裡得意，卻什麼也不說。他取下挎在上衣口袋的一支粗壯水筆，在信紙背面又唰唰唰寫下一行隱形的字。接著他劃根火柴，在信紙上來回燎了燎，乳黃色的字跡就顯現出來：火花，你的名字是用牛奶寫成的！

火花忍不住在他光潔的額頭親了一口：「天賜你眞聰明！牛奶怎麼可以寫字？全世界只有你想得出來！」

他滿不在乎地甩甩頭髮說：「你的名字就該用牛奶寫出來。」那時他的頭髮又濃又密，還蘸了水梳成能摔死蒼蠅的三七開小分頭。他又說，「用牛奶寫出『火花』的時候，就能聞見你身上奶油一樣的香味呢！」

火花便一頭紮進了他的懷抱。他蓄謀已久的只是吻一下她那飽滿的嘴唇，他不但做到了，隨之而來的報償還遠遠超出了預期。只是她扭動的身子和響亮的叫聲擊碎了他的美夢，他像個毫無作戰經驗的士兵，丟盔卸甲中途敗下陣來。

事後火花摟著他的脖子說：「從今以後，天賜，你要每天給我寫好長好長的信，讓我讀一個晚上的那麼長！」

他卻倉皇逃離了火家木樓。從此他再也沒有爲她寫過一封信，後來他考上大學，永遠逃離了茶馬鎮。

如今火花已是老鎮幼稚園的園長，不可能再去接任火神廟的香頭，或者煞有介事扮成一個通靈者，渾身掛滿鈴鐺替人驅鬼了。那座位於鎮子北街的幼稚園最初是兒童福利院，是由活佛兄弟倆建成的，當初爲了收留峽村泥石流災難中失去家園的孤兒，後來就擔負起普通幼稚園的職責。

今天，火花將她的孩子送到幼稚園，繞道去鐵瓦殿讓圖丹喇嘛傳字條給吳教授，然後回家做了一番準備。這個日子也是她特意選定的，母親一大早去了火神廟，茶馬節已經臨近，許多事兒需要老太婆去親自張羅。

茶馬節是個重要節日，火花的男友，坐鎮茶馬鎮二十多年的鎮長就是那個節日的發起人。從前茶馬鎮只在春秋兩季舉辦廟會，對應著過去茶馬黑市的重要日子。爲配合旅遊開發，鎮長將兩個日子合併在一起定在八月十五，辦成了招引遊客的狂歡節。茶馬鎮人不明白狂歡什麼，卻也不得不配合鎮裡的決定。不過也保留了一些傳統的廟會項目，比如允許牧人的馬隊過街，舉著火把重現當年山谷裡茶馬交易的情景，滿月升起時，老鎮人也可以抬著火神轎子遊街。

52

跟上次見面的情形大爲不同，今天的火花看上去滿面喜色，心底也可能燃起了舊日的激情。

她穿一件帶有紫羅蘭網底的連衣裙，那些飄逸的枝葉仿佛就纏繞在她海豚一樣的胴體上。茶馬鎮女人是不喜歡戴胸罩的，除非那兩坨肉下墜到無可救藥的地步，才可能採取必要的措施略加襯托。輕柔熨帖的絲綢讓她天體袒呈，雖然胸前沒了少女時代的支棱感，那周正圓潤的模樣更符合這個年齡段的豐盈氣象。顯然她很在乎這次跟老朋友的會面，著意將偷渡過漫漫歲月的身材曲線勾勒出來，甚至在那豐潤的嘴唇上又淡淡塗了些口紅，風姿綽約地等候在樓梯口。看到吳教授紅亮的腦袋出現在樓梯下方，她就向他伸出手去，似乎嫌他拾級而上的腳步過於遲緩了。

心懷忐忑的吳教授看著她，遲疑著該不該將自己的手遞過去。他的慌亂是顯而易見的，在他們手指相觸的瞬間，他的腳下就毫無緣由地磕絆了一下。他無法預知她約見的目的，此時便提醒自己：千萬不可落入重溫舊情的窠臼。他沒有額外的時間和精力去應付，再說以他們如今的年齡，躲開人們的視線卿卿我我已經不合時宜了。

吳教授將帶來的幹部服遞給火花，火花隨手搭在欄杆上。她毫不掩飾自己的興奮：「我知道你會來，天賜。」她一邊轉著身子展示她的裙子，一邊問道，「你瞧天賜，我穿這身好不好看呀？年輕時穿過的，又從箱底翻了出來！」

像三月的春風拂面而來，搖曳著那個半老男人心頭的荒草。他向來看不出女人的打扮是好是壞，但眼前的火花確實讓他心頭一熱。他結過一次婚，女方也因看重他非凡的腦袋跟了他，婚後才發現他的情商幾乎爲零。他的聰明才智對居家過日子毫無意義，甚至在他們例行的床第之歡中，也往往因他的突然分心而興味索然。妻子算得上是個漂亮女人，也是個重品位講情趣的女人，於是不到一年工夫，他們的婚姻就走到了頭。後來隔三差五也交往過一些女人，但他沒有動過再婚的念頭，女人們領教了他的無趣之後，同樣對他退避三舍。多年埋頭於不見天日的實驗室和指示燈閃爍的儀器之間，他的個人生活可以忽略不計，他已淡漠了男女之事，重新成爲一個不知牝牡的人。此刻，面對漂亮熱情的少年戀人，他鏡片後的目光躲閃著，口裡模稜兩可唔唔應承著。接著他就毫不知趣地轉身走開，去那天跟火家婆聊天的露臺上轉了一圈。他看到他那件襯衫已洗得乾乾淨淨，搭在橫拉在露臺的鐵絲上，旗幟一樣在微風裡招展。

火花怔怔看著他。時光的利刃不僅削去了他的一頭黑髮，也割斷了他們童年和少年時的純眞情感。「我們眞的老了，天賜，」她再次抓著他的手一起走進房間的時候說，「雖然我們牽著手，已經感覺不到對方的心跳了。」

火爐上茶壺正在沸騰，熱氣在壺嘴裡打著呼哨。爐盤上有火絨草燃過的銀色灰燼，屋子裡飄散著與那張信箋同樣的艾香。裂了縫的木桌上擺著一盤黃橙橙的杏子，一盤巧克力色的風乾肉，甚至有一瓶茶馬鎮金剛公司釀造的青稞大麵。

火花讓他坐在牆根的長條椅上，她知道他的潔癖，特意在那裡鋪了條新毯子。她倒了一碗茶放在他伸手可及的桌角，然後搬個靠背椅坐在對面。「聽說城裡人約會都喜歡躲在包廂裡喝咖啡，剝開心果送到對方的嘴裡。是那樣的嗎，吳教授？」她的嘴角重又掛上一絲嘲諷。

「可能是吧，」他說。他端起茶碗，將那釅如牛血的茶水湊在嘴邊喝下一大口。加了鹽巴的松潘茶有點鹹，也有點苦，後味卻綿長醇厚。他咂著嘴說，「我倒喜歡這個。」

「那就隨便一點，天賜，把這兒當成自己的家。」

彌漫在房間的艾草味兒，燒得通紅的火爐，吱吱作響的茶壺，還有那潑辣能幹的家庭主婦。這的確是他嚮往的家庭生活，可爲了那足以耗盡畢生精力的科研事業，他早就將如此的追求斷然割捨了。

火花將一顆黃杏子捏開，去掉核，一半遞給他，另一半放在自己嘴裡。她嗚嗚說道：「這可是熟透了的，天賜。還記得你家那棵樹上的杏子嗎？如今想起來嘴裡還是酸的！」

「我也記得你從屋簷上栽了下去。」那個可笑的男人覺得找到了合適的話題，急忙回應道。一隻蛾子，一根繩子，或者一束光，一團帶有神奇能量的電磁波。它攜帶著前世今生的所有秘密，按僧侶們的說法，那是既不能創造也無法被毀滅的。他大半生投身其中的探索和實驗，如今跟活佛秘密籌劃的那個儀式，或者說可能在刀吉身上創造的奇蹟，都跟那稍縱即逝的神秘之物有關。他說，「多年前我也想找到那種感覺。可我用的是笨法子，在實驗室裡折騰自己。今天你再回憶一下，火花，那到底是怎樣一種感受呢？」

面對如此無趣的人，火花的心頭之火眼看就要熄滅了。她朝後推開自己的椅子說：「我忘了那是什麼感覺，天賜。坐在對面的大活人都不在你眼裡，還提那些幹嘛？」

他默默吃掉半個杏子，也將辯解的話一同咽了下去。

就那樣各自鬱悶一陣，火花突然抓起酒瓶擰開蓋子說：「哎呀天賜，今天我是請你來喝酒的，怎麼就忘了呢！」

那是準備飯後才敬他兩杯的，現在不得不提前喝上兩口，以期喚醒那個執意裝睡的人。吳教授見狀卻抬腕看看手錶，一副立馬起身告辭的樣子。

「你的錶可能分秒不差，天賜。」火花將酒杯放在他眼前的桌上說，「你放心，那個人今天還死不了。作爲一起玩大的朋友，他死了我也會難過的。」

吳教授沒能說出告辭的話，但推開了酒杯。他從褲兜摸出噴霧槍哧哧噴了兩下說：「我帶著這救命的玩意兒呢，火花，我是不能喝酒的。」

「這是一杯道歉的酒，天賜。你我難得見面，那天我卻那麼說你。」她端起酒杯放到他手裡，給自己也倒了一杯，並跟他的酒杯碰了一下，「今晚脫了鞋和襪，不知明朝穿不穿。不知道這句話是誰說的，我一直記著。我們錯過了許多，天賜，如今知道珍惜了，一切又不是原來的樣子了！」

火花眼裡已含了淚水。見吳教授仍在猶豫，自己一仰頭將那杯酒吞了下去。

火花又斟滿一杯舉在手裡說：「你走吧，天賜。母親說那天你三番五次打聽卓瑪的下落，今天我想告訴你那些秘密。可你是個大忙人，怎麼在這裡白白浪費時間呢。」

吳教授收起他的擋箭牌，一仰脖子也將那杯酒喝掉了。其實他並非滴酒不沾，只是擔心誤了正事。至於卓瑪的事他已不再那麼糾結，但火花重又提起，覺得聽聽倒也無妨。

可火花不急於告訴那些。她又爲他斟滿酒杯問道：「是活佛讓你回來的？看樣子我還得感謝活佛呢，要不這輩子我就見不到你了。你們眞能把那個人從閻王手裡奪回來？」

「我們會盡力的。」吳教授主動跟她碰一下酒杯說，「沒有刀吉，茶馬鎭就沒有兒童福利院之類的公益設施，也不可能有今天的渡口新區。沒有那些老廠子和新區工地，年輕人只能去內地打工，年底回家還不一定能拿到工錢……」

「提那些幹嘛？我比你淸楚得多。可是你知道嗎天賜，那只是個披著佛兄斗篷的阿修羅。不但他自己覺得法力無邊，茶馬鎮人都把他當成在天空飛來飛去的超人！」

吳教授明白，阿修羅是六道衆生裡極爲特別的一類，因智力和膂力超群而傲慢自大，也有著強烈的妒忌心。傳說中，阿修羅界與天界爲鄰，因而常常跟天界發生衝突，挑戰天界的權威。阿修羅界有一棵高聳入雲的如意果樹，樹的上部伸在天界，果實成熟時天界衆生隨手可以摘取，阿修羅卻無福消受，於是愈加懷恨，每天拿斧子去砍那棵樹。大樹眼看就要砍倒的時候，天界只需灑下幾滴甘霖，樹的茬口迅即癒合，並重新枝繁葉茂，結出累累的果實。阿修羅雖然衣食無憂，卻感覺不到絲毫的快樂，每天只是伐樹不止，不惜將自己折騰得半死。他將空酒杯遞過去：「火花，今兒不多喝幾杯，我就聽不懂你在說些什麼。」

火花卻轉換了話題。「聽母親說，你結婚不久就跟漂亮夫人分手了，至今過著單身的日子。」她一邊斟酒一邊問道，「你怎麼也不問問我是怎麼過來的？你以爲我就過得幸福美滿？」

「我不想打聽別人的私事，火花。不過我覺得，女人到了你這個年齡是要懂得珍惜的。你們已經有了孩子，那天你母親也跟我說，鎮長可是個有本事也靠得住的男人。」

火花眼裡又噙了淚水：「她說得沒錯，天賜，當初我也是那麼看的。你擔心我把碗裡的酥油當沫子吹掉？告訴你吧，那本來就是一團五光十色的肥皂泡。母親如今還那麼說，不過是在滿足她可憐的虛榮心罷了。知道人們是怎麼說他的嗎?都說他不去專門做個演員，埋沒他的才能了!」

「他眞演過戲?」

「說要打造茶馬鎭的形象，他和刀吉拍過一部叫《茶馬秘史》的電影。他演欽差大臣，阿修羅扮成了部落首領。」

「刀吉送過我一張光碟，說裡面是他和鎭長合拍的電影。我一直沒顧上看，也不知丟到哪兒了。」

火花告訴吳教授，鎭長來茶馬鎭不久就跟刀吉喝酒盟誓，成了比親兄弟還要親的結拜兄弟。鎭長的確是個很有本事的人，當了幾任鎭長後就升爲書記，由於在新區開發和打造老鎭旅遊景區方面政績突出，有一年被提名爲副縣長候選人。可他說自己離不開茶馬鎭，因爲他對茶馬鎭的一草一木都有感情，要是讓他留下來，茶馬鎭新區將有更好的發展。於是政府任命他爲新區管委會主任，級別也相當於副縣長，只是人們還習慣性地稱他爲鎭長。其實那個人是可以稱之爲僞裝大師的，他在老家就有妻室兒女，刀吉病重以後又跟香草打得火熱，好像也代替刀吉行使著丈夫的義務。這兩年他已是金剛宮的半個主人，雖然跟她有了孩子，如今已很少來木樓上找她了。

53

吳教授晃晃腦袋，酒已上頭，腦子裡嗡嗡作響。現在他倒想把自己徹底灌醉，免得再聽那些煩心事兒。他的金魚眼鼓凸出來，拿空酒杯在桌上喀喀敲著，叫火花再給他添酒。

火花卻把空酒杯挪遠了。她推開椅子，去壁櫃那兒按下一台老式播放機的按鈕。低沉的大提琴聲嗡嗡響了起來。聽得出來，那是早年流行於鄉村舞廳的樂曲，沒有唱詞，只是一首〈其實你不懂我的心〉的旋律。

火花踩著舞步走過來，揪著吳教授的領帶，一下將他從長椅上拉起來。「慢三步，」她說。

他踩不上音樂節拍，只是跟著火花在桌凳和火爐間磕磕碰碰走來走去。火花便牽引著他，旋轉到的外面的露臺上去。

陽光明媚，鴿哨聲聲，天地無比清明。他也看到露臺上擺滿了各式各樣的「花盆」，一些漏水的臉盆、無蓋的木箱裡都生長著茁壯的植物，蓬蓬勃勃開著花，上次竟然不曾留意。他攬著她充滿激情與活力的腰背，再看看她被烈酒燒紅的臉頰，覺得眼前的一切突然變得美好起來。

街巷裡走動的人都仰頭來看，火花卻將發燙的臉貼在他臉上說道：「知道嗎天賜，我一直等你回來，等了整整三十年。今天我就是要讓大家看見，我倆又是當年的火花和天賜了！」

第十六章

54

卓瑪和火花一起上的小學，但她沒能堅持到畢業。

那幾年，姐妹兩人始終坐一條長板凳，趴在一張課桌上寫字兒。雖然許多時候卓瑪需要火花的關照，其實兩人可能同歲，火花只是大點生月而已。

都說卓瑪是從山裡撿來的野孩子，其實她一點也不野。她總是安安靜靜待在自己的座位上，俊俏的臉蛋就像剛剛從蛋殼裡孵化出來。因爲她長得好看，女孩子們都妒忌她，說她眉心那顆痣是點上去的，動不動就用指甲去摳。男孩子們不是拿帶刺的蒼耳球黏住她的髮辮，就是在她的花裙子上甩墨水。她忍受著，躲避著，實在受不了就尖叫一聲跌倒在地，脖頸強直四肢抽搐，火花搖晃著好半天才將她叫醒。她是患著先天性的羊羔瘋嗎？又不像，沒人招惹她的時候，那毛病是不會發作的。她就像一件脆薄的瓷器，多虧有火花在旁護著，才不至於每天都打碎在地。

上課時她常常盯著窗外出神，有時也在本子上畫畫兒，花花草草，太陽和月亮。她似乎並沒有認眞聽老師講課，作業卻滿篇都打著勾，考試也往往拿到前幾名。得益於她，火花從不擔心自己的作業和考試過不了關。

就在她們升到五年級的時候，火花看到她在練習本上寫滿了「桑吉」。火花問寫他幹嘛，她說她將來要嫁給桑吉的，做他的媳婦兒。桑吉生病回家那次她被叫上樓去，桑吉說他在老活佛的石屋裡也想起她呢。她就對他說，桑吉你放心，我一輩子都是你的小牛犢。她被僧人們黑著臉趕出來的時候，還回頭向桑吉保證過：「我向白度母發誓，桑吉，等我十六歲的時候就來嫁給你！」可如今桑吉關在鐵瓦殿，再也見不著他了。假期裡她突然看見桑吉和同伴們走在街上，就追上去一把扯住他：「你不認識我了嗎，桑吉？」待對方轉過身來，原來是去縣城讀書的刀吉回來了。其實上學以後她就明白，桑吉長大後會去寺院坐床成爲活佛，活佛是不能結婚的。她就想，萬不得已她也許會嫁給刀吉，因爲他倆長得就跟一個人一樣——何況，假如有一天桑吉不當活佛了呢？他關在鐵瓦殿只是暫時的，到他自己能做主的時候，說不定自己就跑出來了。無論如何，她不能放棄那個希望。

那天放學後姐妹倆去了鎮子外的山坡上，卓瑪拿狼毒花作占卜，確定她的「終身大事」。雪白的狼毒花這兒一簇那兒一片，雲朵般覆蓋著山坡。她揪下一隻小繡球似的花朵，將一長一短兩根草莖插入不同的花管，兩手攏著搖一搖，然後找出她想要的那一根。她將代表桑吉的長草莖稍微露出一點，而將刀吉的完全隱沒不見，這樣，每次占卜的結果都是桑吉。那天她很開心，回去的路上對火花說：「上輩子我和桑吉肯定是倆口子，要不怎麼一看見他就喜歡，夢裡也老是跟他一起玩兒？這輩子我們還會做夫妻的，你就等著瞧吧！」

55

卓瑪開始逃課，先是偶爾一兩次，後來就天天如此了。她整天坐在十字北街的老白塔下，一眼不眨地盯著鐵瓦殿大門。她希望那扇門忽然吱呀呀打開，讓桑吉像放學後的大男孩那樣跑出來。可是每一天她都白等了。嚴絲合縫的雙扇門上畫著個赤面怪獸，尖利的指爪抱著個大輪盤，獠牙咬著輪盤的上緣，仿佛要喀嚓喀嚓咬碎盤子，連裡面密密麻麻的人和動物一起吞下去。可是她不怕，她心裡數著數兒：一，二，三，大門開！大門依然紋絲不動。那年她十二歲，算算跟桑吉約定的日子還差四年。四年！山坡上狼毒花要開上四遍，大雪得把茶馬鎮埋掉四次，何況也無法確定這四年裡會發生什麼。她手裡捏著一根捨不得吃的果丹卷，等桑吉出來就送給他，他在裡面肯定吃不到零食的。幽深的天空裡喧響著蜂群盤旋似的天籟，她的腦子裡也嗡嗡嗡響著。直到太陽劃著弧線向西墜落，融化的山楂果肉粘在手心，那赤面怪物把守的大門仍不見打開。她的嘴唇裂了口子，髮辮也亂蓬蓬的，像一枝失了水分的香蕎花漸漸枯萎下去。放學後火花背著自己的書包手裡提著她的書包，跑來叫她一起回家。她就將沒了形狀的果丹卷藏在白塔石縫裡，舔著手心裡粘著的果肉，一步一回頭離開那裡。

終於有一天，那怪獸和輪盤突然裂爲兩半。厚重的門扇嘎吱吱響著，像天庭的大門那樣，閃著金光轟隆隆打開了。

身裹袈裟的桑吉，身材高挑眼神憂鬱的桑吉，從那訇然打開的大門裡走了出來。

桑吉站在那兒，朝坐在白塔下的她看了許久，然後向她招了招手。起初她以爲那是個夢，或者只是個幻覺，直到她輕飄飄走過去，眞切看到桑吉的面容，並扯了扯他身上的袈裟，才知道那是眞的。

「你忘了你的小牛犢嗎，桑吉？」她仰起臉兒，眼裡噙著淚花問道。

桑吉沒有說話，將她帶到了圖丹喇嘛面前。

面目和善的圖丹喇嘛說：「孩子，你每天出現在那裡，我們都是感覺到了的。可是你知道嗎，這對他一點兒好處也沒有。他每天有新的經文要背誦，還要按時打坐入定，不能干擾的。聽我一句話孩子，以後就別來等他了，好嗎？」

「我要嫁給他，」卓瑪說，「我知道現在還不是時候，但我會等到那一天。我要做他的媳婦，一輩子跟他在一起。」

卓瑪的話讓圖丹喇嘛大吃一驚。他看了看低頭不語的桑吉，皺著眉頭問卓瑪道：「你不知道他是老活佛的轉世嗎？他要坐床成爲下一任活佛的，怎麼能跟你結婚呢？」

卓瑪低下頭去不說話。過了半天她才妥協似的說：「那我就當個覺姆，一輩子跟他一起念經拜佛。」

「別胡思亂想，孩子，尼拉木寺不收覺姆。」圖丹喇嘛耐心勸道，「再說有你在身邊，讓桑吉怎麼安下心來？回到學校裡去吧孩子，每個人都有自己的事要做。」

卓瑪就向桑吉求助。她眼巴巴看著他，兩行淚水就流了下來，滲入結著血痂的嘴唇。桑吉眼裡也含了淚，對他的師父說：「讓她受戒吧，師父。讓她也成爲您的弟子。」

聽了桑吉的話，卓瑪就跪倒在圖丹喇嘛面前。

「若是個男孩我會考慮的，可是你不一樣，孩子。」圖丹喇嘛俯身將她拉起來，「你可能還不知道，支撐著尼拉木寺的就剩下那些清規戒律了。」

「我向白度母發誓，我也會遵守那些戒律的。」卓瑪說，「我一個人小聲念經，每天能從遠處看見他就行了。」

桑吉也幫腔道：「放心吧師父，不會有問題的。」

圖丹喇嘛對桑吉說：「卽便你信得過自己，也無法保證她跟你一樣。她是個女孩子，桑吉，她很快就會長大的。」

「她也跟我一樣，師父。」桑吉堅持道，「我向您保證，長大後她也不會違背誓言的。」

圖丹喇嘛雙手合十對桑吉說：「你說的是糊塗話，桑吉。在尋求靈性的道路上，不少人知難而退，重新回到他想要的生活裡去。我們說人生卽苦，但實際的情形是苦中也有甜，每個人都有權利享受世俗生活帶來的幸福。可你不一樣，桑吉，你的每一個選擇都不再代表你自己。想想尼拉木寺吧，桑吉，想想你的責任。作爲師父我有責任提醒你，若是有絲毫差池，不但毀了你的修行，尼拉木寺也會跟著名譽掃地的。」

「我知道，師父。」桑吉冷靜地說，「您說過佛陀傳道的時候，妓女庵摩羅也受到他的器重，不顧別人反對讓她剃度出家，結果比其他人更能守持戒律，最後獲得了證悟。卓瑪是說到做到的，這我可以保證。她不一定求得什麼證悟，她只是想做個念經拜佛的覺姆。每個人，不論男女，都有權利選擇自己的人生道路和生活方式，不是嗎師父？」

圖丹喇嘛搖著頭說：「你不明白自己到底想要什麼，桑吉。你對愛情的渴望也許只是被隱藏了起來，連你自己也察覺不到。但它就像一粒種子，遇到合適的土壤和水分就會發芽生長的。我鄭重提醒你桑吉，愛情和修行是完全相反的兩條路，你只能選擇其一，而忍痛放棄另外一條。」

桑吉又用經典裡的話爲自己辯護：「您教給我的經文裡說：『無我所心，無染著心，去來進止，情無所繫。』那條不偏不倚的中道，我想應該叫愛而不染。師父，就讓我們去嘗試那條道路吧，我相信可以走得通的。」

圖丹喇嘛仍不鬆口：「實話跟你說吧，桑吉，我不能眼看著你們在火坑的邊沿跳舞而不加制止。」他提高嗓門下了最後的判詞，「別再堅持了，那是絕對沒有可能的！」

卓瑪的老毛病又犯了。她的臉突然蒼白起來，接著就撲通一聲仰面倒地，昏死過去。兩個掃院澆花的年輕僧人跑了過來，蹲在卓瑪身邊呼喚著，搖晃著。桑吉看看地上的卓瑪，再看看他的師父，兩行眼淚就流了下來。

好半天卓瑪才緩過氣來，桑吉扶起她，幫她拍打掉裙子上的塵土。圖丹喇嘛氣呼呼地轉身離開，去回廊下一個人走來走去。一尺寬的欄杆上擺著幾盆藏金蓮和蜀葵，還有師徒兩人下圍棋的兩堆黑白石子兒。圖丹喇嘛猛地一揮胳膊，用袈裟將那些黑白石子兒嘩啦啦拋落在地。

圖丹喇嘛最後還是走了過來。

他撫著卓瑪亂蓬蓬的頭髮說：「孩子，面對不可捉摸的因緣，我的阻攔也許是沒有用的。今天我們打開大門，原本想勸你死了那條心，沒料到會出現這樣的事。那麼，要來的就讓它來吧。只是我無法確定業力會把你們帶往何處，更難預料最終會結出什麼樣的果實來。」

桑吉知道師父仍在生他的氣，那些話應該是說給他聽的。他說：「通常的情況也許是那樣，師父，可我們不一樣。我和卓瑪都是懂得自律的，絕對不會給您惹出什麼麻煩。」

圖丹喇嘛的表情緩和了一些，撫著卓瑪的頭髮說：「你這孩子，眞有些與眾不同呢。看看眉心那顆痣，難說觀音菩薩見了也會給你那樣的許可。只是你還不到自己做主的年齡，明天讓你的舅舅帶你過來吧，我要聽聽他怎麼說。」

第二天，隆卜舅舅帶卓瑪來到鐵瓦殿，將她交給了圖丹喇嘛。「收了她吧，圖丹喇嘛，」隆卜舅舅裂開大嘴笑道，「不然她會死掉的，這丫頭有那個本事！」

圖丹喇嘛就爲卓瑪剃了頭，授了三十六條沙彌戒，讓兩個做雜務的僧人騰出一個儲物間作爲她的僧舍。那間屋子在鐵瓦殿的背陰處，狹小且沒有窗戶，騰空後只擺得下一張床，幾乎是個小小的囚室。

56

桑吉學完計劃中的經律論課程，在師徒二人每日傍晚的辯論中也對答如流。圖丹喇嘛讓人將寺院塵封已久的經書悉數搬來，滿足他巨大的閱讀量和驚人的感悟能力——他的大腦就如無限的容器，永遠沒有裝滿的時候。這期間師徒二人也數次出門遠遊，先後去內地白馬寺和西部塔爾寺參訪朝拜，聽聞高僧大德們的開示並接受加持，不但使他的聞思修行大有長進，舉手投足也更合乎僧人的威儀。「就是房子失火了，你也不能拔腿就跑。」圖丹喇嘛總是如此告誡，增強他遇事沉穩的性格。師父還要求他每天空腹對著石牆高聲誦經，讓他練成了用胸腔發聲的「獅子吼」嗓音。如今他到了十七歲，已是個滿腹經綸且舉止莊重的僧人，就是卽刻登上活佛的金色法座，也能穩得住陣腳了。

卓瑪自從裹上那棄世絕塵的袈裟，並未觸犯過任何戒律，如同一隻小鹿被關進柵欄並徹底馴化了。她和喜愛的人兒生活在同一屋簷下，朝夕相見卻相安無事，那種非凡的自制力使圖丹喇嘛也深感驚訝。她和他，兩個放棄了塵世幸福的人，就那樣若卽若離相伴修行，如同曠野裡兩棵形端影直的樹木，相對而立卻無枝葉的碰觸。她的頭皮始終刮得發青，女性的特徵卻日益凸顯出來，仍能一如既往恪守本分，心無旁騖地誦習打坐，這不能不說是一個奇蹟。學業上她也緊追著桑吉，師父就把更多適合她的典籍堆在她面前，那也是分散她注意力的有效方式。承擔了巨大風險的圖丹喇嘛不但打消了顧慮，也決心將她培養成一名出色的僧人，以期將來跟桑吉一樣有所作爲，爲佛陀的事業增光。

可卽便是兩棵沒有感覺的樹木，表面上也不會有絲毫的風吹草動，誰能保證地層裡的根須也毫無糾纏呢？

卓瑪住進鐵瓦殿不久，有次在回廊下等到桑吉經過，低聲對他說：「昨晚又夢見你了呢。」桑吉笑了笑說：「我也一樣，卓瑪。以後不必那樣，我們就在打坐入定中見面吧。」

就那樣，兩人重又接續了童年時期的夢境。雖然身體限制在各自的空間，意念卻像兩隻隱形的小鳥，穿過石牆，飛越鐵瓦覆蓋的屋頂，翱翔在他們的秘密世界——不同的是過去只是各自做夢，而今卻能進入同一個夢境，就像小時候不約而同出現在西灘的小河邊一樣。師父立下的規矩是嚴苛的，他倆在院子裡碰面也只是兄妹般相視微笑，似乎連言語的交流都是多餘的了。他們信守了自己的諾言，不偏不倚行進在「愛而不染」的中道上，已經別無他求了。

然而對桑吉來說，時間又到了一個非同尋常的節點。

日子如指間細沙一般流失，而他像個手持圖紙的尋寶人，依然在深山廢墟間踽踽獨行。他完成了坐床前的各項訓練，但讓他深感不安的是，依然無法確定自己是尼拉木寺老活佛的轉世。即便打坐進入禪定狀態，他仍無法跟歷世薩曲梅隆活佛產生必要的感應。爲了跟上一世活佛的心識相應，師父讓他誦讀了老活佛可能接觸的所有經文，並將老活佛的畫像掛在面前，使其在他的體內復活起來。依照念佛見佛的道理，他反覆念叨著薩曲梅隆・丹正堅參的名字，想像著老活佛的音容笑貌，言行舉止也模仿老活佛可能的樣子，卻始終找不到那個神秘的接口。「我不是你們要找的人」，兒時的那句話似乎已成爲可怕的籤語，符咒一般羈絆著他的腳步。也許是丹巴堪布弄錯了，他想，轉世靈童可能誕生於紮西家族，但選中的應該是刀吉而不是他。他不能違拗自己的心，更不能裝模作樣矇騙別人，即便寺院爲他鋪設好了黃色絲絨的法座，他也不想稀里糊塗坐上去。

爲了他，爺爺幾乎將全部家產牛羊捐給了寺院，卻沒有等到他走上法座，三年前就因腦溢血突然告別了人世。如今大經堂的主體已經完工，寬敞明亮的活佛囊欠也將裝修完畢，宗教事務部門也對他的活佛身分予以認證，簽發了正式的批文。按照丹巴堪布的計劃，翻年大經堂落成，屆時他也年滿十八歲，大經堂開光的同時將舉行隆重的坐床儀式，他就要接手掌管尼拉木寺了。可他沒有做好那樣的準備，眼神裡抹不去的依然是憂鬱和遲疑。他覺得自己只是被圖丹喇嘛反覆提及的責任推著前行，雖然已來到神聖的殿堂門口，可面對那道無形的門檻，他依然沒有勇氣跨過去。

「你需要閉關一年，桑吉。」師父說。

胸有成竹的圖丹喇嘛爲他安排了最後那項嚴酷的訓練。師父說，進入當瑪當廓岩洞，每天只吃少量食物，靜思三百六十五個晝夜。那是尼拉木寺歷活佛立下的規矩，就是爲了邁過登上活佛法座前的最後一道門檻。

第十七章

57

就在桑吉去閉關的前夜，鐵瓦殿出了件「不可爲外人道」的大事。卓瑪一反常態，甚至不顧戒律和師父的警告，半夜裡跑去經堂跟桑吉幽會。

那天晚上，他倆的腳確實踩在火炕的邊沿上了，若不是桑吉還算頭腦清醒，難說已雙雙跌入萬劫不復的火坑。

經堂正中佛像下是十世活佛的坐過的法座，覆蓋其上的黃綢已被歲月漂洗得發白了。那是個極爲神聖的所在，圖丹喇嘛多次聲明，除了桑吉可以在經堂裡誦經打坐，另一個指定的僧人需要每天去點燈更換淨水，其餘任何人不能進入。那天晚上，卓瑪卻貿然闖入了那個禁區。好在只有天知地知，即便佛菩薩目睹了發生的一切，也會三緘其口，爲兩個可憐的人兒保守秘密的。

那是個秋雨連綿的夜晚，桑吉面對高大的銅佛打坐冥想。年代久遠的屋頂鐵瓦上雨腳如麻，簷水在牆腳石板上劈哩啪啦響個不停。時至半夜，他發現佛像下的酥油燈焰不安地晃動起來，周遭的空氣也起了異常的波動。他的心神跟著散亂起來，無法繼續安住於冥想中。他也很難進入跟卓瑪約定的意念之境，即便勉強進入也得不到絲毫回應。他便側起兩耳，捕捉來自外面的細微響動，並將它們跟屋頂雨腳和簷漏加以區別。遠處有扇門似乎輕微地吱呀一聲，仿佛一隻夜行的貓溜了出來。接著，一切又被密集的雨水聲遮蔽了。

突然他聽到赤足奔走的聲音，卓瑪的身影已出現在眼前了！她攜一股濕涼的雨氣，一下子撲倒在他的懷裡。

他雖然極爲震驚，卻也感到了莫名的欣喜，似乎這也是他所期盼的。他輕輕擁住渾身顫抖的卓瑪，替她揩去額頭的雨水。爲了他她中斷了學業，放棄了同齡女子的自由和快樂，跟他一起忍受了這麼多年的幽禁之苦。天亮他就要離開了，而她還得繼續留在鐵瓦殿，直到師父爲她找到合適的落腳點。他希望就這樣待上一陣兒，說幾句安慰的話，或可減輕他內心的歉疚。

可卓瑪不再是一隻溫順的貓。她雙臂摟住他的脖子，牙齒磕磕碰碰地說：「抱緊我，桑吉，抱緊我！我是你的小牛犢，今晚就把這個身子完全交給你了！」

他的心怦怦跳了起來。雖然從小喜歡著對方，可他清楚，他倆的人生之路永遠只是兩條平行線，即便一年後再次見面，在事佛弘法的道路上也能繼續相伴相隨，卻也只能以兄妹相待了。他壓抑著肉體的衝動，很快使自己冷靜下來。他像一截枯木那樣坐直了身子，語氣平靜地糾正道：「你我都是佛陀的弟子，卓瑪，我們早就把自己交給佛法了。」

「我向白度母發過誓，桑吉，到了十六歲就來嫁給你！雖然還有多半年才滿十六歲，可是桑吉，明天你就離開這裡了，一年後你會坐床成爲活佛的。到那時你可能去找別的女孩做明妃，忘了爲你立下過誓言的卓瑪！」

「不會的卓瑪，我不會去找什麼明妃。你不是不知道，尼拉木寺沒有那樣的密修傳統。」

「可是，佛龕裡的男女菩薩不是也抱在一起嗎？」

「那也是密修者的菩薩，卓瑪，我們不修那個。」

「我不管，桑吉，我只知道今晚是最後的機會！抱緊我桑吉，像佛龕裡男女菩薩那樣抱緊我，你知道的！」

「別這樣，卓瑪。自從披上袈裟，我們就捨棄了那一切。在這條道上我們已經走了很久，怎能又回到起點，讓師父和我們的親人失望呢？來世若是選擇了世俗生活，我們就可以光明正大去愛，也可以做夫妻生孩子的。」

「你害怕什麼桑吉？除了慈悲的佛陀，沒人知道我倆在一起！你也盼著有這麼一天，我感覺到了的！經文裡說只有經歷過才能捨棄，釋迦牟尼佛不是也結過婚，有過孩子嗎？他是擁有以後才選擇放棄的！可是我倆，桑吉，這麼多年連手指都沒有碰過，我們有什麼可以捨棄的呢！」

「你忘了給師父的承諾了嗎？求求你卓瑪，快停下來。過去也有因此破戒的僧人，知道他們的結局是什麼樣子嗎？他們只能躲進深山拿石片自截男根，在悔恨交加中悲慘地死去。到了那一步，卓瑪，我桑吉也沒有第二條路可走了……」

桑吉的自制力挽救了自己和卓瑪，為此他感到慶倖。可卓瑪依然伏在他的懷裡，聳動著肩膀在傷心飲泣。他想安慰她幾句，說讓她等著他，明年此時會再次相聚，然後不離不棄陪伴終生。可他終究沒有說出那樣的話來。就跟卓瑪發誓嫁給他一樣，世俗的許諾已不再適合他們了。

58

桑吉以為那件事瞞過了師父，目睹他們在火坑邊跳舞的眞的只有釋迦牟尼銅像了。可實際的情形是：一切都在圖丹喇嘛的掌控之中。

原來那只是一齣戲，而且是圖丹喇嘛親自導演的。是師父說服卓瑪予以配合，為他安排了離開鐵瓦殿前的最後一場「考試」。那確實是無法預知後果的冒險之舉，但師父絕對信任他的兩個弟子，雖然卓瑪的臨場發揮可能有點過頭，其結果仍是令師父滿意的。在圖丹喇嘛看來，桑吉順利通過那場嚴峻的試煉，其意義在於：他已經戰勝了肉體的欲望，眞正成為自己的主宰，他向神聖的活佛法座又邁進了一大步。只待明年閉關結束，即可接受哈達和鮮花的慶賀了。

但圖丹喇嘛並未告訴他眞相。第二天一大早，師父就陪著他走向蒼茫的哈拉瑪草原。

灰白的雲層橫壓著天際山巒，泛黃的牧草在秋風中颯颯湧動。一路上桑吉一言不發走在前面，他的雙臂裸露著，左腕上纏著念珠，右手不斷將滑落的袈裟甩上肩頭。離開鐵瓦殿時卓瑪甚至沒有出來相送，這讓他內心的愧疚更是加深了幾分。他的瞳仁裡暗含憂傷，頎長的身子看上去也是那麼孤獨。身背行李及糌粑袋的兩個侍者幾乎跟不上他的腳步，兩鬢染霜的師父更是累得氣喘吁吁。

當瑪當廓岩洞所在的山谷，一年大部分時間見不到人影，他們到達的時候，就連旱獺也鑽入幽深的洞穴開始冬眠了。岩洞前的草地上鋪著一圈石板，木杆上斜拉的經幡在疾風中啪啦啦招展。那是牧人們爲亡者舉行葬禮的地方，一段解屍的砧木經歷了太多刀斧的砍斫，已殘損成中間快要斷開的馬鞍形，且被油污和血漬塗染爲黑色。骨渣及毛髮散佈於草地，等待在風霜雨雪中分解爲泥土，由花草的根莖慢慢吸收。桑吉知道，祖父棕熊般強壯的軀體也曾在這裡肢解，由大群的禿鷲爭搶著吞掉了。那麼如今，祖父那狂放不羈的靈魂是否得到了解脫呢？人死後四十九天之內，靈魂會隨著肉體的分解而重獲新生，但臨終前若是心有牽掛，就很難得到徹底的解脫。假如祖父曾爲他能否順利坐床而擔憂，那麼他的靈魂肯定還逗留於此，目睹他進入閉關的岩洞。「要是您還在這裡，爺爺，就爲您的孫兒祝福吧！」他心裡默念道。

靠著岩壁的護關石屋已經坍塌，岩洞裡迎面一堵人頭骨壘砌的牆也已散落，幽深的洞穴裡滿是野生動物的屍骸和糞便。兩個侍者不得不花大半天時間，重新搭建護關者居住的窩棚，清理掉洞內雜物，並將那些滾落在地的骷髏頭一個個壘好。在師父指導下，他割破食指將鮮血滴入泥土，塑成一尊粗糙的釋迦牟尼佛像，點燈祈禱後讓他與之相對而坐，開始了爲期一年的閉關修行。

師父臨走說：「就如我們要封閉這個洞口一樣，桑吉，你也要關閉肉體感官的所有通道。你前面是一段漫長的夜路，需要一個人獨自摸索前行。讓內在的光爲自己照明吧，會有神聖的東西進入你的生命，照亮你的世界，讓困擾著你的問題自行破解。我相信你，桑吉，當你再次看見天光的時候，將是勇敢走向法座的薩曲梅隆·桑吉堅參活佛，而不僅僅是紮西家的小兒子。一年後我來喚醒你，那天來到洞口迎接的，應該還有尼拉木寺的全體僧人。」

師父出去後，兩個侍者就用石塊壘砌了洞口，高處用來遞進食物的洞眼也被一塊活動的石塊堵住了。

圖丹喇嘛向兩個護關僧人叮囑過注意事項，當天就趕回了尼拉木寺。他牽掛著同樣重要的一件事：他要向丹巴堪布提交一項議案，在寺院劃分出一片覺姆區，接納像卓瑪那樣出離紅塵的女子。對小小的尼拉木寺來說，那確實是一件額外附加的難事，因爲覺姆的生活和修行不能跟男僧混雜，還要有專人去管理。圖丹喇嘛決心去促成此事，爲的是讓卓瑪也有展露手腳的機會。他覺得他的女弟子不但降服了自己的心，對經典的感悟能力也幾乎趕得上桑吉，讓她去做覺姆的管理者，開頭可能有點勉爲其難，慢慢也會適應並能勝任的。作爲師父，他對兩人寄予了同樣的厚望，相信將來都有令他滿意的成就。

59

讓圖丹喇嘛始料未及的是，他的女弟子失去了展試身手的機會，甚至她的兩隻腳已不能邁進尼拉木寺的大門了。

就在桑吉去閉關的那天下午，刀吉騎一輛大黃蜂般的進口摩托，嗡嗡嗡轟鳴著撞開了鐵瓦殿的大門。跟沉靜優雅的弟弟相比，刀吉已是個魁梧壯實的漢子，唇上的絨毛變黑並修剪成齊刷刷的鬍髭，披散的長髮帶著哈拉瑪草原公犛牛似的狂野。他繼承了祖父老棨西的體魄，血管裡也激蕩著棨西家族男人征服世界的欲望。

刀吉已從他代理的冬蟲夏草生意中獲得暴利，那天早些時候曾回到家中，爲父母帶去一堆花花綠綠的供佛用品。他以爲父母見到那些新奇玩意兒臉上會樂開了花，結果非但沒有得到一句誇讚，反而遭到父親的嚴厲呵斥。

看看他從城裡帶來了什麼：連成一排的酥油燈是插電的，模擬了黃銅高腳燈的樣式，燈碗裡化開的酥油也做得那麼逼真，插上電就嘩地亮起來，燈焰一齊閃爍跳躍，看上去就跟眞的一樣；玩具似的轉經筒帶著太陽能光伏板，只要見著一絲天光就嘰嘰咕咕轉個不停，還咿咿呀呀奏響著佛樂。此外是幾朵色彩豔俗的蓮花，薄薄的花瓣是塑膠的，花蕊裡藏著奇技淫巧的機關，花瓣先是慢慢打開，完全綻放後突然又閉合起來，接著再慢慢打開，不厭其煩地重複著。

當他把那些東西擺在白度母畫像下，洋洋得意向父母演示的時候，可憐的母親滿臉驚恐，呸呸呸唾了幾口，急忙去露臺上往煨桑爐裡添加柏枝，祈求佛祖不要因兒子的褻瀆降下罪來。父親紮西常年奔波於牧場，陽光和風雨使他的臉膛由紅變黑，冷眼看著刀吉憋了好久，最後才悶聲說道：

「把那些破爛玩意兒都給我拿開。」

刀吉不但沒有拿開那些東西，反而對父親嬉笑道：「你們天天點燈轉經，是不是天上掉下錢來了？有沒有我賺到的多？什麼年代了！如今認爲頭頂三尺有神明的，就剩你們這些老頭老太婆了。就算眞有什麼神明，那也得讓他們開開眼界，茶馬鎮的神和人一樣，都是沒見過世面的鄉巴佬。省下來酥油和糌粑就餵條狗吧，還能幫你們看家護院呢！」

黑臉紮西忍無可忍，找根棍子將那些東西砸得稀爛，然後舉著棍子，將那忘乎所以的傢伙從家裡趕了出去。

刀吉不知道桑吉去了當瑪當廓，跨上摩托直奔鐵瓦殿。他懷裡揣著花不完的鈔票，打算向弟弟誇耀一番。他希望弟弟看到那些錢會兩眼發直——若是那樣，他就將那整捆的鈔票丟給他，讓他明白一娘養的雙胞胎哪個更有本事。

桑吉不在並沒有使他過於失望，因爲他看到了卓瑪。廊簷下手捧經卷的卓瑪奇怪地打量他，他也瞪大了眼睛盯住卓瑪。那個路邊撿來的野丫頭幾乎變得認不出來了，雖然她無從知道洗面乳和香水爲何物，但看上去唇紅齒白肌膚蜜蠟般潔淨，粗布袈裟已難掩她青春洋溢的肢體了。

「你眞漂亮，卓瑪，格薩爾王的愛妃見了也會妒嫉的。」他說著拍了拍摩托後座，「來吧卓瑪，讓我帶你去街上兜兜風，讓茶馬鎮所有人看到你的美貌！」

卓瑪笑笑說：「我不記得那個世界的樣子了，刀吉。我只是個持戒修行的覺姆，不需要那麼多人看到。」

「太可惜了，」刀吉搖著頭感歎道，「卓瑪，念經已經把你念傻了！」

他撐住摩托朝她走來，厚重的皮靴橐橐作響。卓瑪急忙側身避讓一下，要不可能就被他撞倒了。他過去一腳踢開虛掩的經堂門，大搖大擺走了進去。

隨後而至的卓瑪見他登上了高高的活佛法座，並笑著朝她招手：「過來卓瑪，坐到我的身邊來。知道嗎，格薩爾王和珠牡總是並排坐在一起的！」

卓瑪驚叫起來：「快下來刀吉！那可是活佛的法座！」

「別那麼大呼小叫。」刀吉仰面八叉躺在法座上，斜眼看著她說，「告訴你卓瑪，這座位本來就是我刀吉的。認定轉世靈童那天，要不是你這小母牛迷住了我的心竅，哪有啞巴弟弟的份兒！」

卓瑪閉上眼睛雙手合十，口裡連聲念著阿彌陀佛。

刀吉哈哈大笑著走下法座，來到卓瑪面前。他不由分說抓住了她的手：「當初我要明白怎麼回事，卓瑪，接受千萬人供養的就是我刀吉。你也會喜歡我的，卓瑪，所有女孩兒都喜歡我。知道嗎，我在外面有那麼多漂亮女孩兒，今天看到你，才知道她們只配給你穿衣提鞋！」

卓瑪驚慌地摔開他。這個曾被她錯認爲桑吉的人，曾打算萬不得已就嫁給他的佛兒，此刻卻像一隻嗡嗡叫著闖入蜂箱的狗頭蜂。她退到安全距離說：「別這樣，刀吉。你可以不尊重我卓瑪，也要尊重我這身袈裟！」

刀吉過去扯了扯她的袈裟：「脫了它吧卓瑪，別再糟蹋自己。你不知道你看上去到底有多美，換一身漂亮衣裙，你就是茶馬鎮的女王！」

卓瑪低頭躲閃著，刀吉卻一把將她攬入懷中。他說：「告訴我卓瑪，這麼多年你跟桑吉住在一起，他跟你做過那種事嗎？哈哈，我知道他會把好吃的都存起來。不是他捨不得吃，他是沒那個福分。好了卓瑪，讓他去做他的活佛吧，跟了我，你會成爲茶馬鎮最幸福的女人！」

接著刀吉低頭去吻卓瑪，卓瑪卻緊緊抿了嘴唇，舉著兩手拼命捶打。刀吉躲閃著笑道：「好了，卓瑪，別這麼孩子氣。我只想告訴你，什麼才是人世間的幸福快樂。知道嗎，那比你們想像中的極樂世界美妙得多！」

卓瑪還在掙來掙去，刀吉已吻到了她的額頭。他說：「放心吧卓瑪，我知道怎麼體貼女人，一點也不會委屈你。我已吻到了你的額頭，卓瑪，那叫喚醒之吻，喚醒你對男歡女愛的嚮往。接下來我會吻你敏感的脖子和耳朵，那叫悸動之吻，你的心也會跟著顫抖起來。接下來要是你願意，我的吻就會落在你花瓣一樣的嘴唇上，那叫甜蜜之吻。那時你就忘掉了一切，卓瑪，你的嘴唇會主動來迎合我。那叫什麼？那叫欲望之吻，卓瑪……」

卓瑪的欲望並未被喚醒，相反，她已面色慘白昏厥過去，癱軟在他的懷裡。

刀吉惱怒地拍打著她的臉龐：「怎麼回事？初次交配的母牛最多跳來跳去，哪有你這麼裝死的！」

那天晚上，刀吉就留在了鐵瓦殿。

第二天離開時，他的臉和脖子帶著許多抓痕，卻把整捆的鈔票和一個可能已經萌動的新生命留給了卓瑪。

60

卓瑪又將自己在鐵瓦殿幽禁了半年之久。第二年開春的一天，腹部漸已隆起的她出現在隆卜舅舅的院子裡。她幫舅舅清洗了衣服被褥，打掃了舅舅和她的房間，然後去隔巷木樓上找到了火花。那天晚上姐妹倆說了一夜的話，火花抱著她痛哭流涕，卓瑪卻沒有一滴眼淚。翌日清晨她說要離開茶馬鎮，爲火花留下了兩樣東西：一是那串水晶念珠，要火花交到桑吉手上，說那原本就是他送的；二是一遝未打開封帶的鈔票，讓火花退還給刀吉。她說她不能等桑吉出關回來，不想讓他再看到她的樣子。

卓瑪就那樣不見了蹤影。火花也不清楚她的去向，分別時再三追問要去哪裡，卓瑪搖著頭一句話也不說。

鎮子裡一時傳言四起，有人說卓瑪三步一叩去了拉薩，有人說她一路化緣上了五臺山，也有人聲稱親眼看見過，說她從鎮子南部的吊橋上縱身跳了下去。

跟小時候突然出現在茶馬鎮一樣，她像一縷淡淡的白雲，消失在幽深的天幕裡。

也是從那時起，隆卜舅舅開始刻鑿瑪尼石。那些石頭上刻滿了六字眞言，或者只是一個大大的藏文字母「啊」。隆卜舅舅發願要刻滿十萬八千塊石頭，如今在鎮子北部的路口，刻了字的石塊已堆成了一座小山。

第十八章

61

在火家木樓上跳過「慢三步」的次日傍晚，吳教授和火花又出現在馬場街的老鎮酒吧。

那裡過去只是一家拴馬店，留宿的多是來自草地的牧人。院子中央的地勢凹陷下去，蓄積著常年排不出去的雨水，馬糞成堆馬尿橫流。院子北邊是一排兩層樓的客棧，上層住人下邊拴馬，靠牆根是一排排木頭撐起的馬槽。那時來鎮上釘馬掌買東西的牧人會去那裡住上一夜，也有三五天住著不走的，在臭氣熏天的房間裡睡覺撒尿，酗酒打架。二樓客房裡不僅供應釅如牛血的茶水和粗陋飯食，也有女人陪酒陪睡，棉花結成蛋蛋的被褥上塗滿了所羅門群島似的汙跡。後來摩托普及到哈拉瑪草原，牧人們往往拖一道風塵穿過老鎮，新區的娛樂場所才是他們醉生夢死的好去處。拴馬店的生意經營不下去，店主就將它整體盤給了金剛公司。刀吉讓人用水泥抹平了院子，牆壁也粉刷一新，每個房間都鋪了瓷磚，換上了玻璃門窗。客房都弄成了豪華的 KTV 包廂，拉上了厚重的絲絨窗簾，並從新區請來一群染了頭髮的年輕小姐。刀吉沿用了「拴馬店」的金字招牌，只是要拴住的不再是馬，而是五蘊熾盛的男人們——立在巷口的大幅看板上畫著個半裸的妖女，豐乳紅唇，媚眼勾人魂魄。老鎮人哪裡受得了那些，還未正式開張，張鐵匠就帶著茶馬會一班人找到了正在那裡忙活的刀吉。張鐵匠說：這樣不行。刀吉笑道：怎麼不行？火家婆說：不正經的人才幹不正經的事。刀吉說：拴馬店裡以前就那樣幹著，也沒聽見有人放什麼臭屁。老紮西說：

跟這混帳東西廢什麼話，先砸了那個牌子再說！雙方僵持半天，最後勉強達成共識，將那袒胸露乳的畫像撤掉了。後來刀吉也作了變通，將下層打爲通間改爲普通酒吧，擺滿了長條桌凳，只保留了二樓的包廂。拴馬店就此更名爲老鎮酒吧，刀吉的一個前女友做了老闆娘。如今人們去那裡多是在一樓喝酒喝茶消磨時光，按老規矩花錢瀉火的男人們則被領到二樓上去，據說可以享受跟新區娛樂場所差不多的服務。

吳教授和火花進入一樓大間時，一群年輕人正在喝啤酒，上了年紀的人則在邊角裡喝茶聊天。大家抬頭看著他們，有人嘴裡冷不防就冒出一句「吳瘋子」來。火花笑著向大家打招呼，吳教授卻昂首目不斜視。年輕人們站起身向火花致意的時候，其中一個長髮男子也向吳教授點了點頭。吳教授覺得在煨桑臺上遇見的就是那個人，卻也不想去理會。

二人選了個僻靜角落面對面坐下。當一個繫著圍裙的女子來到桌旁時，吳教授說：

「兩杯咖啡，一盤開心果。」

火花抿著嘴看著他，眼裡含了少有的溫情。她想，他還記著昨天的事兒呢，還以爲他喝醉酒全忘了。昨天午飯後二人繼續淺酌慢飲，她講卓瑪和桑吉的那些往事給他聽。後來他就搶著喝，將那瓶酒喝得一滴不剩。他酒醒已是半夜，發現自己睡在她的身邊，似乎非常生氣。他一把掀掉被子，胡亂套上衣服就走，怎麼勸也勸不住。她擔心出什麼意外，就一路送他到鐵瓦殿前，看著他敲開大門才放心回去。

那女子似乎沒聽懂吳教授的話，死眉瞪眼站著不動。

「咖啡。」吳教授加重語氣說。

「沒有。」女子說。

「開心果。」

「也沒有。」

火花插嘴道：「好了天賜。昨天我只是開開玩笑，你怎麼就當眞了？別那樣難爲人家。」

女子便背書似的說：「我們有大茶、糌粑、風乾犛牛肉、酒。」之後又加一句，「你們想要別的，就去渡口新區吧。」

「去那裡幹嘛！」吳教授說。他不耐煩地一揮手，「好了，就那些，別忘了拿瓶酒！」

火花依然在笑。她嘴唇飽滿，牙齒潔白整齊，笑起來還是那麼動人——那笑發自她的心底，洋溢在臉上的只是擴散出來的漣漪。她剛從幼稚園趕過來，衣著樸素大方，頸上搭一條長長的紅圍巾，臉也映得紅紅的。

女子端來一壺茶兩隻碗，一盤風乾肉，一盤用月餅模子壓出來的糌粑團，還有一瓶酒。

酒仍是頭天喝過的茶馬鎮牌青稞大麴。女子爲他們倒上茶水的時候，火花讓她拿掉酒瓶，並對吳教授說：「你有事要做天賜，今天就別喝了。知道嗎，有心事的人才借酒澆愁呢。」

吳教授從女子手裡奪過酒瓶，一邊擰開蓋子一邊說：「今天老子就是來喝酒的！」

「會誤事的，天賜。」

「一切都結束了！」吳教授大聲叫道。

火花這才發現他有點兒不對勁。她看著他：眼圈發青眼袋下垂，額頭的脈管就像蚯蚓打架一樣。他握瓶子的手也在顫抖，將兩隻酒杯都倒得溢了出來。她輕聲問道：「我問你，天賜，是不是因爲……你心裡的神像被打碎了？」

「什麼神像？」吳教授瞪著兩眼說，「所有人不過是蛋白質和脂肪的堆積，再加上那只該死的蛾子！」

「那你爲啥不開心？」

「我不開心了嗎？」他的語氣就跟吵架一樣，人們又抬起頭來朝這邊看。

火花拿過他眼前的酒杯，把酒潑在地上，把自己的酒杯也倒空了。她將兩隻酒杯遝起來放在身後的桌上，生氣地說：「你瞧你，還喝什麼酒呀！」

吳教授將碗裡的茶水潑掉，咕嘟咕嘟倒了半碗酒，一邊說道：「昨天勸我喝，今天又不讓喝，花火你什麼意思？臨刑的死囚也會得到一碗酒的！」

「到底怎麼啦，天賜？」火花莫名其妙看著他，不明白他哪條神經又搭錯了。

吳教授端起碗朝她晃了晃，一仰頭就喝盡了。他扭曲著臉說：「知道嗎火花，這是我們最後一次見面了！」

「不是說過了中秋節才回去嗎，怎麼突然變卦了？」

「是要回去了，回到我的極樂世界裡去！」他說著又給自己倒了半碗酒。「知道嗎火花，我在南坡下的吊橋上站了半天，看到了水裡的卓瑪。她向我招了招手，然後就遠遠漂走了。我也想跟著跳下去，可還是忍住了。我覺得應該回來告訴你一聲。我不能像她那樣，留下一個讓人猜不透的謎！」

他說著站起身來，端著酒碗向滿屋子的人舉了舉，然後就大聲吟誦起詩歌來：

當生命已成往事，
我們只能接受這樣的現實！
無論成功還是失敗，
幸福還是痛苦，

圓滿還是遺憾，

時辰一到，我們只得退場！

喝茶的喝酒的都看著他，年輕一點的嗷嗷叫，劈哩啪啦鼓起掌來。可是，突然爆發的咳嗽使他彎下腰去，碗裡的酒也潑灑出來。他掏出褲兜裡的噴霧槍，張大嘴巴狠狠噴了幾下。他那模樣簡直太滑稽了。誰說寸草不生的腦門意味著聰明？看到如此情景，眞正的聰明人會掩嘴而笑的。

火花難爲情地拉他坐下，低聲責怪道：「幹什麼呀天賜？你那樣子也太嚇人了！」

「人生不過一場夢！」他大聲叫道。在他那放大鏡般的鏡片裡，兩顆眼珠就像一圈圈金屬環套著的貓眼寶石。他又磕磕碰碰站起來，舉著酒碗接著吟誦，只是嗓子變得嘶啞，聽上去竟也有些悲壯：

名利，愛恨，

一切我們執著的東西，

不過是一場絢爛煙花。

剎那間騰空，綻放，

任它變幻出多麼燦爛的圖像，

轉眼就會灰飛煙滅。
最後我們能留住什麼？
只有內心的祈禱和對光明的嚮往。
當往事黯然退場，只有微風吹過，
一幕幕人間戲劇還會上演，
只是舞臺上換了演員。

當孩子們睜開懵懂雙眼，
啊！又一場輪回開始了！
我憐憫他們，因為等待他們的，
又將是一場痛苦掙扎。

當生命已成往事，
一切不再讓我遲疑和彷徨。
因為在我的心裡，
充滿了對光明的渴望！

數次被咳嗽打斷的朗誦終於結束，他喝掉碗裡所剩不多的酒，將那只碗啪地摔在地上打碎了。滿屋子的人都怔怔看著，忘記了鼓掌和歡呼。

接下來他不是去哪裡英勇赴死，而是伏在桌上一動不動，只把那顆哈蜜瓜似的腦袋對著火花。

62

玻璃窗漸漸暗了下來。屋裡開了燈卻電壓不足，兩隻高懸的白熾燈泡就像死羊的兩隻眼睛。喝茶聊天的人們陸續離開，只有年輕人們還在為天上有幾顆星星爭持不下——有的說整三千，有的說三千要過，有人就問，尼拉木山後的數了沒有？他們嘰哩哇啦爭吵不休，啤酒瓶滾得滿地都是。

火花叫人換上茶碗，推了推吳教授的胳膊。他抬起頭來的時候，火花將茶碗推過去：「我不明白你的意思，天賜。今天你叫我來，就是為了讓我擔驚受怕嗎？」

他一口氣喝乾茶水叫道：「好酒，再來一碗！」

火花氣得搖頭，為他再添上一碗茶水。

那夥人又為什麼樣的馬才是好馬爭持不下。一個獨眼的壯漢說耳如削蔥的是好馬，那樣的馬機靈，懂人心思，騎著不累；那長髮遮耳的傢伙卻說，眼如銅鈴的才是好馬，眼大心也大，遇事不詫，穩得住陣腳。

「你向尼拉木山神發誓！」

「你向阿拉合發誓！」

兩個醉鬼指著對方的鼻子互不相讓，接著就扭打在一起。別的人既像勸架又像趁火打劫，一窩蜂似的混戰在一起。杯盤乒乒乓乓，桌凳堆在一起吱吱嘎嘎推了過來，撞著吳教授和火花的桌子，酒瓶也翻倒了。

火花站起身說：「時候不早了天賜，咱們回去吧。」

「哪兒也不去！」他叫道。他又指著那群年輕人說，「眞他媽一群白癡！如今的年輕人都在討論移民火星的事兒，至少也在關心瀕臨滅絕的生物和將要枯竭清淨水源，你看看這些孫子，還他媽爲那些沒用的玩意兒吵嘴打架！」

此時一個腰身粗壯的女人衝了進來，指著醉鬼們破口大罵：「二兩馬尿就灌成這樣！要酒量沒酒量，想打炮又掏不出錢，你們還充什麼男子漢？都不如死了算了！」

醉鬼們這才各自找凳子坐下，有人叨叨不休自說自話，有人爬在桌子上嚎啕大哭起來。

那女人就是老鎮酒吧的老闆娘。她走過來瞟一眼吳教授，笑著對火花說：「是你呀火花。這兒亂糟糟的，哪是你們待的地方。上二樓包廂吧，那兒可沒人打擾你們。」

火花對二樓包廂好像也比較敏感，笑著說：「不麻煩了，等吳教授稍微醒了酒我們就回去。」

老闆娘便轉過身去，抓一把凳子狠狠砸在桌面上，一聲巨響凳子立馬解體，醉鬼們都驚得跳起來。老闆娘厲聲喝道：「都給我滾出去！穿上女人的衣裳蹴著尿尿去吧！」

奇怪的是那些大男人全都沒了聲氣，抓起各自的衣服踉踉蹌蹌出去了。落在後面的一個小夥回頭不捨地說道：「我還想聽那位大叔朗、朗、朗誦詩歌呢……」

老闆娘跺著腳罵道：「朗你娘的頭！要磨蹭到天亮是嗎？回去聽你老婆叫床吧，那才是世上最好聽的詩歌！」

清場完畢，老闆娘回頭看看二人就笑著出去了，並哐當一聲拉上了門。

63

凌亂的屋子就剩下他們兩人。

火花一邊勸吳教授喝茶解酒，一邊找話給他說。

她說男人們喝酒打架是常事，看到那個長頭髮的醉漢了嗎？他叫阿旦，因爲跟人喝酒打架，讓人拿快刀削掉兩耳，只好留起長髮來遮掩了。知道他是誰的兒子嗎？算了，一時半會兒也說不清。你那老朋友刀吉當年也這樣呢，爲了爭奪香草，差點要了張鐵匠的命。那個張鐵匠，就是講述茶馬鎮歷史的老鐵匠的孫子，讓鐵皮火箭炸瞎炸聾了的張鐵匠的兒子。他比刀吉大兩歲，當時已跟香草有了婚約。那時刀吉也跟剛才那老闆娘一起住著，可是比較來比較去，還是覺得香草更適合他。他先是拿錢給張鐵匠，要張鐵匠知趣退讓，可張鐵匠不幹，說姓張的男人在茶馬鎮打鐵六百年，鐵瓦殿上一百零八塊鐵瓦都是他先人發心捐獻的，還沒哪個不肖之孫讓人拿錢收買過。後來刀吉請張鐵匠和一幫朋友來拴馬店喝酒，要大家幫腔勸勸張鐵匠，可三杯酒下肚，兩人就開始拿拳頭和刀子說話了。刀吉的刀子捅進張鐵匠肋窩，揪著他的頭髮哐當哐當拖下臺階，一直拖到大街上去，血也淌了一路。刀尖紮到了張鐵匠的肺，人雖然沒死，肺卻成了漏氣的風箱……

「閉嘴火花！別再提那個阿修羅的名字！」吳教授叫道。

可接著他自己又接續了刀吉的話題。他說：「我沒想到，火花，事情原來就是那樣。你母親說卓瑪讓人糟蹋了，當時我覺得她說的就是刀吉。可我心裡一直在否定，不相信那是眞的。他跟阿拉合一母所生，怎能做出那樣齷齪的事情來！」

火花這才明白他今天喝酒發瘋的原因。她便笑著安慰道：「那很正常，天賜，一棵樹上的果子也有甜有苦呢。那另外一個果子畢竟還是甜的，那還不夠嗎？」

沉默半天，吳教授突然抬頭盯著火花說：「聽著火花，今天我也要告訴你一個秘密。」

他便說出了這次回到茶馬鎮的目的。也許大碗酒亂了他的心性，不然他不會輕易透露那個秘密的。他說活佛要他配合完成的法事，並非祈求什麼神靈賜給刀吉額外的壽命，而是要在他的協助下，讓刀吉的神識遷入活佛體內。

接下來，他又拉拉雜雜講述了自己是如何成爲「靈魂捕手」的。畢業後他留校教書，在專業期刊發表了幾篇探討人類大腦意識的論文後，就秘密受雇於一家生物科技公司。公司負責人告訴他，人的大腦進化進入了加速度，籠罩城市的霧霾、受污染的飲用水和食品添加劑卻在毀壞人的健康，人的大腦足以彌補造物主的缺漏，肉體卻難堪重任，二者的矛盾日益突出。雖然通過生物技術可以優化DNA鏈條，子孫後代的體質將不斷得到改善和增強，他們這一代人卻來不及享受那樣的科技福利。因此，公司裡那些平均智商在一百八以上的狂人和瘋子正在用新材料研製仿生人體，吳教授和他的團隊要做的，就是找到安全轉移人類意識的方法，待那種模擬了血肉之軀的仿生人體研製成功後，即可將人的大腦意識乃至靈魂完整注入其中。

人的意識體，那個被僧侶們稱之爲神識的東西，究竟存儲於哪個部位呢？安全轉移的前提是先要找到它。於是吳教授要做的就是破解自小困擾著他的那個謎題。他知道尼拉木寺第一世活佛就是將神識轉移到一個早夭少年的體內而繼續存活的，從那時起，那神識不斷貫穿於尼拉木寺歷代活佛的體內。活佛轉世不容置疑，那原理同樣應該適用於普通人。可究竟以什麼樣的方式才能將其收入囊中？

那時活佛正好到了北京，在高級佛學院接受培訓，他便趕去探望。他介紹了自己從事的科研項目及其緊迫性，希望活佛現身說法，談談神識遷移的方式以及可以遵循的規律。

活佛聽了他的介紹卻是笑而不語。再三懇求下活佛才說，過去的確有過神識遷移的秘法，但後來還是被禁止了，連大師們著作裡的相關內容也被剔除。知道那是爲什麼嗎？首先那秘法並非釋迦牟尼佛親自傳授，其次，一旦將那秘法公之於衆，一些道行不深的僧人，還有你吳天賜這樣沒有信仰卻自以爲是的科學家，難免對他人的生命安全構成威脅。

他說科學家也有生物倫理學，完全可以約束自己的行爲。

活佛說我相信你天賜，但無法相信聘用你的那個公司。若是你皈依了佛法，且不帶任何功利色彩，達到一定境界也許自有領悟，但對你來說那是不現實的。

最後他只求活佛回答兩個問題：那個貫穿前生後世的隱形之物究竟存儲在哪裡？用什麼辦法可以控制它？

活佛只說出三個字：如來藏。

於是他開始翻閱佛經，搜尋如來藏的蛛絲馬跡。原來那是個外來詞，最初的梵文名是阿賴耶，指的是比眼耳鼻舌身等感官和淺層意識更爲隱秘的意識體。千百年前埋藏於地下的經卷被發掘出來謂之伏藏，同樣的道理，一個目不識丁的牧羊人在山坡上睡了一覺，醒來後卻滔滔不絕說唱起格薩爾英雄史詩來，那就是意外獲得了識藏。那麼，它只是隱藏在大腦的某個區域，還是遍及全身脈絡？莫非還可以游離在外，自由穿行於外部空間？

那段時間他去得最多的是雍和宮，那是一座建自清代的藏傳佛教皇家寺院。他依規矩爲住持喇嘛獻了哈達，爲僧衆集體供了茶，然後每天去跟他們做些深入的探討。他吸取僧侶們忌諱現實利益的教訓，謹慎地繞開了那個科研項目的背景。言談中知道，人在母親子宮裡受孕的那一刻，那神秘之物就以神識的名義加入進來，成爲生命的重要組成部分。在僧侶們的術語裡，決定受孕的兩個關鍵因素謂之名色——名爲看不見的神識，色是源自父母的物質胚胎，而且名在前色在後，名爲首要因素。一個人肉體的基因來自父母，而精神要素源於從未間斷的神識流轉。那神秘之物不受時空限制，既帶著前世的業力，也記錄著今世的所作所爲和起心動念，肉體敗壞後可能暫時游離在外，但很快會找到新的載體，以便薪盡火傳。它爲何要隱藏得如此之深？僧侶們說那是它獨有的自我保護機制——就如飛機裡的黑匣子，不但要防止物理性撞擊，還要防火防水，在任何外力作用下確保不被損毀。人們通常察覺不到如來藏的存在，修行者卻可以在禪定狀態中不斷向內探索，剝洋蔥般逐層剝離其堅韌外殼，最終會看到那顆種子是如何開花結果的。

由於承擔了那項特殊任務，吳教授被同行們戲稱爲靈魂捕手。他是個自信過了頭的人，在實驗室裡布置了各式各樣的監測儀器，布下天羅地網捕捉那只神秘的鳥兒。他的頭上也仿佛生出了觸角，敏銳地感覺著環境溫度、氣流波動和不安乃至恐懼等情緒的變化，期待有看不見的能量團自投羅網。他守株待兔的戰略毫無所獲之後，就不惜拿自己的生命去冒險——他以橡膠棒猛擊腦袋使自己昏死過去，讓儀器捕捉可能出離的神識。那種野蠻方式被制止以後，他又雙手卡住自己的頸動脈昏死過去，害得同行們多次撥打 120 電話急救。

後來僧侶們遮遮掩掩提到了「遷識秘法」，他覺得那就是活佛警告他不要涉足的禁區。那種古老的遷識原理十分接近他的課題，也似乎更符合生命的自然法則。相比之下，希望老而不死只是人類的奢望，就如小麥用種子繁殖的時候，種子成熟根莖馬上枯死，一旦土地荒蕪讓其退化爲野草，才可能改由根部繁殖，變成多年生植物。人是生活在地球上的生物，同樣受制於地球上的自然法則，既繁衍出一大堆子孫後代又想讓自己長生不死，天底下哪有那有的好事？即便用新材料置換了人的血肉之軀，製造出來的可能只是反噬人類的怪物，那無疑是對自由意志的踐踏和對生命的不敬。遷識法的對象只是自然人體，跟活佛轉世一樣，將一個身壞命終者的神識遷入另一具已被棄置但尚可使用的人體，由此完成生命的延續，無疑是件功德無量的善舉。

於是他留下同行們繼續跟造物主較勁兒，自己抽身退出，將目光專注於遷識秘法。他得知遷識法最初濫觴於中印接壤的喜馬拉雅山一帶，爲追根溯源，他背負行囊走向茫茫雪域。他穿行於喜馬拉雅山下的村寨牧場和寺廟，瞭解到早在十一世紀末，遷識法由當地一位譯經師從山那邊帶過來。那人運用類似瑜伽的法術，可以將自己的神識在鴿子和麋鹿的體內遷進遷出。遺憾的是他並未找到相關的文字記載，只搜集到流傳民間的幾句歌謠，據說是遷識口訣的一部分：「風息爲馬任來去，捨棄舊屋遷新居，光明自性作引導，心識之箭中鵠的。」在拉薩八廓街堆滿古舊玩意兒的地攤上，他發現一冊底頁殘缺的手抄本，封面赫然寫著「中陰救度秘法」。原來那是過去的僧侶們引導亡靈的秘笈，他便不惜重金買了下來——今天他當眾朗誦的，便是其中的一部分禱詞。

就在接到活佛邀請前不久，他的實驗取得了突破性進展。那次實驗是在一家醫院的停屍間完成的，他捕獲到了一個在車禍中遇難的年輕人的神識。他將那神秘的能量團控制在電磁網罩內，電子螢幕上出現一個快速遊曳的光點。它像一隻焦躁的麻雀被關進籠子，驚慌失措撲騰著，上下翻飛四處碰撞，急於找到逃離的路徑。數分鐘後它運行的速度大爲減緩，亮度也漸漸暗淡下來，於是他關掉設備電源，就像張開手放飛了那只小鳥。他確信如來藏就隱藏於那個能量團之內，若是給他足夠的時間，也許會進一步將其分離出來。

「事情就是這樣，火花，這就是阿拉合給我的難題。」吳教授喝口茶水說，「與其那樣，不如終止了我自己的生命。我讀到過一本外國人寫的書，說一個孤獨的男人宣稱他永遠不會變老。知道他什麼意思嗎？他說過那句話不久，就用氰化金結束了自己的生命。我想我會選擇更加便捷的方式，拿領帶紮住頸動脈，三分鐘一切就結束了。只有那樣，才能迫使阿拉合放棄那個計劃。那個阿修羅一生轟轟烈烈，擁有了一切也享受到了一切，他完全應該知足了！」

火花垂著眼簾默默聽著。沉默好久，她開口道：「我不明白你說的那些，天賜。小時候我掉下你家屋簷，感覺飛了起來，那不過是小孩子的幻覺罷了。有些東西可能早就存在於我們的意識裡，而另外一些，也許是比你還要聰明的人編造出來的。我不知道你的實驗是不是要高明一些，我也聽到過那麼一個故事，說有個人要拿自己的生命來證明靈魂的存在。那人跟你一樣是個瘋子，他決定以自殺的方式完成他的實驗。他對叫來見證的人們說，如果真有靈魂存在，他死後會把桌上的茶杯碰翻。他咽氣後人們都盯著杯子看，希望它突然翻倒，哪怕是晃動一下，可桌上的茶杯一動也不動……」

「那是個白癡！」吳教授叫道，「不同的生命形態，怎麼會產生物理性影響？還有人說什麼死去的人生活在別處，穿著我們記憶中的衣裳。肉體都爛掉了，還他媽穿什麼衣裳？西方還有人聲稱稱量過靈魂的重量，說它不多不少就等於21克，那他媽都是在胡說八道！那個世界只有能量沒有質量，只有形態沒有形狀，一切都不是肉眼看到的樣子！」

「好了天賜，沒必要那麼大喊大叫。告訴你，你就是拿領帶把自己勒死，也去不了什麼極樂世界的。一輩子行善修福的人可能會有個善終，不明不白死去的只會變成孤魂野鬼，永遠遊蕩在他留下怨恨的地方……」

「那就讓我遊蕩好了，跟那個該死的阿修羅一起！」

她抓住他的手說：「別這樣，天賜。活佛經歷了那麼多挫折和磨難，最終還不是挺過來了？仔細想想吧天賜，活佛決定那樣做肯定有他的道理，只是我們暫時無法理解罷了。」

64

突然，茶屋的門砰地一聲被撞開，幾個穿警服的人闖了進來。不知他們嗅到了什麼味兒，鬣狗一般包抄過來。

領頭的舉了一下小本子：「派出所民警，執行公務。」

他們查看了吳教授的身分證，接著又搜了他的身，從褲兜裡摸出塑膠噴槍問道：「這是什麼？」

「槍。」吳教授從鏡框上緣瞪著他們。

火花陪笑道：「查什麼呀，都是熟人。吳教授是我多年不見的老朋友，他也是地地道道的茶馬鎮人呢！」

民警頭兒說：「他可能是你的熟人，園長，對我們來說卻是個重點關照的對象。你也許忘了自己的身分園長，半夜三更還跟他一起鬼混，傳出去誰的臉上都不好看。」

火花沒想到自己也受了羞辱，紅著臉抗議道：「說什麼呢？讓誰的臉上不好看了？你們隨隨便便闖進來搜身，誰給了這樣的權利？就不怕我去舉報你們？」

那人笑道：「我知道你會找誰告狀，鎮長夫人。我可能沒有把話說明白，現在我們就是在執行他的指令。」

火花一下子說不出話來了。

那人晃晃手裡的塑膠噴槍對吳教授說：「你說這是槍？好，依法收繳。今天還要警告你吳瘋子，茶馬節期間最好規矩一點。要想搞出什麼動靜來，只能請你去派出所待著了。」

那夥人走後，火花窩了一肚子火。她端起茶碗去喝，挨到嘴邊卻是冷的，又氣呼呼撴在桌上。

吳教授咧了咧嘴說：「那個人還在乎你，火花，你該高興才對。」

二人沉默一陣，火花突然說：「你錯了，天賜，他們不是衝著我來的。你想想，他們爲啥拿走你那救命的玩意兒？」

「沒了它我會死？求之不得呢。」

「你這瘋子，就知道胡攪蠻纏！」

火花接著鄭重說道：「聽著，天賜。我覺得，活佛想保住的不只是刀吉的性命。刀吉已經那樣了，他還能把尼拉木山開膛破肚啊？他說的話可能是別人想說的，他不肯放棄的，肯定也是別人做夢都想要的。你明白我的意思嗎天賜？」

吳教授盯著她若有所悟，酒也完全醒了。

第十九章

65

桑吉確實經歷了不少磨難。

第一次在當瑪當廓閉關，他閉了個徹頭徹尾的「黑關」。他在幽暗的山洞裡待了一年，不過像冬眠的旱獺一樣耗盡了體能，卻沒有一星半點的獲益。

洞口被封住後，他就跌入了黑暗的深淵。沒有了日升月落的參照，在死一般的寂靜中要熬過漫長的四季輪回，他不知道自己能不能堅持得下來。他聽說心性軟弱者往往精神錯亂，在極度的驚懼中看到八熱八寒地獄的種種景象，出關後便成爲喋喋不休的臆想症患者，將幻象作爲親身經歷向人描述。他晃了晃身子停住在合適位置，兩手疊加置於臍下，然後調整呼吸使之漸漸平順下來。那個姿勢他訓練了十多年，由起初的一炷香到後來一晝夜紋絲不動，那是沒一點問題的。可是，當耳不能聽眼不能看，外部感官全都失去意義的時候，心臟的跳動卻聲如雷鳴。他無法降服那顆焦躁不安的心。卓瑪的容顏屢屢閃現腦際的時候，自責和傷感的情緒便潮水般湮沒了他。他不斷提醒自己：一定要圓滿完成這次閉關，這不僅是解決自己的問題，也關乎到師父的名譽和尼拉木寺的命運。他需要降服那個頑固的自我，將老活佛的神識接納進來，讓其支配他，主宰他，直至完成徹底的轉換——那無疑是一次死亡和重生的熬煎，身心的痛苦在所難免。

他在抗拒和掙扎中將自己弄得筋疲力盡。佛陀是完全放下了的人，而他不是，他依然心有牽掛。都說生而爲人就有八苦，除了生老病死，還有愛別離、怨憎會、求不得、五蘊熾盛的苦。是的，他和相愛的人兒就此分別，雖然相距不是多麼遙遠，但那種距離豈是天涯海角可比。他拒斥著腦海裡不斷湧現的幻象，卓瑪的聲音卻又清晰地迴響在耳旁：偉大的佛陀也結過婚有過孩子，他是擁有之後才選擇放棄的，我倆連手指都沒有碰過，有什麼可以捨棄的呢！

就在那天入夜時分，他耳旁突然傳來一聲絕望的呼喊：「桑吉呀——」接著卓瑪的面容又顯現出來。她的臉忽而清晰忽而模糊，一張畫片似的在黑暗中飄來蕩去。是她的意識體隨他而來了嗎？現實中未曾逾越戒律的防線，她就以這種方式來達成那個願望嗎？雖然他否定著那樣的可能，卻又分明感覺到卓瑪溫熱的胸脯緊貼著他，她呼出的氣息也噴吐在他的臉上。他隨卽陷入極度的亢奮，頃刻間山崩地裂江河潰決——他遺精了，那是他有生以來第一次。

片刻之後，卓瑪的容顏倏然消失了。他瞪大眼睛，卻仿佛電視切斷了信號，眼前閃爍一陣雜亂的噪點，接著就一下子變黑，徹底寂靜下來。

他不知道，此時此刻，夜幕籠罩下的鐵瓦殿裡，可憐的卓瑪失去了她的童貞。

就如洪水過後河流日漸澄清，在接下來的日子裡，他的心終於平靜下來。他仿佛置身於茫茫雪原，身前身後都是一片空白。他的人生歸零了，軀殼之內空無一物。他強迫自己重溫以前讀過的經典，老牛一樣慢慢反芻咀嚼。

他沒有了時間概念，護關侍者移開石塊從洞眼遞進食物的時候，才知道又一個白天來臨了。他不斷減少進食，呼吸也漸漸細微，直至無法察覺。侍者每天拿石塊敲擊洞口時，他雖然也起身將他們捏好的糌粑團和盛著熱茶的木碗拿進來，第二天又原樣退了回去。到了後來，他們敲擊石壁時再也不做回應。兩個侍者耐心等上半天，最後不得不撤走飲食，重新用石塊堵上那個洞眼。他的雜念和妄想終於止息了。他不知身在何處，甚至淡漠了肉體的存在。蟲子爬上他的臉，老鼠在袈裟內鑽來鑽去，他也毫無知覺。

半年後他的呼吸幾乎消失了，也無法察覺到脈搏的跳動。他的神識不知去往哪裡，在那漫長的黑暗與寂靜中，只有他的軀體僵硬地端坐著。

66

出關那天，洞口的石牆被拆除了。圖丹喇嘛一手托著銅磬，一手用桃木槌輕輕摩擦銅磬的邊沿。輕柔卻極具穿透力的磬音將他從幽暗的世界拉了回來。他的生命體徵漸漸恢復，四肢仍無力自主。長髮和鬍鬚覆蓋著他的臉，兩手的指甲長得捲了起來，仿佛地宮裡存放千百年的木乃伊。

他被抬到洞口，師父爲他剃掉頭髮和鬍鬚，侍者剪掉他鷹爪一般的指甲。師父又用湯匙撬開他的牙關，灌入一點兒加了紅糖的熱水。他的眼睛用黑布蒙著，斜倚在洞口的土坎上，仿佛在日光下等待融解的一塊冰。

意識漸漸恢復後，他考慮如何向師父作出交代。蟄居洞穴的三百六十五個晝夜，除了重溫幾遍經典之外什麼也沒有發生。沒有光，沒有什麼神聖之物來造訪，甚至也沒能改變他之前的見解：尼拉木寺歷世活佛在這個世界來了又去去了又來，每一次輪回都是他們獨特的個體，他自己同樣也是獨特的個體。他覺得再次辜負了師父的期望。坐床大典可能已準備就緒，而他心裡的那些問題依舊懸置著。

他忽然想起師父說過的話，出關的時候，尼拉木寺的全體僧人會來這裡迎候。雖然他蒙著雙眼，仍能感覺到圍繞著他的除了師父和兩個護關侍者，並沒有多出一個人來。這又是怎麼一回事呢？

「世事無常，孩子。」不等他開口詢問，師父就語氣沉重地說，「這本是個慶賀的日子，我們爲此等了太長的時間。可是孩子，我帶來的卻是個壞消息：坐床大典取消了。」

這倒使他感到了意外的輕鬆。

接著圖丹喇嘛告訴他，懷了身孕的卓瑪離開茶馬鎮下落不明，至今不知道她的死活。更爲不幸的是，丹巴堪布也因此離開了人世。丹巴堪布在重建大經堂的繁重事務中累垮了身體，發生在鐵瓦殿的事將他徹底擊倒了。他將責任歸咎於自己，說認定靈童那天，他看到卓瑪急不可耐跑到桑吉身邊，當時就有一種不祥的預感，只怪他求成心切，毫無道理地將他的疑慮遮掩了起來。他覺得尼拉木寺的法脈業已中斷在他的手裡，於是愧悔交加一病不起，不久就含恨離世了。寺院爲丹巴堪布做過超度法事後，名叫強巴的代理堪布就以擅自爲卓瑪剃度卻又管教不嚴爲由，解除了圖丹喇嘛的經師職務，並認爲卓瑪懷孕跟桑吉脫不了干係，提議隨後也廢除桑吉的轉世靈童身分。僧侶們每天聚在新建的大經堂裡各抒己見，但每到需要作出決斷的時候，他們就一再陷入兩難境地：老紥西傾囊支助的大經堂和活佛囊欠建了起來，此時廢除靈童，難免給人過河拆橋的嫌疑。圖丹喇嘛也沒有放棄自己的努力，認爲在眞相未明之際不該做出那樣輕率的決定，何況桑吉是得到政府認證的，褫奪一位轉世活佛的名號絕非小事，也不是寺院可以自行決定的。不少僧人也認同他的觀點，強巴堪布最後才做出讓步，暫時不再提廢除靈童的事。圖丹喇嘛又提醒大家最好管住各自的嘴巴，以免冤枉了無辜的轉世靈童，也毀了尼拉木寺的聲譽。

師父說：「也有人說這一切都是受了阿尼瑙格爾詛咒的緣故，可我無法用那樣的藉口推卸自己的責任。這都是我的錯桑吉，我無法原諒我的疏忽，把卓瑪一個人留在鐵瓦殿……」

桑吉靜靜聽著，淚水洇濕了臉上的黑布。手臂可以活動的時候，他一把扯掉了矇眼的布條。天空裡兩個黑色鳥兒振翅飛過，發出啊啊啊的叫聲。他知道那是兩隻紅嘴鴉，在遠行的旅途中相互照應。除此之外，他的世界變成了慘澹的白色，到處是一片曝光過度的樣子，沒有立體感也沒有色彩。

「你沒有錯，孩子。」圖丹喇嘛說，「就把它看成佛菩薩對你的考驗吧，事情總有水落石出的那一天。」

可生命是無法還原的，他想。可憐的卓瑪生死不明，為尼拉木寺耗盡心血的丹巴堪布含恨離世，他自己就是死上千百遍，也無法償還那樣沉重的債務。

「讓我留下來吧，師父。」這是他開口第一句話。

他緩了緩又說：「我無顏再回到茶馬鎮。我造成的罪孽，就讓我用終生的苦行去承受吧。」

「別那麼說，孩子，那倒會給人留下口實的。」圖丹喇嘛勸道，「也別說什麼苦行的話，那是沒有任何意義的。偉大的佛陀覺悟前也經歷過多年的苦行，他甚至睡在荊棘上，每天只吃一粒糧食。他就是把自己折騰得半死，也沒有得到他想要的東西，最後不得不放棄那種方式。那不是覺悟者的必由之路，孩子，別由著性子去做無謂的事。」

兩個侍者早已收拾停當，只等圖丹喇嘛點點頭，即刻就打道回府。一年的野外生活使他們面色焦黑袈裟襤褸，也消磨掉了他們最後一點兒同情心。

師父見他不再改變主意，就流著淚說：「你要好自爲之，桑吉。記住佛陀的話，人人都能成佛。千萬別自暴自棄，佛陀能找到的，相信有一天你也會找到。」

師父讓侍者放下桑吉的木碗和水壺，並把袋子裡最後一撮糌粑麵粉抖在他的碗裡。

67

在岩洞邊的窩棚裡躺了一夜，翌日清晨，桑吉用冷水將碗裡的糌粑麵粉攪成糊糊喝掉了。覺得有了些氣力後，他就爬起身來，一步步走向衰草泛黃的草原深處。

跟入關時一樣的深秋季節，一樣濃雲密佈風雪將至的壞天氣。他的眼睛仍適應不了自然天光，時而在草棵間打著趔趄，時而被石塊絆倒在地。那裡曾是聲名顯赫的紮西家族的領地，也是祖父帶著他縱馬馳騁過的家鄉。一些山灣的向陽處駐紮著幾頂黑帳篷，隨風而來的牛糞煙撩撥著他，他的感覺器官漸漸復甦，感到了極度的困乏與饑餓。但他不能貿然闖入任何一頂帳篷，要是讓人認出來，勢必讓紮西家族的人臉上蒙羞。此時此刻，他覺得眞的無路可走了：無論是茶馬鎭還是哈拉瑪草原，都沒了他的容身之地。

他遇到一隻蹄甲脫落無法站立的母羊，兩隻眼球像蒙了塵土的玻璃珠，看上去離死不遠了。那只側臥的母羊啃光了嘴邊的草，可牠揚起頭掙扎著還想吃，只是無法挪動身子，夠不著近在眼前的一束乾草。他抓著牠的兩隻耳朵，費勁地往前拉了拉，讓牠吃到那最後一口草。

實在拖不動兩腿的時候，他就仰面朝天倒在草叢裡，覺得已到了生命的盡頭。一息不還便是來世，那麼，就讓一切從頭再來吧。淅淅瀝瀝的秋雨落下來，不久雨滴又變成了飄飄灑灑的雪花，冰涼地落在臉上。他閉上眼睛，聽到一大群羊從遠處漫過來，在他身邊窸窣窣吃草，羊蹄下乾草莖折斷的聲音此起彼伏。

恍惚間，他的神識進入了那只母羊的身體。牠被公羊追逐著，交配，懷孕，產羔，跌跌撞撞站起來的羊羔在吮咂乳頭。不待羊羔長大，那些鼻子裡突突作響的公羊又發瘋似的追逐牠，三番五次爬到背上交配，不斷將牠撲倒在地……

他似乎窺見了物種繁衍的秘密。爲了立足大地，所有生物都盡可能多地繁殖後代，交配便成爲極具誘惑的預設機制。大如牛羊，小如螻蟻和細菌，體內都藏著那欲望的引擎，驅使它們無意識地彼此追逐，沒有能僥倖逃脫者。它們被迫交配，被迫生育，若不是受著嚴酷的自然條件和食物鏈制約，某一類生物可能就迅速覆蓋大地。它們無法選擇不出生，也無法因厭倦而逃離那生生不息的漩渦。一頭牛或者一隻羊，它們的終點不過是被宰殺，被剝皮刮肉，卻不肯放過眼前的一口草。那種欲望的引擎被安置在每一種生物的每一顆細胞之內，從生到死，分秒不停地運轉著。

他努力睜了睜眼睛，看見雲層下盤旋著一隻禿鷲。看著看著，那只禿鷲突然停住，接著流彈一樣向後退去。他隨即又進入那只禿鷲的體內，在當瑪當廓岩洞前啄食一個男人的屍體。他認得出來，那死者正是曾經令他敬畏的祖父：粗壯的胳膊，寬厚的胸膛，左臉上斜拉著一道可怕的刀痕。那只禿鷲一邊拍打著翅膀攻擊同類，一邊拼命啄食著。堆滿油脂的肉體很快成了一副血紅的骨架，柔韌的皮膚撕扯成條狀，被禿鷲們在草叢裡拖來拖去……

偶而也有清醒的瞬間，他發現周圍已是白茫茫一片。大雪正紛紛揚揚篩落下來，幾乎將他掩埋了。他覺得，自己也要步老祖父的後塵而去了。所有生物都由大地上的基本元素構成，終有一天都要倒斃在地，腐爛，分解，轉化爲植物的養分，再進入動物的腸胃。他沒有眷戀也沒有恐懼，假如那瘋狂的引擎戛然而止，對他來說倒是個解脫呢。

68

桑吉再次睜開眼睛的時候，發現睡在一個陌生女人的懷裡。那年輕的婦人半撐起身子，托著一隻鼓脹的乳房，正在向他乾渴的嘴裡擠出奶水，而他在不由自主吞咽著。他一絲不掛，那女人差不多也是如此，他們身上蓋著一件寬大的羊皮袍子，感覺暖意融融。一旁的爐灶裡牛糞火燃得正旺，火苗在鐵皮煙筒裡隆隆作響。他們是睡在一頂牛毛帳篷裡，外面似乎仍落著鵝毛大雪。他漸漸清醒了過來。雖然極度虛弱，他仍像嬰兒時拒絕母親的奶水那樣，躲開了湊在嘴邊的乳頭。那女人便摟著他，親吻他，兩手不停撫摩著他的全身。他太累了，迷迷糊糊又睡了過去。

再次醒來已是第二天上午。他活了過來，再次回到這個殘酷的世界。他想起師父所說的機緣。機緣不到，連死也是做不到的。

他看到身旁一個兩歲大的男孩正在酣睡，孩子的母親正在爐灶邊忙活著。她爲他煮好了奶茶，捏好了酥油糌粑。熱氣騰騰的帳篷裡彌漫著家的味道，而那個身材健壯的漂亮女人仿佛就是他兒時的母親。

見他睜開眼睛四處張望，那女人便雙手合十說道：「菩薩保佑，你醒過來了！」

「我叫桑吉，」他撐起身子說。

那女人說：「叫我拉姆吧！」

他準備爬起來的時候，拉姆奔過來按住了他，重新爲他蓋好皮襖。她說：「雪還在下呢，桑吉。吃點東西接著睡吧。」

拉姆爲他端來奶茶和糌粑，他便頂著皮襖爬在地鋪上享用早餐。是她救了他。她說她傍晚收攏牛羊的時候，發現他快要被大雪埋掉了，就叫她的爺爺幫忙把他抬了過來。

拉姆看著他大口吞咽，忍不住笑道：「沒想到當僧人的也這麼可憐，桑吉，你不如還俗算了！」

飯後拉姆用熱毛巾爲他擦了臉，他年輕英俊的面目就顯現出來。她的眼裡滿含溫情，忍不住又抱住他，發瘋似的親吻著。她說：「你會強壯起來的，桑吉。只要你能吃，今天我就宰一隻騸羊給你吃！」

他想，他也許眞的該留下來。隱去身分，終止過往歷史，在這人所不知的帳圈裡過那牛糞爲薪、融雪爲水的生活，陪伴這位給了他第二次生命的年輕母親。他說：「謝謝阿媽拉姆。我會像孩子一樣待在你的身邊，報答你的救命之恩。」

拉姆卻一把捂住了他的嘴：「不許這麼叫，桑吉。知道嗎，我比你也大不了幾歲呢！」

「我從小沒吃過母親的奶，如今卻吃了你的。」

「那是爲了救你，桑吉，你就別想那麼多了！」

接著，拉姆說出了她的身世和願望。

由於她母親生得漂亮，騎馬閒逛的男人們就常常來騷擾。那時她還小，他們在帳篷裡怎麼折騰也不避她。有次一個男人正和母親親熱，恰好被醉酒回來的父親撞見，父親就拔刀跟那人拼命。結果父親反被捅死了，母親也跟上那人跑了，從此沒了音信。如今她也有了自己的孩子，男人們同樣是來了又去的過客，她甚至無法確定孩子的父親是哪一個。那些來占便宜的男人都有個惡習，發現草地上有土撥鼠撅著屁股打洞，他們會急忙接住一把飛濺起來的油黑泥土，在自己的生殖器上揉搓起來，相信那樣可以讓它迅速增大，而且格外持久。有的男人離開她不久，半道上剛好遇見打洞的土撥鼠，如此這般操弄一番，又急匆匆回來找她。她的下體老是流血流膿，她也厭倦了那樣的生活，希望有個男人願意留下來，一輩子專心陪著她。那樣的話，不但有人幫她照看牛羊，也能替她年老的爺爺撐起這個家。

身邊的孩子被說話聲吵醒，眨著明亮的眼睛看著他。拉姆就對孩子說：「他是你父親，阿旦，快叫阿爸！」

孩子並沒有那樣叫，轉過臉去又睡著了。

「桑吉，我倆也會有孩子的！」她紅著臉說。

他突然惶恐起來。他不知道眞要留下來，在接下來的日日夜夜裡該如何相處。

吃過東西後，桑吉不顧拉姆的勸阻，穿上冰冷如鐵的背心和僧裙，裹上了朽成絮狀的袈裟。他在地上走了幾步，覺得氣力又回到了身上。他解開挽住帳篷門簾的毛繩，想看看外面的雪是不是停了。

就在此時，拉姆的爺爺掀開門簾鑽了進來。顯然，老人是早就等在外面的。而接下來的情景，迫使他做出了馬上離開的決定。

那是個面容清瘦的老人，手裡喀啦喀啦揉著塊乾硬的牛腿皮。他走到爐灶邊對拉姆說：「拉姆你看看，我選的這塊皮子好不好？我要爲你做一雙過冬的靴子。」

老人跟拉姆說著話，眼睛卻瞅著他。接著，老人就滿意地點著頭對他說：「嗯，是個不錯的小夥子。我以爲我家拉姆在替你收屍呢，沒想到今兒變成了個大活人。那麼我問你小夥子，我孫女是不是從雪地裡撿了個丈夫呢？你願意換上牧人的羊皮襖，跟我們生活在一起嗎？」

他一邊向老人俯身合掌，一邊考慮該如何婉拒他。

不待他開口，老人突然虛搧了自己一個嘴巴，歉意地說道：「哎呀，你看我這張嘴。對不起小夥子，老漢我喜歡開玩笑，今天在你面前，這玩笑可能有些過頭了。」

原來老人認出他是老紮西的孫子。老人隨即躬身說道：「我想我不會猜錯的，孩子。

雖然我從來沒見過你，但我跟老紮西是打不跑罵不散的朋友。他常說他的小孫子受著白度母的護佑，六歲半讓尼拉木寺贖了去，成了老活佛的轉世。你就是他吧？一點不錯，哈拉瑪草原數不盡的帳圈裡，沒有人像你們紮西家族的男人長得體面。可惜你爺爺得了急病，招呼都不打一聲就走了。可我還是有點不明白孩子，如今你怎麼是這副模樣？莫非坐上活佛的法座以前，都要經過一段苦修的日子？你是不是準備走著去拉薩朝聖呢？」

他一時愧悔交加無地自容。老人的話卻也救了他，使他可以順水推舟擺脫眼前的困境。他再次合掌道：「您說得沒錯老人家，我是想做個苦行僧，已經在朝聖的路上了。感謝您和拉姆給了我第二次生命，讓我可以完成那個心願。」

老人說：「那就休息幾天再走吧孩子，能幫到你也是我們的福分。等太陽出來化了積雪，你也恢復了身子，讓拉姆給你準備足夠的乾糧，那樣你走了我們才放心一點。」

老人又對他的孫女說：「他是要當活佛的人，拉姆，住在你這兒可能不大合適。他的爺爺不在了，我們還得盡到自己的責任，你說對不對？就讓他住到我和你奶奶的帳篷裡去吧。那邊亂糟糟的，我先過去收拾一下。」

老人說著就退了出去。

他透過門簾縫隙看了看，天空依然陰沉著，好像還飄著些零星的雪花。他想，他不能等天晴了再走。跟卓瑪糾結不清的情感使他落到這樣的地步，怎能重蹈覆轍，給尼拉木寺的僧侶們留下確鑿的口實呢。從老人的話裡也聽得出來，發生在轉世靈童身上的醜聞尚未傳播開來，這使他又感到一絲慶倖，不然就連祖父的這位老朋友也無顏面對了。感謝老人無意中點撥了他，他決心一個人走過風雪迷茫的高原，去完成一次別無選擇的朝聖之旅。

他和老人說話的時候，拉姆已愣在一旁，眼裡那熱切的希望也熄滅了。此時，她含著眼淚咬著嘴唇，一句話也說不出來。桑吉便跪倒在她的腳下，額頭觸地向她磕了三個頭。

他說：「原諒我，阿媽拉姆。我是個放棄了家庭生活的僧人，就是留下來，也不適合做個丈夫和父親了。有朝一日我能活著回來，再來這裡看望你和爺爺吧。」

他隨即走出帳篷，消失在一望無際的雪原。

第二十章

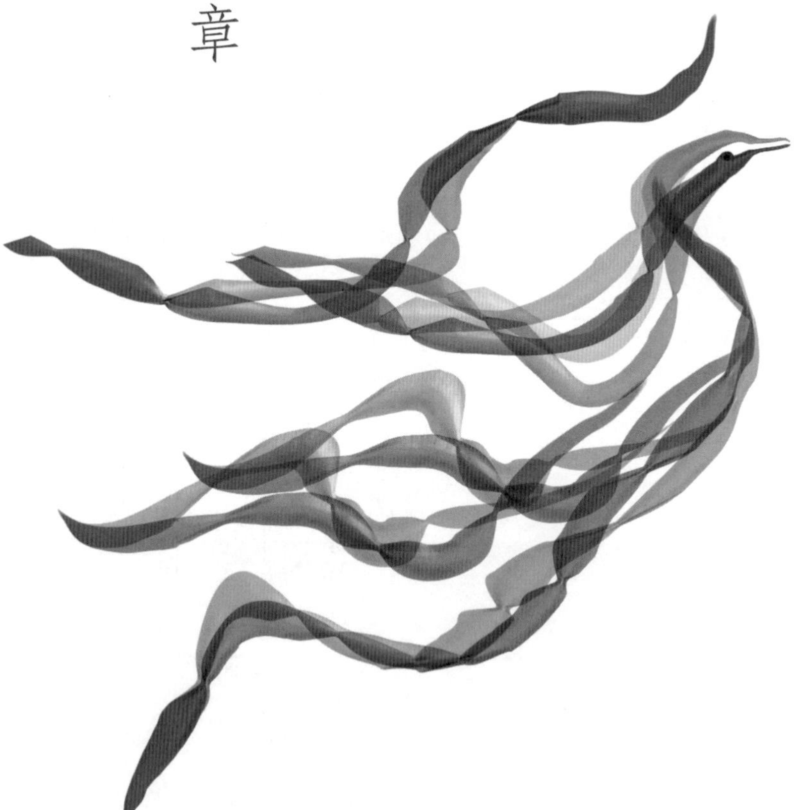

70

桑吉重又出現在當瑪當廓的時候，圖丹喇嘛也在那裡等候他。那已經是兩年以後了。讓師父高興的是，他日夜牽掛的弟子儈裝整潔目光自信，步履穩健地向他走來。那是個全新的桑吉，不僅身子壯實了許多，眼裡的憂鬱也不復存在。師父相信，只有持守戒律的人才不會在這樣那樣的誘惑面前偏離正道，而苦行雖然不被提倡，卻也能清除一個人固有的習氣，磨礪出堅忍不拔的意志來。毫無疑問，潛藏於他心底的疑慮已經化解，某種恆久而強大的東西已在他的體內茁壯成長起來。

在桑吉眼裡，師父差不多比兩年前老了十歲：他的頭髮全白了，腿腳也似乎出了問題，即便站著，他也需要搖晃著身子來保持平衡。他跪倒在師父腳下問道：「您怎麼啦，師父？您爲什麼還等在這裡？要是您的弟子一去不返了呢？」

「你會回來的，桑吉，當師父的怎能不瞭解他的弟子呢！」圖丹喇嘛扶起他說，「如果一個人一生只能做一件有意義的事，那麼師父我能做的，就是在有生之年看著你走上活佛的法座。那些考驗你的違緣都消除了，桑吉，閃耀在你額頭的光輝告訴我，偉大的佛陀已坐在你的心中了！」

師徒二人在岩洞前相擁而泣。

發生在卓瑪身上的事，師父早已還他淸白。就在他踏上苦行之路的時候，圖丹喇嘛就找到他的父親黑臉紮西，告知了小兒子遭受的冤屈。其時圖丹喇嘛已掌握到一條線索：就在他們離開鐵瓦殿那天下午，有人看見刀吉用摩托車前輪撞開了鐵瓦殿大門，一直到第二天早上才離開。黑臉紮西本就爲小兒子未能如期坐床心生疑惑，得知原委後大爲震驚。於是他提了一把汽車鋼板砸成的板斧，去黑河渡口找到了刀吉。

其時峽村的原始森林被大肆砍伐，一座座山林被剃了光頭，刀吉已是日進斗金的木材老闆，正意氣風發坐鎮渡口，調度著數十輛運載原木的康明斯大卡車。

黑臉紮西趕到渡口時，木柴檢查站的幾個工作人員正在陪刀吉打牌喝酒，滿屋子煙霧彌漫酒氣熏天。他一把掀了桌子，將那些出賣了職責和廉恥的傢伙趕了出去。他向斜躺在沙發上冷眼看著他的刀吉問道：「桑吉去閉關那天，你是不是去過鐵瓦殿？」刀吉毫無愧色地反問道：「去過，怎麼了？」「你對那個小覺姆做了什麼？」「你說能做什麼？男人和女人的事，要我一五一十講給你聽嗎？」「混帳東西，知道那件事的後果嗎？」老紮西一把將刀吉從沙發上揪起來，舉著斧子趕牲口一樣，趕他去寺院向喇嘛們做了交代。

當寺院再次籌備坐床典禮時，卻找不到桑吉的蹤影了。從那時起，圖丹喇嘛就來到當瑪當廓，一邊在護關者的窩棚前打坐，一邊望眼欲穿等待他的出現。

師父捏著他厚實的肩膀問道：「快跟我說說桑吉，這兩年你是怎麼過來的？」

「先是有人從雪地裡救起了我，師父，是一位年輕的母親和她的爺爺給了我第二次生命。後來呢，後來我就走上了朝聖之路……」

他說他告辭救命恩人拉姆，離開哈拉瑪草原，一路行乞到了聖地拉薩。在大昭寺，他向釋迦牟尼十二歲等身像供了燈——那尊被稱爲覺沃佛的銅像是文成公主從內地帶去的，自西元七世紀起，西去朝聖的人都去那裡磕頭點燈。其後他在拉薩的建築工地搬磚背石頭，像米拉日巴尊者那樣，用苦役的汗水來淨化靈魂。他也賺到了趕往下一站的盤纏，之後就去後藏轉繞岡仁波齊聖山。途中結識了幾位來自尼泊爾和印度的香客，轉山結束後就跟他們一起翻越喜馬拉雅雪山，到了佛陀的故鄉。他遊歷了釋迦牟尼出生地藍毗尼、成道之地佛陀加雅、初轉法論的鹿野苑和佛陀涅槃處的拘屍羅那，然後在那爛陀佛法修學中心滯留半年之久。那裡曾是古老的那爛陀寺所在地，千百年前，內地的法顯和玄奘法師都在那裡留下過求法的足跡。借由當地僧侶的幫助，他接觸到許多珍貴的巴厘文原典，銘記了佛陀在世時宣導的那些樸素教義。

「尼拉木寺的天放晴了！」圖丹喇嘛激動地說，「跟建造了鐵瓦殿的十世活佛一樣，桑吉，你遊歷了那些讓許多僧人終生嚮往腳步卻很難抵達的聖地。你的選擇是對的桑吉，幸好我沒能攔住你。你像草尖上快要乾涸的一顆露珠掉進了水裡，匯入了江河，回到了浩瀚的大海。好了桑吉，我們馬上趕到寺院裡去，讓大家看到你，看到尼拉木寺的未來！」

可他並不著急。他說：「再給我一次機會吧，師父。您知道我上次的閉關是失敗的，現在我想補上那一課。」

他再次走進了岩洞。除了迎面那道骷髏牆，光亮可及的洞壁上這兒那兒也顯現出一些古老的岩畫，樸拙的褐色線條描摹著人和各樣動物的形象，上次竟是不曾留意的。他親手用泥巴塑造的那尊佛像還立在那裡，裡面摻和著他的鮮血。

他再次進入為期一年的閉關，圖丹喇嘛親手為他砌上了洞口的石牆。

71

這次閉關，桑吉的思維格外敏銳。上次只是依照師父的吩咐去做，那是既定的程式，是被動和機械的。那是尼拉木寺歷世活佛走過的路，他只是亦步亦趨例行程式罷了。而今，捆縛他的繩索已經斷開，心頭的枷鎖也已卸下，思維和觀想完全是自主的，他的身體也處於最佳狀態。內在的光明已經顯現，那光明不再關乎日月星辰：日有升落月有盈虧，那永恆之光卻是來自佛陀的智慧，即便在最深的黑暗中，也看得清世界的面目和生命的實相。

他覺得世界是個充滿能量的大熔爐，那光和熱使他的生命燃燒起來，燒掉了殘存的自我，完成了木已出火的蛻變。一個清澈明朗的宇宙呈現在面前，就像釋迦牟尼目睹啓明星升起時感悟到的那樣：日月輪回，季節交替，大地上的生物如同顯微鏡下的細菌那樣瞬息生滅。人的生命跟其他動物一樣，本是沒什麼意義可言的，無我，無常，苦，那確實是一個令人絕望的空。爲此，佛陀構建了一個全新的世界體系，並用因緣果報的理論塡充了那個空，拓展了局促有限的人生，爲之賦予了豐富而神聖的意義。感謝佛陀爲他展示出如此充滿希望的前景：覺悟的門檻並非不可逾越，只要斷滅了妄想和動物性本能，人人都可達成那個願望，從無休無止的輪回裡抽身出來，進入不受自然法則控制的自由王國。佛陀的話語裡沒有救世主和上帝，一個人尋求覺悟的過程便是自我救贖的過程，一旦達到主宰自己命運的境界，人人就成爲自己的救世主和上帝。其實，那種理想本就潛藏於人類共同的意識之中，釋迦牟尼佛只是將其彰顯於世，並指出了可以抵達的方式和路徑。

他依然想到了卓瑪。他想，要是卓瑪仍在身邊，他將迫不及待跟她分享他的感受。他會告訴她，對普通人來說愛情無疑是美好的，相愛的人應該成爲眷屬攜手到老，因爲愛是個人幸福的源泉，也是推進世俗社會發展的動力。可正如師父所說，求愛和求道是完全不同的兩條路，甚至是南轅北轍。對他和卓瑪來說，既然選擇了這條靈性之路，就只能做個客觀冷靜的觀察者，既不可隨意採摘誘人的花朵，更不能試圖品嚐那極具誘惑的果子。歷代高僧大德不厭其煩地說過，愛情是塗在刀刃上的蜂蜜，是用鮮花裝飾起來的陷阱，那不是說給普通大衆的，而是對追求解脫者的忠告。他倆在一起時爲何那樣心懷恐懼？以前他只是擔心「欲從愛生，命因欲有」，滿足了最初那樣一個欲望，接著會有千百個派生的欲望接踵而來，爲家庭，爲子女，爲富足和長壽，終生掙扎在欲望的泥潭，人就跟牛羊蟲豸沒什麼兩樣。如今他明白，其他動物只是受著與生俱來的本能驅使，在生生不息的漩渦裡無力自拔，而作爲萬物之靈的人，尤其像他和卓瑪這樣自願放棄了塵世幸福的人，卻可以從那飛速旋轉的輪盤裡解脫出來，不再屈從於那既定程式的奴役，從而眞正成爲自己的主宰。生而爲人，既可尋求塵世生活的幸福，也可以果斷終止那個程式，義無反顧邁上超越之路——屈從於生理需求的肉體是沉重的，是一種拉人下墮的力量，而靈魂輕盈，牽引人不斷上升，而上升的每一步，都是由放棄的欲望和死去的自我作爲臺階的。他相信卓瑪會理解並認同這個道理，因爲這就是佛陀所說人身難得的本意。

他也找到了內心糾結的原因，他是被那個特殊的身分壓垮了。終年埋首於經卷而聽不見枝頭小鳥的歌唱，看不到草長花開的美好和秋冬交替的壯麗，他只是努力做到跟那個限定的形象相符，甚至言談舉止看上去更像那麼回事。他一方面找不到與前世活佛的相應，一方面又不忍辜負圖丹喇嘛和衆人的期望，十多年來在那樣的矛盾中飽受煎熬。那是一個預先設定的我，是心造的幻影，跟佛陀無我的追求背道而馳。佛陀的道路是自覺覺他、度己度人，爲天下衆生做出奉獻和犧牲，而不是謹小愼微蠅營狗苟，力圖達到個人的什麼目的。無論自己是不是老活佛的轉世，重要的是降服那顆躁動不安的心，從自我的禁錮中解脫出來，以開放的態度熱切擁抱這個苦樂參半的世界。他應該愛所有的人，甚至花草樹木和飛禽走獸，而不僅僅是自己的父母、戀人，或者某個有恩於自己的人。佛陀是抵達了無相之境的人，他的道路是走向大眾的路，他的事業是利益眾生的事業，以此來反觀自己，能否登上那空置已久的活佛法座已無關緊要，重要的是能否跟尼拉木寺歷世活佛一樣，成爲佛陀的追隨者和佛陀事業的繼承人，承擔起續佛慧命的職責，以凡人之身行佛陀之事，在有限的生命裡去踐行那些樸素而偉大的教義——那是一個準則，敬仰佛陀就是在塑造自己。做到那一點，即便他是個沒什麼名分的普通人，他的生命也將綻放出絢爛的花朵。

他清算了自己的過去。他不再是桑吉，也不再是一個被自己和別人否認的活佛轉世者。就像用橡皮擦掉所作的畫，所塗的顏料，他將自己的生命還原爲一張白紙，成爲一個剛剛來到這個世界的新人。你準備好了嗎？他如此自問，你是否願意捨棄熟悉的一切，捨棄與生俱來對安全和舒適的追求，而將一生毫無保留地奉獻給佛陀的事業？

「是時候了！」他聽到冥冥之中有聲音替他作答。

72

桑吉也意外解開了尼拉木寺老活佛的失蹤之謎。

就在完成閉關的前夜，他突然聽到一陣嘩啦啦的聲響，將他從冥想狀態中喚醒過來。他側耳傾聽，雖然不再有任何響動，眼前卻又出現了令他驚訝的一幕：就在岩洞深處的某個角落，端坐著一位身裹袈裟的老喇嘛。老喇嘛像護持著至愛的寶貝一樣，懷抱一隻發出幽光的白海螺。那畫面反覆出現在他眼前，於是在師父推倒洞口石牆的時候，他沒有即刻走出岩洞，而是讓師父跟他一起去探個究竟。

這次出關無須師父再拿銅罄喚醒他，自然天光照進岩洞時，他已站起身來迎接師父了。他向師父描述了那種幻覺，沒想到也引起了師父的極大興趣。圖丹喇嘛說：「那不是什麼幻覺，桑吉。老活佛離開寺院以後，那樣的情景時常也出現在我的夢裡！」

圖丹喇嘛用洞口的金露梅幹枝紮了兩支火把，二人低頭彎腰走向岩洞深處。他們在曲曲折折的洞窟裡搜索前行，最後在一個岔道口發現人工壘砌的一道石牆。二人合力推倒石牆，果然看見角落裡一堆剛剛散落的骨架，森森白骨間還有一隻發出幽光的白海螺。圖丹喇嘛忍不住驚叫起來：

「看見了嗎桑吉，這就是老活佛的遺骨！」

「師父，您怎麼斷定就是他的遺骨呢？」

「菩薩作證，那只包了銀嘴的右旋白海螺，就是我們的鎮寺之寶！」圖丹喇嘛流下了欣喜的眼淚，「可憐的老活佛呀，您怎麼選擇了這樣一條路？肯定是外面的傳言嚇到了您，爲了保護薩曲梅隆尊者的遺物，您就帶著它躲到這裡來了！」

桑吉撿起一根枯骨摩挲著，老活佛的音容笑貌便浮現於眼前。圖丹喇嘛張開兩臂擁抱著他說：「因緣成熟了桑吉！老活佛他哪兒也沒去，他一直就在這裡，在這裡等著你啊！」

走出岩洞的時候，桑吉雙手舉起那尊親手塑造的佛像，摔在地上打碎了。他打碎了泥胎，也打碎了過往的自己。他像一隻蝴蝶破繭化蛹，翩然而出。無明已斷，愛緣已盡，他五蘊所聚的肉體也似乎散落爲微塵，成爲大千世界的一部分，而他的意識輕盈透明，在無限的時空裡自由翱翔。

此時此刻，他也眞切感受到了來自尼拉木寺的期盼。他隨即明白過來：他出現在此時此地不是沒有道理的——他肯定肩負了那樣一項使命，也具備了踐行那個使命的可能。

他準備好了，不再有絲毫的猶豫。

那是高原上春暖花開的季節，陽光燦爛牧草瘋長，蜿蜒的河流映照著天上的白雲。牧人們紛紛從山根的冬窩子搬了出來，將他們的黑帳篷白帳篷駐紮在寬闊的草地上，黑白的牛羊珍珠般撒滿草灘，矯健的馬兒在追逐嬉戲，嗚嗚嗚嘶鳴著。世界蓬蓬勃勃充滿了生機，人生也有無限的可能性！

圖丹喇嘛小心翼翼捧著那只白海螺，桑吉用袈裟兜著喀啦作響的老活佛遺骨，踏上了返回尼拉木寺的道路。

此時，祥雲正繚繞在茶馬鎮的上空。

第二十一章

73

吳教授常去圖丹喇嘛的房間喝茶，聽老經師回顧活佛的那些往事。

圖丹喇嘛不時中斷他的敍述，仰靠在椅子上伸直兩腿，拿拳頭捶打袈裟下的膝部，啊嘖嘖啊嘖嘖地叫著。在當瑪當廓等待桑吉並爲之護關的歲月，他每天坐在露天的沙土地上，落下了嚴重的風濕性關節炎。而他娓娓道來的那些往事幾乎是吳教授聞所未聞，也是火花無從知悉的。

主客之間已是無話不談，此前吳教授覺得需要避諱的一些話題，不經意間也會脫口而出。他突然問道：「安靜眞是卓瑪的轉世嗎？圖丹喇嘛，我想聽聽您怎麼看。」

「安靜的名字就是活佛取的。他們第一次見面是在活佛的坐床大典上，那時安靜還是個三歲大的孩子。至於他是誰的轉世，活佛從來閉口不提，別人怎麼好說三道四呢。」

「對不起，圖丹喇嘛。我只是不明白，人們憑什麼把他們兩人扯在一起。」

「我無法回答你的問題，教授。我只知道世上沒有偶然之事，一切都是因緣相續的結果。至於那件事，我倒認爲你是可以做出解釋的。聽活佛說，借助那些精密的儀器，你可以看到一個人脫離肉體的神識。老實說，那是讓我這個老喇嘛也感到驚訝的。活佛要你配合的續命法事，不就跟它有關嗎？」

「您說得沒錯，圖丹喇嘛。在那個儀式中我只能做個配角，對自己要做的事也沒有絲毫把握，萬一出什麼差錯，可能就給他幫了倒忙。可是有機會把我多年來的研究付諸實踐，而且由此可以挽回刀吉的性命，那也是我該不遺餘力去完成的。無論怎麼說，它給我的壓力太大了。」

「是嗎？我倒覺得你挺開心的。你不是每天出去喝酒，半夜裡才跌跌撞撞回來嗎？我可看不出你有什麼壓力。」

「火花也跟我講了許多事兒，心裡不痛快就多喝了幾杯。我打算退出阿拉合的那個計劃，我不想讓他做出那樣的犧牲。不過您放心圖丹喇嘛，後來我又改主意了。」

「我也是開開玩笑而已，知道你不會介意的。你應該相信活佛，教授，他可從來不做沒有把握的事。」

「還有一件事我不明白，圖丹喇嘛。這麼多年來，他們兄弟倆是怎麼相處的？刀吉捅了那麼大婁子，就因爲他倆是孿生兄弟的緣故，已經得到活佛的原諒了嗎？」

「一個人造作的業刻在他的骨頭裡，不是說句原諒的話就能消除的。也許活佛早就原諒了他，但那份債務背在刀吉的身上，一母同胞的兄弟也無法替他分擔。」

接著，圖丹喇嘛又向他描述了活佛坐床以及兄弟二人見面的情景。

74

卓瑪的「轉世」最初出現在坐床大典上。那件事確實有點不可思議，足以讓僧侶們順理成章得出那樣的結論來。

那天上午，北部山谷裡桑煙滾滾，風馬紙片雪花般飄飛，新建的大經堂裡千萬盞酥油燈齊放光明。時辰一到，圖丹喇嘛吹響尼拉木寺久違的白海螺，身著黃色法衣的桑吉在僧侶們簇擁下，登上了裝飾一新的活佛法座。桑吉接受過僧侶和社會各界代表的獻禮及祝賀，接著就以尼拉木寺十二世活佛的身分，爲列隊進入經堂的信衆逐一摸頂祝福。其時一個女人牽著的小男孩哇哇哭叫，擾亂了大殿裡的正常秩序。僧人們瞪著兩眼束手無策，強巴堪布氣衝衝奔過去，呵斥著要將那母子倆趕出大殿。

「等一下，強巴堪布。」他們的新活佛制止道。他微笑著向那女人招了招手，讓她帶孩子過去提前摸頂。

那位年輕母親便抱起孩子走了過去。奇怪的是，當活佛的手放在孩子頭上時，小傢伙立刻止住了哭聲，並用兩隻小手抓住了活佛的手。大家這才發現，那孩子眉心有顆淡淡的痣印，恰與卓瑪的眉心痣同一位置。活佛也可能有點驚異，但他並未表露出來，只是隨口詢問母子倆來自何處。

那年輕母親因爲給活佛帶來了麻煩面帶愧色，囁嚅著說她家在峽村，孩子一出生就這樣哭嚎不止，家中老人以爲他帶著前世的什麼孽緣，就讓她帶孩子來朝拜活佛，方便的話，求活佛取個新名字予以禳解。

活佛便爲孩子取名安靜。他笑著逗惹孩子說：「你的新名字就叫安靜，聽到了嗎小傢伙？」

孩子便掙開他的母親，咯咯笑著爬到活佛的懷裡去了。

那男孩兒剛過三歲，算算日子也跟卓瑪失蹤的時間相合，僧侶們斷定他就是卓瑪的轉世。

其實那樣的事兒並不鮮見，強巴堪布便是近在眼前的例證。僧侶們背地裡稱他青臉強巴，因爲他是個陰陽臉，左邊膚色正常，右邊卻是青紫的，據說他在牧場的母親懷孕的時候，背水途中碰見過那樣一個暴死的人。那人是個潛入牧場的盜馬賊，牧人們騎馬在身後緊追不捨，慌亂中他從馬背摔下來，一隻腳套在鐙裡拖了好長一段路，最後他的頭撞在石頭上，腦袋像西瓜一樣裂開，半邊臉浸在一灘血污中。後來那婦人臨盆分娩，孩子臉上就帶著那可怕的胎記。僧侶們不好說強巴堪布就是盜馬賊的轉世，但心裡肯定那麼認爲的。

活佛兄弟倆見面是在那天晚上。

由於寺院方面不想讓刀吉出現在坐床大典上，活佛娘家人被安排在大殿顯要位置落座時，刀吉是沒有機會露面的。待各項儀式舉行完畢，刀吉才趁著夜色去了活佛囊欠。

聽說不受歡迎的刀吉闖了進來，僧侶們急忙跑出去阻攔，可刀吉用強壯的膀子撞開了他們。他用蛇皮袋提著不知其數的鈔票，氣呼呼將袋子扔在活佛座位前說：「他們怎麼能這樣？忘了大經堂是怎麼修起來的是吧？吃屎的還把屙屎的訛住了！再說我也是名正言順的佛兄吧，少了我的一份賀禮，再隆重的坐床大典也是不圓滿的！」

其時活佛已準備晚間打坐，恢復了經師身分的圖丹喇嘛陪在身邊。活佛抬頭看了看刀吉問道：

「你是來懺悔的嗎，刀吉？」

「別開玩笑了兄弟，你讓我懺悔什麼？」

「你心裡明白。」

「你是說卓瑪的事吧？那不過是個女人，有什麼好懺悔的。再說你已經是活佛了，還提那些沒名堂的事兒幹嘛！」

「沒錯刀吉，她只是個女人。可是你別忘了，我們的母親也是個女人。」

「那你要我怎麼樣？讓我也投河而死？」刀吉笑道，「別傻了桑吉。你成了活佛，也讓我在人前像個佛兄的樣子吧。」

「還有丹巴堪布。」活佛繼續說道，「要是沒有那件事，丹巴堪布一定還活著。他也能親眼看到，尼拉木寺並沒有毀在他的手裡。你不想眞心反悔，刀吉，就永遠背著那副枷鎖吧，它會嵌進肉裡，一直勒到你的骨頭。」

「太可笑了！」刀吉變了臉色說道，「桑吉你想過沒有，今天坐在這裡的也可能是另一個人？當初那老喇嘛不是說了嗎，轉世靈童可能是紮西家的大兒子？要不是我主動放棄，今天哪還輪到你桑吉在這裡裝模作樣！」

活佛遺憾地望著他，閉了口不再說話。

見此情景，圖丹喇嘛就說活佛要誦經打坐，示意大家將刀吉強行推了出去。後來兄弟倆什麼時候達成了和解，圖丹喇嘛倒是不得而知的。

圖丹喇嘛走過去，從火爐上提起噗噗作響的茶壺。他的膝蓋和踝關節腫大變形，走過來時大幅搖晃著，壺嘴裡的開水漾漾灑灑。他爲吳教授的茶杯裡續上熱水說：「出家人是不談世俗情感的，教授。我只知道，坐床後活佛就沒了自我，雖然名義上我還是他的師父，但無法再去猜度他的心思。他洞悉一切卻不露神色，愛恨分明又能處事圓融，至於兄弟間的糾葛，我想他也不會再用世俗的方式去做了結。不過大家看到的情形是，幾十年來兄弟倆的所作所爲，都是在爲卓瑪的事贖罪。」

吳教授看著玻璃杯中的茶葉翻騰起來，又漸漸沉落下去。沉默半晌，他又接著問道：「那麼，是什麼原因使阿拉合離開了寺院，重新回到鐵瓦殿裡來了呢？」

「因爲另一個女人。」圖丹喇嘛回到他的座位上說，「給他帶來麻煩的，不光是可憐的卓瑪。」

雖然老經師語氣平淡，吳教授還是大吃一驚。究竟怎麼回事？他覺得自己離開茶馬鎮以後，發生在活佛身上的故事太多了，他竟然一無所知。

圖丹喇嘛笑了笑說：「也不全是那麼回事兒。來自牧場的拉姆確實說了些糊塗話，大家對活佛的清淨身再次產生了懷疑。可那不是他離開寺院的直接原因。後來新區爆發了鼠疫，阿尼瑙格爾死於驅魔法事，姚瘸子又炸毀了渡口吊橋，他才做出回到鐵瓦殿的決定。他說，田園牧歌的時代一去不返，沒什麼地方可以偏安一隅，也沒有人能夠獨善其身。他回到鎮子裡就是爲了踐行佛陀的教誨，跟信衆生活在一起，分享他們的喜悅，也承擔他們的不幸。」

75

活佛坐床的第二年，寺院來了個聲稱跟活佛睡過覺的女人。她領著個男孩兒，說那就是活佛的孩子。其時活佛正好不在寺院——統戰部門組織各寺院的新任活佛，讓他們乘飛機去參觀大海邊一座平地崛起的新城市。

那女人的到來，仿佛在平靜的寺院扔了顆炸彈，僧侶們都被震懵了。尼拉木寺是命懸一線的小寺，安身立命的根本就是歷代活佛喇嘛視同生命的戒律。即便發生在卓瑪身上的事冤枉了活佛，那麼這個女人帶著孩子找上門來，又該作何解釋呢？如果連活佛都成了破戒僧，那麼這座寺院眞的該關門大吉了。僧侶們覺得老堪布臨終說過的話已經應驗，寺院就要毀在他的手裡了，因爲這一世活佛就是他主持認定的。

那是個衣著不整神情恍惚的女人，額前髮絲上吊著成串的蝨子。她說她是來找活佛的，因爲他倆在一個皮襖裡睡過覺。她還模仿活佛說過的那些話：我沒吃過母親的奶，如今卻吃了你的；我會像孩子一樣待在身邊伺候你。

那男孩滿臉污垢，頭髮裡混雜著草屑，瞪著一雙充滿敵意的眼睛。有僧人問他叫什麼名字，他不但不回答，反倒從地上抓起一把沙土打了過去。

那女人打聽活佛住在哪兒，說她要當面問問，爲什麼一直躲著不見。青臉強巴不由分說搧了她一個大嘴巴，命令僧侶們將那母子倆轟出了寺院大門。

青臉強巴直奔圖丹喇嘛的僧舍。他認爲老經師一直替活佛遮醜護短，如今又鬧出這樣的醜聞，做師父的應該向全體僧人做出解釋。

面對青臉強巴的質問，盤坐炕頭誦經的圖丹喇嘛已明白怎麼回事了。他跟著青臉強巴和僧人們來到寺院大門口。

看到那女人的時候，圖丹喇嘛也被弄糊塗了：她一點也不像桑吉向他描述過的救命恩人。桑吉口中的拉姆身體健壯年輕漂亮，眼前的女人卻呲牙咧嘴，像流落街頭多年的乞丐。他疑惑地問道：「能不能問一下，夫人，你叫什麼名字？」

那女人抬眼看看圖丹喇嘛。她的左眼仁上覆著一團青白的蘿蔔花，目光躲閃著回答道：「我叫拉姆。」

那怎麼變成了這副模樣？眞是難以置信。圖丹喇嘛安慰她說：「你來的可不是時候，拉姆，活佛出了遠門。他不是躲著你，他只是沒顧上去看你。你來找他肯定有事兒，方便的話跟我說說吧，我是他的師父，會原原本本轉告他的。」

可憐的拉姆撲通一聲跪倒在地，又撕心裂肺哭嚎起來。圖丹喇嘛好不容易才拉她起來，她一邊抽泣，一邊顛三倒四述說著她的不幸。

她說她的爺爺奶奶相繼去世，牧場靠她一個人忙活，結果顧了牛顧不了羊，那些不聽話的畜生就丟的丟死的死，大部分失散了。馬馬虎虎找個男人可能會幫她一把，可她心裡一直念著桑吉，他說他只要活著就會去牧場找她。如今聽說他已是活佛了，不可能再去牧場，就帶著孩子來找他，只求他幫她把孩子拉扯成人。「我的牛羊就要跑光了，」她把孩子攬在身前叫道，「我擔心哪一天我的阿旦也會跑掉的！」

那孩子卻拳打腳踢掙開她，跑到一邊翻著白眼瞪她。

青臉強巴兇神惡煞般問拉姆道：「這孩子是桑吉跟你生出來的是嗎？老實說，是不是？」

拉姆卻低下頭去不肯吱聲了。

圖丹喇嘛便向大家講述了當年桑吉蒙冤出走，體力不支被大雪掩埋，幸好被拉姆和她爺爺救起的事。他說：「他倆確實在一個皮襖裡睡過，活佛早就告訴過我。那是他昏迷後的事，一點兒也由不得他自己。是這位可敬的母親用奶水救活了他，活佛也是把她當作再生的母親來看的……」

青臉強巴打斷他：「別說得那麼好聽，圖丹喇嘛。既然你知道那麼多，那你來說說，這孩子到底怎麼回事？」

「活佛說過，他醒過來的時候孩子就睡在身邊。別想多了強巴堪布，他不會做出那樣的事來。」

「你真是個編故事的老手，圖丹喇嘛。我知道所有師父都會偏向著他的弟子，因爲弟子的成就會提高他的聲望，弟子的罪孽最終也會落在他的頭上！」

圖丹喇嘛搖搖頭，轉身對拉姆說：「別怕拉姆，你什麼錯也沒有。可是既然你帶來了孩子，最好還是說說他的來歷。現在我問你，這孩子是哪一年出生的，今年多大了？說實話吧拉姆，沒人會責怪你的。」

「我不記得了……」那女人囁嚅道。

圖丹喇嘛鼓勵道：「慢慢想，拉姆，總會想起來的。」

拉姆張開兩手，一個個壓著指頭算著。她算了好幾遍，最後才抬起頭來說，「我的阿旦今年七歲多，八歲不到。」

圖丹喇嘛瞥了青臉強巴一眼，然後向大家說：「就說這孩子七歲吧，看個頭也不會錯。你們應該記得，活佛五年前才走出鐵瓦殿大門。他是那年秋天去當瑪當廓閉關的。」

僧侶們這才低下頭去。

「別以爲這就完了，圖丹喇嘛。」青臉強巴仍是不肯甘休，「現在請你回答我的另一個問題：一個男人一晚上睡在女人懷裡，眞的就什麼事也沒有發生？」

「對不起強巴堪布，我無法回答你的問題。」圖丹喇嘛雙手合掌說，「你該問問自己的心，強巴堪布。如果你心裡也坐著佛菩薩，他們自然會替你作答的。」

圖丹喇嘛不能阻止青臉強巴毫無節制的想像，能做的只是儘快終止那場鬧劇。他對拉姆打包票說，活佛回來就讓他儘快去找她，苦口婆心勸她帶著孩子回去了。

76

活佛回到寺院的第二天，就和黑臉紮西騎馬趕往哈拉瑪草原。他們找到拉姆快要倒塌的帳篷，活佛向救命恩人道了歉，解釋了沒去看她的原因，並拿出一些錢放在她冰冷的爐灶上。那瘋女人卻孩子一樣跟兒子對打對罵，一個攆著一個在帳篷內外跑來跑去，看也不看他一眼，也不跟老紮西說一句話。後來，聞訊趕來的牧人們圍在帳篷前，彎腰低頭等待活佛爲他們摸頂賜福，看到那樣的情景，拉姆才跪倒在活佛面前，嚶嚶哭泣起來。

黑臉紮西叫來牧場的親屬們，將拉姆鄭重托靠給他們，讓大家幫她照看所剩不多的牛羊。傍晚返回時，父子倆又將那名爲阿旦的孩子帶回茶馬鎮。

紮西老倆口將阿旦當作自己的孫子，給他洗了臉理了發，換上新衣服送到茶馬鎮的小學去讀書。

那孩子卻極其頑劣，好話歹話都聽不進去。他拿小刀戳傷了幾個孩子，刀子沒收後又拿石塊打人，對阻止他的老師也吐唾沫，完全是個無法管教的小野人。那時茶馬鎮小學已實行寄宿制，每月能領到幾十元人民幣的助學金，可阿旦放了學既不在學校住，也不肯回到南坡邊爺爺奶奶的家裡去，害得夫婦倆和老師們每天傍晚四處尋找。有次他們從山坡上一個石洞裡找見他，只見他抓著一隻羊腿連毛帶血啃著，似乎是從活羊身上生生割下來的。就那樣過了幾個月，有次他放火點了學校廚房的柴火堆，被老師關了一天一夜的黑屋子，放出來就直接跑回牧場去了。後來活佛又讓人將他找回來，留在寺院讓僧侶們教他識字讀經，過不久還是跑掉了。

那年九月寺院的例行法會結束時，活佛就在大經堂裡點著了自己的手指。他將浸了酥油的棉布條纏在左手食指上，點燃後像一支蠟燭那樣在佛像前舉起來。骨肉燒灼的氣味在大殿裡瀰散開來，僧侶們紛紛跪在地上懇求他停下來。可是直到火焰熄滅他一動不動，也沒說一句話。

「怎麼會那樣？」吳教授問圖丹喇嘛，「剛來那天我就發現他的食指短了一截，至今不清楚怎麼回事。」

「那是在燃指明誓，教授。」圖丹喇嘛說，「不過也只是我的猜想罷了。他那樣做可能還有更深一層的道理。」

圖丹喇嘛從雜亂的經書中找出一本繁體豎版的《楞嚴經》，翻到折起邊角的一頁遞到吳教授手中。吳教授便讀出勾畫了線條的一段話：

> 若我滅後，其有比丘，發心決定修三摩提，能於如來形像之前，身燃一燈，燒一指節，及於身上燃一香炷。我說是人，無始宿債一時酬畢，長揖世間，永脫諸漏。

第二十二章

77

活佛坐床以後，不但早年離開寺院的僧人紛紛返回，也陸續接納了一些年輕的出家人，小小的尼拉木寺很快恢復了元氣。在最初的幾年裡，活佛忙於參加政府組織的統一培訓和自行安排的外出參訪，之後他參照一些大寺院的教學模式，細化了尼拉木寺的佛學以及醫藥、音樂法舞、繪畫雕塑等門類，讓具有資歷的中老年僧人分別授課帶徒，寺院的修學制度也逐漸規範起來。

其後不久，新區就爆發了鼠疫。

那是茶馬鎮和尼拉木寺被確定爲旅遊景區數年之後，新區已經建起了賓館飯店及各類娛樂場所，大量內地遊客蜂擁而至。尼拉木寺周圍草地上有許多旱獺，那些憨態可掬的小傢伙見人就直立起來合掌作揖，很是討人喜歡，僧侶們沒事就去逗它們玩兒。遊客也將手中零食丟給它們，或抱著它們合影拍照。後來有人將一隻旱獺抱到新區，說要帶回去當寵物養著，臨走大巴車司機卻不讓帶動物上車。那只旱獺就被丟棄在那邊的街道上，讓小商販偷偷殺了吃肉，結果引發了一場可怕的鼠疫。

直到國家派來防疫隊，那裡已有數百人感染，小商小販死了十來個。爲防止疫情擴散，渡口吊橋被封鎖起來，防疫人員到處噴灑藥物，並將尼拉木山下幾條山谷的旱獺悉數予以捕殺。他們追著旱獺拿木棒擊頭，可它們跟貓狗一樣有好多條命，怎麼打也打不死。有人就發明了一種簡捷高效的方法：將木棒架在旱獺後頸兩腳踩住，提著它的後腿使勁往上一拉，喀嚓一聲脊髓斷裂，扔在地上就一動不動了。防疫人員將它們堆在一處，澆上汽油燒掉了。一些躲在洞裡不肯出來的，他們就把毒餌投進去，然後封死洞口。跟著遭殃的還有貓和狗，以及隆卜舅舅院子裡那些小動物，就連烏鴉也用網罩網住，帶回去集中處理掉了。如今隆卜舅舅院子裡那一大堆烏鴉，都是後來發展起來的。

黑河東岸變成了人間地獄，每天夜裡都傳來失去親人的哭嚎聲，老鎮人不知那樣的景象哪天也降臨到自己頭上。就在僧侶們聚集經堂誦經祈禱的時候，阿尼瑙格爾再次活躍起來。都說苦命人長壽，那個露宿於馬場街的老乞丐可能有一百歲了，沒人知道他到底活了多久。但他弄出很大動靜的驅魔法事，成爲他命終之際的迴光返照。

對那場突如其來的瘟疫，阿尼瑙格爾自有他的解釋：尼拉木山神被激怒了。他說，尼拉木山下的生靈都是山神的子民，有人將旱獺捉去殺了吃肉，山神就招來了奪人性命的瘟魔。而此後大量捕殺無辜動物更是錯上加錯，會有更多的人爲此付出代價。於是他跟尼拉木山神達成了和解，覺得山神雖接受招安成爲寺院的護法，其實並未忘記自己的職責，仍一如既往護佑著山下生靈。這給了他重振旗鼓的信心，也使他煥發出了驚人的生命活力。

年邁的阿尼瑙格爾日夜奔忙，收集了煨桑臺上的土、泉眼裡的石子和火鐮、燧石、天鐵碎片，還有寡婦的內褲、瘋狗的舌頭和癩蛤蟆的頭，以及各種野牲和家畜的毛。在老鎮東口的臺地上，他鋪展一張帶血的牛皮，將那烏七雜八的東西堆在上面，念咒加持後打成一個大包裹，掘地深埋起來。接著他在上面點燃一大堆柏枝，濃煙衝天而起時他便施展法術，跟想像中的瘟魔決一死戰。那是烏雲密佈的深秋季節，忽然間狂風大作天昏地暗，他頭上的黑布和襤褸的袍子也在風中撕展開來。他大聲念著咒語，將準備好的糌粑丸有力地投擲出去，像在發射威力無比的槍彈。地上的雜物和砂土飛旋著，冒煙的柏枝堆也被連根端起，巨大的火球劈劈啪啪燃燒著飛向新區上空。到他手裡無物可擲時，一把扯下頭上那塊骯髒的黑布，卷成一團狠狠拋向空中。狂風將那黑布撕展開來，就像張牙舞爪的死神嚎叫著倉皇而逃。

驅魔儀式的第二天凌晨，阿尼瑙格爾倒在了馬場街三間鋪的窗下。被人發現時，他已在自己拉出的黑色糞便裡爬來爬去。他的頸部化膿潰爛，喉嚨裡嗚嗚作響，聽不清他喊些什麼。最後他全身發黑四肢抽搐，漸漸就沒了氣息。在那場來勢兇猛的人畜災難中，阿尼瑙格爾是老鎮唯一的罹難者。

78

接著，茶馬鎮發生了一起「震驚朝野」的事件：姚瘸子抱著炸藥包，把黑河渡口的吊橋炸了。

那時姚瘸子還是個健全人，他繼承了先輩的謀生手藝，用捋去表皮的柳條編成籮筐、簸箕和籃子，換取糧食和油鹽。閑餘時間還用樺樹皮製成鴿哨，教孩子們綁在灰鴿的尾羽上——綁一個是單簧管，並排綁兩個就成了雙簧管，成群的鴿子盤旋在空中，爲茶馬鎮奏響了吉祥的天樂。

阻止鼠疫越過吊橋不過是個引由，鬱積姚瘸子內心的怨恨，則是他的兩個女兒在新區淪落風塵。這一切可謂內憂外患，讓那樣一個老實人幹出了膽大包天的事。他趁著夜裡沒人，將炸藥包點燃扔在吊橋中央，還沒跑遠就炸開了。橋面的木板全被炸飛，他被橫飛過來什麼物件擊中了胯骨。

那件事很快定性爲嚴重的刑事案件，公安部門下達了逮捕嫌犯的指令。派出所民警攀著懸空的鋼索趕過來時，姚瘸子已被人們抬回家裡，並封堵了巷口，不讓新區過來的人靠近。接著縣裡派出增援部隊，車輛過不來，手持盾牌的武警由鎮長親自帶路，一路跑步從南部老吊橋繞了過來。他們列隊衝入街巷，用喇叭筒喊著「退後！退後！」老鎮人不是讓人攆著就跑的羊群，男男女女人挨人手把手，沒一個退後的。就那樣僵持了一天一夜，鎮長和他的上級擔心衝突升級，人群聚集也可能引發疫情大規模擴散，不得不草草撤走了人馬。

後來姚瘸子被提起公訴判了三年徒刑，也只是監外執行，允許在自己家裡療傷養病。

79

一年後吊橋修復，茶馬鎮的旅遊業也逐漸恢復起來。尼拉木寺的僧侶們目睹過旱獺被殘忍殺害的情景，對那些嘰哩哇啦的內地遊客不再歡迎。他們在僧舍門口掛上「靜修勿擾」的牌子，青臉強巴還派人守住寺院大門，除了供燈磕頭的當地人予以放行，外來遊客一概拒之門外。活佛就將寺院管理事務託付給強巴堪布，自己和圖丹喇嘛一起搬了過來。

活佛入住鐵瓦殿以後，鐵瓦殿的大門就對所有人敞開了。牧人們去過馬場街或者新區，往往順路去鐵瓦殿拜見活佛，在那裡喝口茶拉拉家常，覺得比專程去寺院既方便又隨意。遊客也喜歡去鐵瓦殿參觀，他們帶著從新區地攤上買來的佛牌手串之類讓活佛誦經加持，然後雙手合十靠在活佛身邊，拍張照片曬到網上就覺得無比榮耀。不少虔信佛法的內地男女也就此跟活佛結緣，活佛爲他們授予居士需遵循的基本戒律，就此成爲他們的俗家弟子。

安靜的母親時常從峽村趕來馬場街賣菜。那是個年輕快樂的農婦，總是將自己收拾得乾淨俐落，挽著潔白的袖口，手腕上一對銀鐲子叮噹作響。有天她順便來鐵瓦殿看望活佛，說自從取了新名字以後，孩子就快快樂樂長大起來，如今已在茶馬鎮上了小學。活佛叮囑她，一定要讓孩子讀中學考大學，有什麼難處就來找他，他會盡己所能給予幫助的。她說一家人吃穿用度都能自足，她賣菜也攢了不少錢呢，就是爲了將來供安靜念大學。她拿出用頭巾包著的一雙布鞋，不好意思地說，知道活佛一直淨腳兩片，她就做了雙千層底兒，樣子不怎麼好看，但一針一線納得結實，但願活佛不會嫌棄。活佛雙手接過，並將一條哈達搭在她頸上表示感謝。

其實不穿鞋是活佛的戒律之一，安靜母親走後，他就捧了鞋子出去，將它轉送給一位轉繞白塔的老人。坐床後他就爲自己立下了終生不吃肉、終生不穿鞋、終生不臥床睡覺的三不戒律。他的床鋪堆滿了經卷和書籍，晚間休息的方式只是在經堂打坐入定。雖然他的家族是不吃肉就無法過活的草地牧人，但他果斷終止了祖輩的習俗。最初他在南坡下的灌叢裡開了幾畦菜地，種些土豆蔓菁胡蘿蔔之類，爲自己和鐵瓦殿的僧侶提供新鮮蔬菜。後來他的父親在那裡修房建屋引水蓄湖，擴展爲一座初具規模的私人莊園。平時那裡由活佛的妹妹德吉打理，每年夏季他會住上幾天，期間父母也會去那裡跟他團聚，共度天倫之樂。

活佛不但送掉了那雙布鞋，也將居士們供養的財物轉手送人——跟他結緣的不乏成功人士，他們往往出手闊綽，他面前的矮桌上總是堆滿了紅紅綠綠的票子。他自己沒地方花錢，全都投入茶馬鎮的公益設施，或送到急需用錢的人手裡。

在外人眼裡茶馬鎮人是徹頭徹尾的守舊者。粗陋的外牆是土石的本色，屋內板壁是木頭的本色，即便櫃子上積澱了厚厚的油垢，可覺得怎麼看也是好的。幾枚鏽蝕的釘子，長長短短的繩子，即便沒用也歸類保存起來，以備不時之需。簡單的吃喝，粗陋的用具，炕席正中擺著火盆和炕桌，炕頭整整齊齊疊放著打了補丁的棉布被褥。那種簡樸生活足以讓身心安適，因爲那就是茶馬鎮人歷來做人的法度。假若有人通過某種手段獲取額外的好處，從此大家就瞧不起他，自己也覺得灰頭土臉，在人前失去了體面和尊嚴。鼠疫過後，鎮上將一些日子拮据的人家登記造冊，按月發放最低生活保障金，可肢體健全的人沒人去領取。同樣，一些人就是急著用錢，也不想平白無故接受別人的饋贈。

張鐵匠被刀吉刺傷的肺是勉強自癒的，有次掄八磅大錘又掙著了，不但肺葉重新漏氣，胸腔感染甚至危及生命。他需要儘快去城裡做手術，可他把剛剛收到的一大筆匯款用來買了電視——那是他父親的老朋友牧星人匯來的，匯款單附言裡說感謝茶馬鎮人收留過他，那筆錢就買台電視機吧，大家有空多看看科教頻道，或許能回答他無法回答的那些問題。其時他那被火箭筒炸傷腦袋的父親已經過世，他便老老實實買了台五十多英寸的大電視，正好他也不能幹那體力活了，就在馬場街支起那台老鎮最早也是唯一的電視機，一手掩住不停咳血的嘴巴，一手喀嗒喀嗒摁著鍵爲大家選台。活佛聽說此事，打發人送去一尊小小的金佛讓他供在家裡，說佛像可以保佑他，暫時去不了醫院也不礙事的。可第二天活佛就親自登門，拿出一遝準備好的錢，說他要贖回那尊金佛。張鐵匠明白活佛的處心，只是再也不好拒絕。

互通有無救助弱者是茶馬鎮人的傳統，活佛只是將其發揚光大了。對此，活佛曾有過這樣一番闡釋：

「當你睡著的時候，指頭是不會戳到眼睛的，牙齒也不可能咬到舌頭。所有人和諸相處也是一樣，大家是生命的共同體。看看那些樹葉吧。雖然每片葉子的大小形狀各不相同，但葉片背後輸送養分的脈絡卻是分佈均勻的。哪支葉脈受阻或發育不良，相鄰的葉脈會馬上延伸過去，及時修補那些缺陷，讓樹葉的每一處都能均勻得到養分。要是哪片樹葉的形狀變了，變醜了，或者殘缺了，可能是它的葉脈受損而沒有得到及時修復的緣故。但那樣的情形是不多見的，自然法則總是發揮著它神奇的功能——茶馬鎮就是那樣一片樹葉，茶馬鎮每個人都該擁有那樣的慈悲與智慧。」

從此，茶馬鎮人對活佛的稱呼也悄然發生了改變，大人小孩都稱他爲阿拉合。雖然那只是源自草地牧人的口頭敬語，誰也說不清實際的含義，但覺得那樣叫才顯得親切。

第二十三章

80

安靜的母親去鐵瓦殿爲活佛送鞋，竟成爲他們最後一次見面。其後不久，她在峽村的家就被泥石流掩埋了。災難發生在晚上，來不及逃離的村民死了三十多人，安靜的父母家人全都遇難，只在茶馬鎮住校上學的安靜得以倖免。

活佛兄弟倆不約而同趕到了峽村。由於森林被砍伐殆盡，那裡的山坡被雨水沖刷出道道溝壕，即便是大晴天，巨大的山石也會毫無徵兆滾落下來。那次因暴雨引發的泥石流壅塞了村民的院落，村後山體垮塌，靠山根的六七戶人家全被埋在下面，安靜的家就在其中。事發後各路搶險隊伍相繼趕到，刀吉以金剛公司的名義拉去了幾卡車礦泉水和速食麵，活佛則帶著寺院的幾個老年僧人，趕去爲遇難者做超度法事。

峽村原是個山清水秀的小村，此時卻成了人間地獄，後半個村子堆成一座巨大的墳塋。幾台挖掘機冒著黑煙轟鳴著，從四周一點點清理石塊樹根和泥沙。一個滿身泥水的男孩也趴在土石堆上刨挖著，讓人們看了心酸落淚。有村民告訴活佛，那失去父母家人的孩子，就是他爲之起名的安靜。

活佛便叫上刀吉，一起去看望那不幸的孩子。

「你什麼意思？」刀吉問道。對那孩子身世的傳聞他當然是嗤之以鼻的，但是此刻，他心中還是生出莫名的恐懼來。同時他也擔心，他的活佛弟弟又要翻出陳年老賬，當著眾人的面要他做什麼「懺悔」。

活佛沒有回答他，提著僧裙深一腳淺一腳走在前面。穿著皮鞋的刀吉不得不跟著，一隻鞋陷在泥裡拔不出來，索性甩掉了另一隻。兄弟二人爬上了那座亂石堆積的山包。

看著滿身泥汙的孩子，刀吉也似乎起了惻隱之心，將手裡的一瓶礦泉水遞了過去。那孩子的兩手依然機械地刨挖著，看也不看他一眼。活佛蹲下身子將孩子扶起來，揩掉他臉上的泥巴問道：「看著我，安靜。還認得我嗎？」

那孩子用呆滯的眼神看著活佛，突然張大了嘴巴，卻氣絕似的哭不出聲音，只有兩行淚水汩汩流下。活佛抱著他拍了拍，接著讓人帶去沖洗一下，照顧他吃點東西。

活佛站起身來對刀吉說：「以前這裡到處是泉水，刀吉，比裝在塑膠瓶裡的乾淨得多。你來說說，當年你的康明斯車隊從這裡運走木材的時候，有沒有想過這樣的情景？」

「這也是我的錯？」刀吉情緒激動起來，「我是拉了不少木頭，也賺了不少錢，可不是我開的頭。我不能眼看著一座座林子被砍光，錢都被外面那些餓鬼賺走了！」

活佛說：「這是所有人的共業，刀吉，每個人都有責任。但大家都想推卸責任，這樣的災難還會發生，甚至發生在茶馬鎮，臨到我們自己的頭上。」

刀吉擔心的情形並未出現，他的豪爽之氣又回來了。他笑道：「那就讓我死後埋在這裡吧，像茶客們那樣堆一個墳包。下葬的時候在胸口埋一粒樹種，讓屍體長成一棵樹，爲峽村的後人遮風擋雨。那樣你就滿意了是嗎，我的阿拉合？」

「說得好，刀吉。」活佛卻是認眞的，「這句話就當作你的第三個誓願吧。還記得你最初的誓願嗎？你說要用票子鋪滿茶馬鎭的大街小巷。對你來說，那已經不是什麼難事了。你的第二個誓願是用純金打造一匹河曲馬是吧？老鎭應該有那樣一座河曲馬雕塑，用什麼材料倒不重要。今天你這句話就作爲對峽村遇難者以及倖存者的承諾吧。男子漢不能口出妄語，說出口的話要逐一兌現的。可是眼下，我們還有更急迫的事要做。像安靜這樣失去父母家庭的孩子，應該有人接替父母的職責。」

81

活佛拿出信徒們供養的錢，刀吉更是擔了大頭，兄弟倆很快在老鎭建起了兒童福利院。兒童福利院不僅接納了峽村災難中失去家人的孩子，也收容了渡口新區的流浪兒和哈拉瑪草原一些單親家庭的孩子，逃回牧場的阿旦自然也在其中。也是從那時起，火花被活佛請去做了兒童福利院的院長。那潑辣能幹的女人不但悉心照顧著安靜和阿旦，也使其他孩子得到了家庭般的溫暖。只是小野人阿旦已經長大，愈加不受管束，接過來又跑回去，反覆數次只得放棄了。

其後活佛又找到刀吉，要他兌現第一個誓言。活佛說：「現在是讓你的票子鋪滿大街小巷的時候了。讓它們變成石塊和滲水磚吧，把老鎮坑坑窪窪的街道弄得平整一點。」

刀吉經歷過順風順水的創業之路，唯一受挫的是對魔女谷金礦的開掘，倒也促使他轉而投入房地產和建材行業，業務從渡口新區擴展到縣城，繼而又進軍省城，已是頻繁出現於報紙和電視裡的成功人士，自然樂於展示他的財富和能力。於是不到兩年時間，老鎮的大街小巷就變了模樣，人們走在平整的路面上總會相互打趣：腳步輕一點哦，我們可是踩在刀吉的票子上呢！

刀吉的第二個願望卻是由活佛代爲實現的。刀吉在修整街巷的時候，預先將十字街南口的小廣場墁了磚，中間建起一人高的大理石基座，等待將來有足夠財力的時候就矗起他心中描摹已久的純金奔馬。讓他沒想到的是，他的活佛兄弟率先在基座上立起了一座石頭馬。

那也是機緣所致。有次浙江美院的一位老師帶學生來茶馬鎮寫生，去鐵瓦殿拜見活佛的時候，活佛談起在廣場立一座河曲馬雕塑的願望，順便諮詢設計建造及費用方面的問題。沒想到那位老師樂意承擔設計任務，同時通過電話請示了學院領導，結果不僅答應免費建造，連安裝的費用也由學院承擔，條件只是將茶馬鎮定爲歷屆學生的寫生基地。那位老師帶學生去牧場住了幾天帳篷，帶回來數十張河曲馬的造型設計圖，活佛選取一幅滿意的作品，數月後他們就運來打造好的漢白玉雕塑並完成了安裝，沒有花茶馬鎮一分錢。

刀吉忙於縣城和省城的業務，直到數月後回到茶馬鎮，那尊漢白玉雕塑已經立了起來。他聽到消息的時候，幾乎不相信那是真的。他急忙趕到廣場去看，一匹昂首西顧的河曲馬果真立於空置多年的基座上。

雖然那是一件無可挑剔的藝術品，但刀吉將手裡端著的不銹鋼茶杯狠狠摔了上去。那是個說一不二的人，決心將來某一天炸掉那個石頭馬，重新立一座純金的。

82

孤兒安靜在兒童福利院漸漸長大。那孩子性格孤僻眼神憂鬱，火花就做了他的第二任母親，回家的時候也帶著，悉心照料他吃飯睡覺。那時他眉心那顆痣隱隱還在，火家婆第一次看見不由得驚叫起來。那個薩滿婆呸呸呸唾了幾口，接著朝天合掌道：「老天爺啊，那個小冤家又回來了！」

火家婆還隔牆喊來了隆卜舅舅。她指著隆卜舅舅問安靜道：「瞧瞧孩子，這是不是你那騙馬匠舅舅？」

安靜看看隆卜舅舅，低下頭不說話。

火家婆又問隆卜舅舅：「你說像不像啊？」

隆卜舅舅笑道：「又像，又不像。」

「放屁也放不利索！什麼叫又像又不像？」

「兔子一樣沒有聲氣，跟阿拉合給他起的名兒太像了。但卓瑪是個女孩兒，這小子襠裡吊著個牛牛。」

火家婆踢了隆卜舅舅一腳，那臭男人還是呼呼呼笑著。

隆卜舅舅摸著安靜的腦門說：「看看，他的囟門口早已合上了，腦殼也長硬了，還讓他記得什麼呢。」

火家婆也不同意那樣的說法：「跟囟門口有啥關係？他對前世的記憶，是從三歲說話的時候開始忘記的！他媽媽帶他去寺院的時候肯定還記得，要不怎麼一眼就認出了桑吉？到學著說話的時候就開始忘，說一句忘一點說一句忘一點，到了啥都會說的時候，就忘得一點不剩了！」

安靜在火花身邊度過了少年時光，也讀完了茶馬鎮小學。小學畢業後，活佛出錢讓他跟別的孩子一起去縣城上中學，可他死活不去，非要跟活佛在鐵瓦殿念經。活佛無奈做了折中，將他託付給強巴堪布，帶去尼拉木寺當了個紮哇。

青臉強巴卻見不得安靜，第一次給他下馬威，是在上廁所的時候。那天他正在短牆圍著的露天廁所裡撒尿，青臉強巴也走了進來，突然對他一聲斷喝：「蹲下！」結果嚇得他兩天尿不出尿來。男孩子怎麼也要蹲著尿尿？後來才知道那是僧人的規矩。青臉強巴不是指責他僧裝穿得不對，就是嫌他念經的聲音不夠響亮，處處吹毛求疵。後來他無意中犯下大錯，對他的處罰就更加不留情了。那是一位內地大學生要在經堂前拍照，借了他的袈裟扮僧人，他還好人做到底，將手中念珠也幫他掛在脖子裡。結果，他就被罰在佛像前磕了一萬個長頭，然後不吃不喝關了七天禁閉，差點被活活餓死。頭兩年就那樣堅持下來了，跟師兄們混熟了的時候，陸續聽到一些關於強巴堪布的議論，他也開始討厭那個人。師兄們說，別看那個人裝模作樣咋咋呼呼，其實自己連一頁經文都讀不進去，那只是個熱衷管錢管人的堪布，比世俗社會裡的官員還要邪乎。於是，他就不想繼續待在寺院了。三年後他堅決要求離開寺院，青臉強巴二話不說將他帶回來交給活佛，從此就一直待在鐵瓦殿。

安靜如願成爲活佛的弟子，住在卓瑪從前住過的僧舍裡。他雖然寡言少語，但所有經文過目成誦，似乎腦子裡原本就裝著那些，如今只需翻開經卷溫習一下而已。有時半夜他從夢中驚醒，以爲尼拉木山也要垮塌了，像掩埋峽村那樣埋掉茶馬鎮，驚慌失措奔到活佛身邊。正在打坐的活佛讓他在身邊坐下來，輕聲安慰道：「別怕，孩子，那樣的事再也不會發生了。」活佛爲他披上毯子，二人就那樣坐等天明。後來活佛去北京，在班禪大師創辦的高級佛學院學習兩年，也是由他跟去照料飲食起居的，從那時起，弟子就變成了侍者。雖然長大後眉心的痣印也淡然隱去，但看到他跟活佛父子般形影不離，人們對他身世的猜想似乎也落到了實處。

有次安靜陪活佛去牧場看望拉姆母子，帶去一些吃穿用品。那是滴水成冰的冬至節氣，活佛依然赤著雙腳。起身時安靜提醒應該穿上鞋子，活佛只是笑笑，說他的腳掌就跟牛馬的蹄甲一樣了。可是在經過一大片冰面的時候，活佛的腳掌還是被粘住了，使勁一抬腳就扯下一塊皮，走一步一團血印。安靜放下肩上的包裹，拉他在冰面上坐下來，將他的雙足抱在懷裡焐著。

白茫茫的山巒橫臥於藍天下，附近灌叢上掛滿了晶瑩的霧凇，冰封的河面鏡子一樣反射著陽光。師徒二人就那樣坐了好久，仿佛置身於另一個清淨世界。

活佛笑眯眯看著安靜，似乎眞成了一位慈祥的父親。二人平時相處總是默默無語，安靜要做什麼只需看看活佛，活佛總會報以會心的微笑，從來沒什麼事是被否決的。安靜拿手帕纏住活佛的腳掌，然後從包裹裡找出準備好的布鞋給他穿上，拉著他的手站起來。

「你讓我破戒了，孩子。」活佛說。可他的臉上還是在笑，一點也沒有責備的意思。

安靜說：「這就是您的不對了，師父。您不是不知道，佛陀生活的地方天氣那麼熱，經文裡滿是對『清涼世界』的嚮往。他可以一年到頭不穿鞋，咱們可不行。」

從此每年冬天活佛會穿上布鞋，只是一定要等到河面結了冰，且由安靜再三提醒的時候。

第二十四章

83

這天，吳教授穿過鎮子北街，走上通往尼拉木寺的大道。隆卜舅舅每天在那裡刻瑪尼石，他還沒能見上一面呢。

山谷口道路一側像個採石場，刻了字的石塊已壘起一座小小的岡仁波齊山峰——四方基座碼得整整齊齊，不斷塡充的石塊使它的上部渾圓起來。地上還堆積著許多未加斧鑿的石塊，隆卜舅舅正埋首期間，錘子撞擊著鑿子，叮叮噹噹響個不停。他正在一塊大青石上刻鑿一尊線描的佛陀坐像，似乎是釋迦牟尼右手觸地示意「大地爲我作證」，畫像的上部已經完成，下邊的蓮座尚未完全顯現出來。

走在吳教授前面的幾個遊客駐足在那兒，嘻嘻哈哈問道：「老頭兒，聽說你的烏鴉會說話，最近又告訴你什麼呀？」

隆卜舅舅狠勁鑿著石頭說：「它們告訴我：哇、哇。」

那些人大爲掃興，一邊朝前走去一邊議論道：

「傳得神乎其神，其實是個白癡！」

「看著好可怕哦，像個進化不全的大猩猩！」

看到吳教授遠遠走來，隆卜舅舅放下手中工具，呼呼呼笑道：「你這大教授，也跑來這兒做什麼。」

「我是來向您道謝的，隆卜舅舅。」吳教授說。

隆卜舅舅站起身來，抖了抖他的褐子斗篷。吳教授擔心那裡又撲騰出類似馬被雨水淋濕的臊味，可這次一點也沒聞到，只有灰白的石頭粉末四散開來——他也相信了火家婆的話，那已經是紮住了糌粑口袋的人，腸胃裡不再積攢著發酵了的食物殘渣。

吳教授又說：「要不是您幫我找到眼鏡片兒，這幾天我就是瞎子，什麼也幹不了。」

「別來那些虛的。」隆卜舅舅用食指關節撥弄著鼻頭說。那懸垂的紫色肉瘤似乎比以前更大，上面佈滿著水汪汪的小坑，手指所及之處又好像塗了一層灰白的膩子。其實他的相貌並不猥瑣，只是鼻子嘴巴過於誇張而已。他問道，「還有什麼事兒？我可忙著呢。」

此前吳教授是想瞭解卓瑪的事兒，現在覺得已沒那個必要了。他便找話說：「我的問題跟那些人一樣，隆卜舅舅。我也想聽聽您的烏鴉最近說了些什麼。」

「你也來取笑我？是不是也要罵我是個白癡？」

「我不開玩笑，隆卜舅舅。」吳教授說。如今他知道隆卜舅舅的那些故事並非隨意杜撰，他讀到的經文裡也有類似的記載：上一大劫末天地崩壞，人都往生光音天，直到大地漸漸恢復，海水退去陸地顯現，光音天人重又降臨地球。由於食用了地表美味，他們失去了神足飛翔的能力，身上的淸淨光明也黯淡下去，「彼時天子欲意多者，便成女人，遂行情欲，共相娛樂。」如此說法難免對女性不公，但實際的情形就是如此，女性承擔了傳宗接代的職責，更多地受制於物種繁衍的本能。他說：「小時候聽您說茶馬鎭人最初是自天而降的，如今想起來，還是有些道理的。」

「烏鴉的話你也信？慕容老師可不是那樣教你們的。」

「煨桑臺上那場辯論，他不是輸給您了嗎？」

「你這小子，記性倒不錯。後來他以爲找到了靈魂不存在的證據，跑來問我：本來地球上只有少得可憐的一些人，現在卻有六七十億了，如果說靈魂不滅，那多出來的靈魂又是怎麼回事？我問他，本來大地上有各種各樣數不盡的野生動物，如今還剩下多少呢？它們的靈魂又去了哪裡？我告訴他，那些冤死的動物都轉生成人，所以社會上才有那麼多人面獸心的傢伙。他張口結舌無話可答，一點辦法沒有。後來他又找過我幾回，我想算了，人家跑這麼遠來混一碗飯也不容易，我就假裝認輸，讓他安心去教他的書。」

「您說天人下降的時候是沒有男女之分的，如今的科學也證明了那一點。雖然人們在太空艙裡培育出了土豆和番茄的新品種，可那種實驗無法在人類身上取得成功。西方國家將一對健康夫妻送入太空做實驗，結果他們並不能像以前那樣過夫妻生活。一進入太空他們就沒了性欲，好像突然成了自覺禁欲的聖徒。他們乘太空艙飛行將近一個月，相互挑逗做了無數次努力，卻總也克服不了性功能障礙。最後他們勉強完成了交配任務，返回地球才發現女方根本沒有受孕。所以他們得出了一個結論：雌雄交配也好，懷胎生育也罷，都是地球生物的特性，而人類進化的終極，肯定會再次擺脫肉體的束縛。那是一種純粹的能量體，不受物質世界的限制。到了那個時候，人就變成了神，或者說回到了本來的狀態。所以我想，雖然您的故事聽上去不怎麼靠譜，其實是有依據的，也有一定的科學道理。有時候我也覺得，人類這個物種只是陰差陽錯來到了這顆欲望之星，無意間染上了地球生物的種種習性。但他們不甘心這樣淪落下去，無論打坐修行，還是以科技手段探索宇宙空間，都是做著重返的努力。」

隆卜舅舅咧了嘴笑著，聳著肩膀將斗篷弄正一點。他說：「我家火花老是誇你聰明，可你究竟聰明在哪裡？十幾年的書白念了，教授也白當了，你心裡想的還不是跟我一樣。」

兩人面對面坐在石頭上的時候，吳教授突然問道：「那兩句話什麼意思？」

「哪兩句話？」

「您不會忘了包著鏡片的那張紙吧。」

「那不是卓瑪小時候的畫畫嗎？」

「我是說寫在背面的兩句話。」

「是嗎？那你說說寫了些什麼？」

「別繞圈子了，隆卜舅舅。」

隆卜舅舅不接他的茬，卻仰頭去看天空。突然他煞有介事地伸手指點著說：「看見了嗎小子，那扇門就要打開了！天界神靈都會出現在那兒，準備迎接一個人加入他們！」

吳教授覺得脊樑發麻，不由得仰頭去看。小時候三虎崽常常尋找牧星人的那顆星，有時候大白天就看到尼拉木山頭的北極星。可如今，戴著八九百度的眼鏡還能看到什麼？藍天上除了幾道孔雀翎羽般的卷雲，此外什麼也沒有。他收回目光問道：「這是您的另一個故事嗎，隆卜舅舅？」

隆卜舅舅拍了拍手上的石頭粉末，將手探進斗篷底下費勁地摸出小酒瓶，旋開蓋子十分享受地抿了一口，然後笑道：「酥油捏成的鈴鐺，有人會聽見它響。」

「那個人到底是誰？」吳教授又追問道。他清楚無論是紙片上寫的那個覺悟了的人，還是隆卜舅舅口中天界神靈準備迎接的那個人都是確有所指，他希望挑破那層窗戶紙，聽聽隆卜舅舅的眞實看法。

隆卜舅舅又指著天空叫起來：「看啊，那些鴿子！天界神靈像一群雪白的鴿子，在那裡飛來飛去呢！不過今天還不是時候，他們只是提前做著些準備。」

老傢伙真會故弄玄虛，吳教授想。不過，如果他真能看到什麼，那又是一種什麼樣的景象呢？那些鴿子或許來自另一空間，就如經文裡所說，「若有十方無量無邊諸佛世界，所有形貌色像光明，若粗若細若近若遠，菩薩天眼一切悉見。」也許，歷史上出現過的那些偉人先賢，佛陀，耶穌，老子，他們脫離形體後就抵達了那個彼岸——彼岸並非在尼拉木山的上方或遙遠的星際，而是跟我們同一空間，只是維度不同而已。

吳教授說：「我看不到您說的那些鴿子，隆卜舅舅。」

「你是四隻眼的瞎子，當然什麼也看不到。」隆卜舅舅笑道。他將手裡的扁瓶子朝吳教授晃了晃，吳教授搖了搖頭。

隆卜舅舅收了酒瓶問道：「那個人快要死了是不是？他真要做個杜鵑鳥，去占別的鳥巢？」

「誰？」吳教授也打起了啞謎。他不是以牙還牙回報隆卜舅舅，只是不想公開談論活佛的那個計劃。但他心裡還是暗自吃驚，老傢伙真能洞察一切。

隆卜舅舅便下了逐客令：「你走吧小子，別耽誤我幹活兒。我是個打柴的，怎能跟上你這個放羊的閒扯淡。」

他兩手扶著膝蓋，低頭躬身地掙扎著站起來，渾身的骨節嘎嘎作響。他撿起他的錘子和鑿子說：「大前天阿拉合和安靜去寺院，我們也這麼坐著聊了一陣兒。阿拉合問我，中秋節你會不會給自己放一天假。我說往年中秋節我沒給自己放假，今年可能會的。就這樣小子，我得提前把活兒趕出來。知道嗎，那尊佛像鑿出來以後，要立在瑪尼堆的最高處。」

84

離開隆卜舅舅的石頭工地，吳教授又去了金剛宮。

幾天來只要有空他都會去那裡，挨了刀吉的不少臭罵。那傢伙昏迷的次數愈加頻繁，一醒來就見誰罵誰，甚至揮拳打腫了沈菲的眼睛。已經跟死神握手言歡的人，哪來那麼大勁兒？只是委屈了沈菲，他想過去多陪她一陣兒。

吳教授進去的時候刀吉又昏死過去，空氣污濁的屋間裡擠滿了人。刀吉手下的部門經理以及生意上的朋友，還有鎮長陪同縣上和省裡來的幾個官員，都神色莊嚴立在那裡，仿佛已經向刀吉的遺體做最後告別。他到不了刀吉床前，只看見沈菲正埋頭爲其注射急救藥物。

刀吉的女人香草流著眼淚，一副梨花帶雨的模樣，鎮長在一旁安慰著她。吳教授瞄了一眼火花的那個前男友，此前只是耳聞，今天才算見著了本人。那精力充沛的老男人身披軍綠色呢子大衣，齊刷刷的寸頭雖然花白，臉膛卻上帝的驕子一般闊大紅潤。他俯身對香草說著什麼，看上去一副憐香惜玉的神情，吳教授不禁又想起了小說裡的西門大官人。

原來，刀吉是聽到他被終止人大代表資格的消息後昏死過去的。省裡的兩個官員代表組織來看望他，也當著他的面宣讀了一頁紅頭文件。他們說刀吉連續三年未能出席省人民代表大會，那個名額已補充了新的人選。

香草可能已憋了好久，鎮長的安慰愈加使她委屈，此時便放聲大哭起來。她一把鼻涕一把淚，卻不是為了她那九死一生的男人，而是在傾倒自己的苦水。她說既然刀吉什麼也不是了，她就沒必要再裝傻賣乖，今天她要說出實情，讓大家知道這麼多年她是怎麼過來的——刀吉至少有三個家，只有她傭人一樣操持著這個家務，一把屎一把尿把幾個孩子拉扯成人，如今工作的工作上大學的上大學了。刀吉在縣裡和省城都安了家養了女人，十多年前她就知道了的，為了他的名譽她向所有人陪笑臉說好話，眼淚只往肚子裡流。她說她清楚得很，縣城那個家早已成了打麻將搖碗子的窩點，供縣裡大小官員和他們的太太小姐消遣取樂，省城裡的那個家呢，第三個年輕太太又背著刀吉養了個小白臉，天天拿刀吉的錢花天酒地度蜜月呢……

鎮長不停遞過紙巾讓她收拾鼻涕眼淚，其他人嗯嗯啊啊應付著。省裡兩位官員很不高興，其中一個走過去制止道：社會上的成功人士裡面，刀吉還算是有良心的男人，他畢竟沒有拋棄你這個原配夫人；如今他人已經那樣了，還翻那些老賬做什麼？只會給我們人民代表的臉上摸黑。

刀吉漸漸恢復了呼吸，眼眶淤青的沈菲將冷水浸過的幾條毛巾替換著敷在額頭。吳教授懸著的心落了下來。他希望那傢伙可以撐下去，至少讓那堆腐肉維持到中秋節的夜晚。

這時，鎮長回頭一瞥才看見吳教授。他先是愣了一下，接著很快堆出笑臉，撥拉著人群走了過來。他向吳教授伸出雙手的時候，吳教授卻板著臉問道：「我們認識嗎？」

「屁股大的地方，誰不認識你吳教授啊！」

「你認錯人了，我的名字叫『重點關照的對象』。」

鎮長臉上的笑容一下子僵住，吳教授便轉身走開了。

85

吳教授來到外面大廳，那裡空無一人。

他在蒙了灰塵的團花地毯上踱來踱去，瞥見電視櫃上胡亂堆著些光碟，其中一張的封面人物覺得有點面熟。他拿起來看看，原來是鎮長和刀吉身著古裝的劇照。二人置身於熊熊烈焰中，黑紅的色調極具視覺衝擊力。刀吉給過他同樣的一張，說是由《茶馬秘史》的電影轉錄的，至今還未曾一睹他們的風采呢。

他打開電視，將光碟插入 DVD 光碟機，然後懷了少有的興致，躺在對面的沙發上欣賞起來。

紅色墨汁飛濺的手寫體片名由遠而近赫然推出，伴著鏗鏘的音樂，火光中閃現出編劇、主演的名字。編劇是鎮長的名字，主演則是鎮長和刀吉兩人。片刻黑屏之後，音樂變得舒緩起來，張鐵匠爺爺描述的情景便一幕幕呈現出來：

寂靜無人的山谷，牧草茂密山花盛開，梅花鹿和岩羊在水邊嬉戲，百靈鳥拍打著翅膀懸浮空中，嘀哩哩嘀哩哩叫著。鏡頭一閃，草地上出現許多黑帳篷白帳篷，茶客們布衣裝束，馬客們穿著臃腫的皮襖，在各自的帳篷前說說笑笑燒火熬茶。竹簍茶包在空地上碼放得整整齊齊，遠處則是無數膘肥體壯的河曲馬在奔跑嘶鳴。夜幕下，帳篷間煙霧彌漫人影綽綽，茶客和馬客們在袖筒裡相互捏著手指，做那嚴令禁止的茶馬黑市交易。鏡頭一閃又是朝霞滿天，茶客們驅趕著成群的駿馬渡河而去，馬客們則用牛馬馱著竹簍茶包，消失於蒼茫的西部荒原。山谷裡又空無一人，搭鍋支壺的黑石頭被迅速長高的牧草湮沒了。

接下來的情景卻讓吳教授大感意外，那是張鐵匠爺爺的故事裡不曾提及的：山谷裡的茶馬黑市被朝廷巡察官員獲悉，明太祖朱元璋聽了大爲感慨，當即爲哈拉瑪部落頒賜了一道金牌信符，以示皇恩惠及邊鄙荒野。那金牌上刻著「皇帝聖旨」，送達之日這裡的茶馬交易卽爲合法，且有鼓勵茶客和馬客各行其道安居樂業之意。於是出現了這樣的鏡頭：鎭長扮演了身負重任的朝廷特使，率領官兵日夜兼程遠道趕來，在他們卽將抵達的時候，嘯聚山谷的茶客和馬客卻產生了誤會，以爲朝廷官兵是來緝拿他們的。刀吉扮演的部落首領當機立斷先發制人，率領人馬在半夜包圍了官兵駐紮的營地。他們縱火焚燒了官兵營地，唯獨持有金牌信符的朝廷特使騎馬逃脫。茶客和馬客舉著刀掄著拋石索緊追不捨，像亞馬遜叢林裡的野人一樣啊嘿嘿啊嘿嘿吆喝著，致使朝廷特使連人帶馬墜下黑河岸邊的懸崖。他們從死者懷裡發現那塊金牌信符的時候，部落首領才明白官兵來意，於是追悔莫及，捶胸頓足嚎啕大哭起來……

電影還在繼續，吳教授過去喀嗒一聲關掉了電視。

86

傍晚時分，吳教授又來到渡口西側的臺地上。那裡是鼠疫期間阿尼瑙格爾做法驅魔的地方，地上還散佈著一些煙薰火燎的石頭。他踢了踢那些黑石頭，然後像個偉人似的兩手叉腰，昂著禿腦袋向東眺望。

分隔老鎮和新區的黑河在這裡顯得舒緩而幽深，彷彿橫亙於兩個世界之間的冥河。身後的老鎮上空已是繁星滿天，對岸新區卻燈火通明，喧鬧如晝。樓頂上那些冠以皇家、王朝、香巴拉、聖地之名的霓虹招牌漸次亮起，橫的豎的電子螢幕閃爍著，伴以汽車鳴笛和大功率音箱播放的流行歌曲，使那索多瑪般的魔幻之城彷彿在火海裡熊熊燃燒。如今，內地大小城市的水泥建築千篇一律，人們的生活方式越來越趨於一致，而秉承數千年的傳統觀念被視爲落後，尊嚴和思想失去意義，人們沒了自己選擇的餘地，哪怕內心不捨乃至痛苦，也不得不強迫自己隨順潮流。他似乎看到巨大的黑色翅羽在對岸的烈焰中搧動，翱翔，亢奮地嚎叫著——那是什麼？那是人們永無饜足的欲望。欲望是推進社會發展的動力，卻也讓人著魔發瘋，不惜在自己手裡掘盡大地的寶藏，將大地上的飛禽走獸全都吞進肚裡，哪怕最後跟這顆孕育了繁盛生命的藍色星球同歸於盡。

當年刀吉在黑河東岸圈地建起一些簡陋的加工車間的時候，二十來戶人家的渡口村道旁只有一些收購蟲草、皮毛和乾奶渣的店鋪，此外就是門前各自壓著橫杠的木材檢查站和畜禽檢疫站。一到九月落雪那裡幾乎不見了行人，直到翻年五月春暖花開，小商小販們才陸續彙聚而來。刀吉的拓荒之舉不僅成就了自己，也拉開了新區繁榮輝煌的序幕。一開始他就壟斷了新區的基建行業，當地的一塊石頭乃至一粒沙子都打著金剛公司的標記，讓外來淘金的「餓鬼」們大吃苦頭，生意場上都叫他金剛手。他和鎮長結拜爲兄弟以後，更是得到了政策上的扶持和各種便利，尤其在土地供應方面兩人資源共享：鎮長以支持地方民營企業爲由無償爲他劃撥土地，而他往往將用不了的部分高價轉讓，讓鎮長也得到豐厚的回報。刀吉也是個有情有義的人，不同時期追隨過他的嘍囉都成了得力助手，老鎮遊手好閒的年輕人也在他的公司找到了合適位置。在政府的大力扶持下，賓館飯店的大樓連片聳起，原本在老鎮的鎮政府、稅務所、信用社、郵電所、派出所等等，全都趕熱鬧似的搬了過去。

老鎮重又回歸以前的原始狀態。在遊客們眼裡它是被拋棄了，衰落了，停留在半個世紀以前或者更早，成爲提升現代人優越感的一個參照。其實它只是沒有變，它不想隨波逐流絕塵而去。內地許多地方大自然已被征服了，風霜雨雪對人們的生活已經毫無意義，人們甚至抱怨被娘老子生出來太早，更加精彩更加難以置信的還在後頭。老鎮人卻安臥於大自然的懷抱，像感知冷暖的魚兒偏愛源頭活水、警覺的鳥兒依戀著深山老林一樣，他們既能承受風雪雷電的凜厲，也樂於享受風和日麗的溫情，何況還能跟不可捉摸的善神與邪靈相伴，偶爾也會感受到不可思議的奇蹟。

可有跡象表明，老鎮不會永遠這樣安臥於新區之側。不知王珂從那兒得來的消息，說魔女谷金礦其實是一座高品位的鈾金伴生礦，蹲守在金剛宮的那些大小老闆也是聽命於鎮長調遣的。讓人聞之色變的鈾雖然已成普通的民用能源，但它仍是國家控制的戰略性資源，而且那稀有礦藏極具污染性，若是通過非正當渠道獲得開採權，且由非專業人員濫採亂挖，對環境和人畜的危害或許更盛於傳說中的魔女。也許在刀吉看來那眞的只是一座金礦，而暗中推進魔女谷開發的那個人卻是以金礦來遮人耳目的。火花說得沒錯，刀吉的話只是別人想說的，刀吉至死不肯放棄的，也正是別人想要的。

他取下眼鏡哈了哈氣，用眼鏡布反覆擦拭著。那強迫症無疑是拜常年籠罩於霧霾的環境所賜，在那裡，他可能平均一小時得擦一次，以致那昂貴的光學鏡片被他擦薄了。讓他慶倖的是他那呼吸道的毛病已很少發作，似乎已被這裡純淨的空氣自然治癒了。回到茶馬鎮的日子裡，雖然有許多事讓他吃驚，但他的內心日漸寧靜下來，重新成爲一個「盲目樂觀」的老鎮人。他也理解了年輕人們爲何要爲天上有幾顆星和馬的長相爭嘴打架，內地人面臨的種種危機在他們眼裡仍十分遙遠，卽便有所瞭解，也犯不上自尋煩惱的。

但他忘了活佛的叮囑和沈菲的提醒，毫無防備將自己置於危險境地。他抬腕看看螢光微弱的手錶，準備返身回到鐵瓦殿的時候，黑暗中突然閃出幾個陌生的身影。不待他有所反應，他的頭就被套在一個撲騰著粉塵的水泥袋中。

「是吳瘋子嗎?別搞錯了!」

「不會錯的，四眼，禿頭，除了他還有誰!」

他只聽到如此的對話，不明白他們要幹什麼。他試圖扯掉頭上的袋子，它一定弄亂了他的頭髮。雖然那裡跟峽村的山頭一樣水土流失，卻也是他身爲教授的尊嚴所在。但他沒有成功，他剛伸出手去，那隻手就跟另一隻手被反扭在身後，被牢牢鉗住了。接著左右兩人架起他，踉踉蹌蹌奔下那道沙土斜坡，踏上晃晃悠悠的鋼索吊橋。他扭動著身子大聲抗議，不料腦袋又被什麼東西重重敲了一下，一下子失去了知覺。

第二十五章

87

吳教授進入了死亡通道。

他懸浮在無邊的幽暗世界，卻有輕柔溫婉的聲音從遠處傳來，好像臨終關懷者對他做最後的叮囑。那聲音說：「聽著吳天賜，人們終難逃脫的死亡，已經降臨到你的頭上了。」

他無法確定自己是不是眞的死了。四周有彩色的煙塵升騰起來，就像天文雜誌上看到過的宇宙星雲，而自己癱軟無力，如同漂浮其間的一粒微塵。

那聲音繼續說：「不要害怕，吳天賜，也不要執著於你的肉體。有生就有死，即便你心有不甘，輪回的法則也無法讓你長駐世間。不要依戀，更不要怯懦！你要心繫一念，爲自己的來世虔心祈禱！」

他覺得那情景和聲音都似曾相識。莫非他前世經歷過這一切？不容他多想，更大的恐懼震懾著他。他的耳旁響起千雷轟鳴般的聲音，伴著足以使他目盲的閃電，四周又騰起了熊熊烈焰。他喘息著，掙扎著，感覺就要窒息了。

「別怕，吳天賜，那一切並不能傷害你。」那聲音說，「你要知道，你看到和聽到的一切，都是意識產生的幻相。你進入了中陰階段，再生的輪盤已經轉動。虔心祈禱吧吳天賜，或生於天道，或生爲阿修羅，或畜生，或餓鬼，或地獄，或重生爲人，都由你此刻的心識來決定。輪回之道將逐一向你呈現，你要記住：那白色的光來自天道，暗綠色的光是阿修羅道。你要保持清醒，注意辨識那些不同顏色的光：那暗黃色的光來自人道，暗藍色的光來自畜生道，而那暗紅色的，還有煙霧一樣模糊的光，是來自餓鬼道和地獄！」

那些光一一閃過之後，他像一片落葉捲入了颶風，不知將他帶往何方。睏倦與絕望使他意亂神迷的時候，那聲音提醒道：「打起精神來吳天賜，千萬不要隨波逐流！」

接著眼前出現一幕幕恐怖景象：在一個鮮血淋漓、慘叫聲不絕的陰暗場所，一些面目猙獰的鬼卒正在拔掉人們的舌頭，挖去人們的眼睛，同時有聲音解釋道：那都是生前口出妄語和言不由衷的人。場景轉換，只見人們貪婪地抓取地上的泥土來吃，可塞進口裡馬上又變成了火焰，哇哇大叫卻吐不出來，有聲音解說道：那都是生前享樂無度卻無視他人疾苦的人。而生前恃強淩弱以及販賣婦女、墮胎棄嬰、虐待老人者，都在煤炭自燃般的火坑裡接受熬煎……

那天外之音繼續安慰他：「不要害怕，吳天賜，也不要有絲毫的軟弱。業風會將你帶往既定的目標，如果你厭倦了六道輪回，發願從此永離世間苦海，那麼你要全神貫注於你的願望，因爲願力將發揮不可思議的作用。」

眼前光線一閃，他又飄浮在無盡的虛空裡。那聲音提示道：「聽著吳天賜，如果你嚮往阿彌陀佛的極樂淨土，現在就是下定決心的時候了。請不要迷戀下面的景象，更不要受到它的誘惑，無論你看到什麼，都不要盲目跟隨。你將看到男女交合的場景，那是你往生人世的入口。記住吳天賜，無論你多麼衝動，都不要試圖去體驗那三昧大樂，因爲胎門一開你將再次成爲一個嬰兒，重回苦樂參半的人世；你也不要對其他動物的交媾著迷，那會使你轉生爲牛馬或者豬狗。心識千萬不要散亂！若想進入阿彌陀佛的光明國度，就一心一意抱持那個信念。打起精神來吳天賜，現在你要如此發願：我對世間的輪回已經厭倦，只求往生阿彌陀佛的西方淨土！」

他如此這般跟著默念一陣，那聲音便說：「很好吳天賜，你的心念已得到了回應。看到了嗎，現在整個天空都呈現深藍色，那給人喜悅、透明而恆久的藍色，是來自法界的智性光芒，它由阿彌陀佛的心間放射出來。循著那光明勇敢前行吧吳天賜，你將解除六道輪回的束縛，最終達成自己的願望！」

當四周寂靜下來的時候，他的眼前顯得無比清明。那是一片沉靜的曠野，幽幽藍光籠罩著近乎透明的奇花異樹，而他的腳下，已延伸出一條通往西方極樂世界的金色大道。

88

吳教授清醒過來的時候，發現置身於一個類似飛機駕駛艙的空間，眼前電子屏上循環游走的一行字幕是：

「消業完畢，祝你好運。」

他哼哼笑起來。一開始他就覺得那情景似曾相識，因爲那電腦程序是他親自設計的。他爲刀吉研製了這台替人「消業」的機器，本來程序進行完畢艙門會自動打開，人可以一身輕鬆走出去，可他仍被困住在裡面，這倒讓他感到了意外。仔細聽聽，外面也沒有任何動靜。他準備自己動手打開艙門，才發現兩手被反綁著，雙臂已經麻木失去知覺。

他也想起來，他是被人綁架了。他從來沒有帶手機的習慣，即便帶了，此時他的手也不能動，無法跟他的兩個助手或其他人聯繫。他再次哼哼笑出聲來。他在嘲笑自己，爲刀吉研發這台名爲冥界之門的荒唐玩意兒時，並未想到有一天會用在自己身上。沒錯，他就是個吳瘋子，許多人可能背地裡那樣叫他，只有依然在乎他的火花當面叫出來。

讓刀吉佩服的就是他那顆禿腦袋，覺得他光光的額頭就像太陽能光伏板，見著一絲大光就產生無盡能量，讓他那比電腦還要複雜的大腦快速運轉起來。刀吉也認爲，在他那雙魔法師般神奇的手裡，任何稀奇古怪的玩意兒都能搗鼓出來。給他充裕的時間和設備，事實也許會是那樣，但這台機器不過是他的臨時發揮而已，由簡單的電腦程序和一堆現成的光音器材組裝出來。也正是因爲這台該死的機器，使他在老鎮人心目中跌下了聖壇。

就在他脫離那家生物科技公司，白手起家開始遷識法研究的時候，由於資金短缺無法購置必要的儀器設備，使他雄心勃勃的計劃只停留在理論階段。一籌莫展之際，有一天刀吉突然闖入了他的實驗室。

那次他看到刀吉明顯消瘦下去，人倒是依舊鋒芒畢露的。刀吉踢開地上擋道的電熱器和紙簍，一屁股坐在他的工作臺上問道：「吳天賜，你還愛不愛自己的家鄉？」

他沖了杯咖啡放在刀吉面前：「我聽不懂你說些什麼。」

刀吉一把推開杯子，咖啡潑濺在他攤開的資料上。刀吉咄咄逼人盯著他：「雖然你成了皇城根下的人，可是你別忘了吳天賜，是茶馬鎮的陽光空氣和水養活了你！你可能也聽說了阿尼瑙格爾和姚癩子的事，那些無名鼠輩也各盡所能，像保護眼珠子一樣保護老鎮。如果你還承認自己是茶馬鎮人，也該顯顯身手，去爲它做點兒什麼！」

刀吉接著說，受鼠疫影響，茶馬鎮的旅遊業一蹶不振，他和鎮長拍攝的電影也未能如願在各大影院上映。後來卻柳暗花明，鎮長花錢托關係將電影拷貝送進省電視臺，沒想到很快就在衛星頻道播出了，後來還被 CCTV 相中，在央視綜合頻道重播兩次，在全國電視觀衆中引起了巨大反響。

刀吉從皮包裡拿出一張翻錄的光碟丟在桌上說，他多年的積蓄都砸在裡面了，也算是爲家鄉做了點有益的事兒。如今茶馬鎮又成了熱門景區，大量遊客湧入，反倒給那裡的環境造成了空前壓力。

「那不是你希望的嗎？」他問道。

刀吉咧嘴而笑：「我當然求之不得。可是天賜，你也該爲尼拉木寺的僧人們想想。他們早已看不上功德箱裡的毛毛錢，希望跟大家一樣享受享受時代發展的紅利。」

他還是不明其意。

刀吉終於說明他的來意：他要跟強巴堪布聯手承包尼拉木寺，準備用現代科技手段爲人們消業超度，專程來找老朋友提供技術上的幫助。

「寺院也能承包？」他不相信世上還有那等怪事。

刀吉笑道：「內地早有人那麼幹了。告訴你天賜，他們的收入也能嚇死你這個書呆子！」

刀吉說，去寺廟磕頭燒香的除了很少一部分虔誠信徒，大部分衣食無憂者只是趕潮流，當然，其中也有因作惡多端心懷恐懼的人。可無論哪種人，他們都樂於被那莊嚴神聖的儀式所震懾，甘願讓人用疾病和災難去恫嚇和征服。許多人起初只是求得心理上的安慰，可一旦陷入其中就很難自拔，希望以慷慨的佈施來消除累世罪孽。如果能用科技手段替他們消除罪孽，同時派發一張通往阿彌陀佛西方淨土的通行證，即便掏一大筆錢也是心甘情願的。

刀吉說，弄出那樣一台消業超度的機器，讓人們累世所造的業一下子消除乾淨，不僅符合佛陀普度衆生的願望，也比僧人們裝模作樣的法事活動高效得多。

刀吉接著爲他描述了自己的構想：那台機器要模擬既神秘又恐怖的冥府，人進去後就離心機一樣飛速旋轉起來，眼前閃現出八熱八寒地獄的種種景象。親身經歷過那些恐怖場景之後，眼前突然展現出一條通往西方淨土的光明大道，機器嘀地確認一下，人毫髮無損走了出來，累世所造的業，甚至強姦亂倫、瀆職受賄的罪孽都被消除乾淨，渾身清爽，皆大歡喜。那台機器將安置在尼拉木寺的經堂裡，由身著袈裟的強巴堪布點燈焚香親自操作，以彰顯其神聖和權威性。

「眞有你的。」他苦笑道。按刀吉的意思，需要他做的只是設計一台智能遊戲機，不過要弄得神秘一點，或者虛張聲勢一點，並將其封閉起來而已。對他來說那只是舉手之勞，但那想法實在荒唐可笑。他問刀吉，「僧人們怎麼看？」

「強巴堪布早就是寺院的正式堪布了，如今又是政府任命的寺管會主任，難道他不能代表他們？」

「別忘了還有活佛。作爲兄長，你不會拆他的台吧。」

「事情沒你想的那麼複雜，天賜。」刀吉聳聳肩笑道，「就算他腰裡掛著天堂大門上的鑰匙，我們也會配上一把一模一樣的。」

「別胡鬧刀吉，你沒必要跟活佛唱對臺戲。」

「你說什麼吳天賜？我什麼時候跟他唱對臺戲了？」刀吉惱怒地叫道，「我們兄弟倆爲茶馬鎮做了那麼多事兒，那都不算數是嗎？告訴你吳天賜，我們的想法從來都是一致的！」

沉默一陣，刀吉又笑道：「太監何必爲皇上操心？關鍵看你能不能造出那樣一台機器來。光從功德箱裡取錢有什麼意思？都說如今科技時代了，賺錢也要有點兒技術含量的！」

「對不起刀吉，我做不了。」

刀吉點上一支煙黏在唇邊，兩隻手擰來擰去，指關節嘎嘎作響。他說：「別把話說死了，吳天賜。聽說你已經是逮得住鬼魂的人，還有什麼東西做不出來？你可想好了，我刀吉大老遠跑來求你，你就這樣一句話打發我回去？」

「我是想做個逮住鬼魂的人，刀吉，那是我一生的夢想。」他坦白道，「可說句實話，我的實驗剛剛起步，而且因缺少儀器設備一籌莫展。請原諒刀吉，我確實愛莫能助。」

沒想到刀吉哈哈大笑起來。他將紙煙呲啦一聲丟進咖啡杯裡：「眞是個拉不直扽不展的東西！你缺這缺那怎麼不跟我說？跟我耍心眼是不是？你來說說，我刀吉是不是個摳屁眼嗦指頭的人？」

雖然他心中不快，但讓他頭腦發熱並應承下來的原因，是刀吉當場為他開了一張數額可觀的支票。對他來說那無疑是雪中送炭，他可以購置儀器設備甚至也能夠招兵買馬，立即開展那項偉大的實驗了。

按照刀吉的要求，他很快設計出那樣一台智能遊戲機，交由一家電玩設備廠開發生產。不出三個月，那台飛機駕駛艙似的機器就被完美製造出來。他通知刀吉帶技術人員趕過去，由廠家做了演示和必要的技術指導。刀吉急不可耐做了第一個體驗者。他的名字性別年齡等資料登錄完畢，機器的自動門便徐徐打開，一個溫和的聲音提示他入內就座。逼真的氛圍和娓娓言說令他大為滿意，出來後就正式將它命名為「冥界之門」，並爽快地為廠家付清了帳單。

那台費了九牛二虎之力運抵茶馬鎮的機器，最終卻未能進入寺院的經堂，而是閒置在金剛公司的倉庫裡。

原來，活佛已從僧侶們口中獲知了他們的計劃。活佛將強巴堪布叫到鐵瓦殿，推心置腹談了一整天。強巴堪布最後交代說，旅遊業重新振興起來以後，他也接觸了各式各樣的人，外部世界的繁華擾亂了他的清淨心，內地一些寺廟因承包或轉租獲得豐厚回報的消息尤其讓他動心，於是就跟刀吉達成了那個協議。他是想借此賺錢，但爲的不是個人發財，而是想改變一下僧侶們上頓下頓都是清水糌粑的苦日子。

活佛說：「你應該清楚，強巴堪布，因果律是佛陀本人也改變不了的，更不要說你我這樣的普通人。那樣一台機器應該送去遊樂場，孩子們可能會對它有點興趣。你想賺錢過舒服日子我不反對，但前提是脫了那身袈裟，向釋迦牟尼佛奉還了戒律，然後你想做什麼，就不是我能干涉的了。」

青臉強巴痛哭流涕向活佛認了錯，回去後就打電話通知刀吉，千萬別把那玩意兒送到寺院裡來。

之後不久，刀吉就住進了醫院。

刀吉從南京總醫院打電話告訴吳教授，他的毛病是腎衰竭引起的尿毒症，得益於他超乎常人的體質才扛過了好長時間，如今雙腎已經壞死，若不及時換掉，半月之內他就要進入眞正的冥界之門了。他才明白刀吉消瘦下去的原因。那個不受道德人言所困的強悍之人，卻也無法戰勝侵蝕肌體的小小病毒，眼看就要丟盔卸甲敗下陣來了。他覺得應該毫不猶豫獻出自己的一顆腎，因爲那才是表達情義的正確方式。

他急忙趕了過去。那是國內做腎移植手術最好的一家醫院，檢查結果兩人的腎臟卻不匹配。刀吉的女人香草和幾個部門經理也紛紛趕到，化驗後都不合適。

最後活佛也在僧人們陪同下趕到南京，檢查後發現那才是最佳腎源。醫院很快就爲兄弟倆安排了手術。

89

吳教授困住在機器裡，不知是當天夜裡還是第二天早上。身後手腕上瑞士錶的鋼音愈加清脆，嚓嚓嚓奔向那個既定的終點。對他來說，這樣一個小小的懲罰理所應當，只希望別讓他在這裡空耗太久。

附近傳來汽車的鳴笛，商鋪捲簾門被打開的嘩啦聲也此起彼伏。側耳細聽，唧唧喳喳的鳥叫聲也從遠處傳來。他想，一定是隆卜舅舅走向他刻鑿瑪尼石的北部山谷，也是那些可惡的黑色大鳥振翅飛往尼拉木寺的時候了。他盼著有人來打開艙門，可四周一片死寂，聽不到任何腳步聲。漸漸地，他覺得又被看不見的雄獅咬住了喉管——也許在水泥袋裡吸入了太多的粉塵，他的氣管乃至所有的肺泡都要凝固了。他下意識想摸摸褲兜，可兩隻胳膊不能動，而褲兜裡肯定什麼也沒有——他的「槍」早被派出所民警收繳了。他的喉嚨裡嘶嘶作響，四肢也在抽搐，接著就失去了知覺。

他再次醒過來的時候，「冥界之門」已被打開。一個中年男子被王珂從衣領上揪著，他發現那人正是跟刀吉一起赴京，接受過廠家技術指導的金剛公司員工。那人在外面的操作臺上敲了一陣鍵盤，機艙門便徐徐打開，然後將他從裡面拖了出去。他也看到了火花和沈菲，以及鐵瓦殿的幾個年輕僧人，另外還有幾個未曾謀面的年輕女子。沈菲臉上掛著淚珠，見老師安然無恙又破顏爲笑了。

他由火花和沈菲攙著走下樓梯的時候，整座大樓裡依然空無一人。那似乎是一座閒置已久的樓房，樓道的瓷磚蒙了一層塵土，新踩上去的腳印清晰可見。

王珂一路撕扯著那個人，要拉他去派出所報案。火花回頭說：「放他走吧，王珂。跟你們的吳教授一樣，他也是個拿錢替人幹活的人，不同的是雇主換了別人。」

火花打發別人回去，自己陪吳教授在新區吃過飯喝過茶，吳教授的狀態慢慢恢復過來。然後火花挽住他的胳膊，他掙開重又被緊緊挽住，故意招搖似的走在大街上。

陽光被林立的高樓遮蔽，街道似乎下沉到暗無天日的地層，但這兒那兒都是商品展銷的火爆場面，人頭攢動群情亢奮，大功率的音響幾乎震穿了他們的耳膜。路過一處較爲清靜的照相攤點的時候，火花提議二人拍一張合影。那是專給夫妻或情人拍照的，牆角支著些複合板製作的大幅背景，有的畫面上是格薩爾和珠牡，有的是梁山伯和祝英台，也有許仙和白娘子，風景及人物衣飾畫得逼眞，只是人臉被掏空著，需要拍照者將臉湊上去扮演相應的角色。火花選中許仙舉著傘跟白娘子相依的畫面，背景裡除了那座著名的斷橋，盈盈碧波上還有亭臺樓閣，四周楊柳依依。

吳教授繃著臉說：「別胡鬧，火花。」

他想儘快趕回鐵瓦殿去，房車上還有許多事要做。

「就咯嚓一下，耽誤你多少時間呢！」火花笑道。

吳教授哪裡肯聽，掙開她就大步朝前走去。

火花追上去抓住他的胳膊，生氣地說：「急什麼急？要不是大家幫忙找到你，這會兒我們還能一起逛大街啊？告訴你天賜，在那個人今天的劇本裡，你這吳瘋子早就被他寫死了！你覺得那樣死了不明不白是吧？其實一點也不冤枉你。他們會向大家宣布說：吳瘋子回來沒臉見人，鑽進他親手設計的機器裡，把自己給活活悶死了！」

事情也許就是那樣，吳教授想。他停止了掙扎。

火花眼裡又含了溫情說道：「知道嗎天賜，如今年輕人結婚都要拍婚紗照的，可我的家裡，至今連一張雙人的合影都沒有。今天就委屈你一下，幫我圓了那個夢好嗎？」

他便順從了她，重新回到照相攤子。

可是火花在催促他扮演許仙的時候，他依然遲疑著不肯就範。直到火花的臉變成了白娘子，模仿劇中人喊著「官人，快來給娘子打傘呀」的時候，他才極不情願繞到複合板後面，將他的禿腦袋伸進許仙的孔洞裡。

他的模樣跟畫中人確實相去甚遠，表情既無奈又滑稽。圍觀的人發出一陣哄笑，有人還吹響了尖利的口哨。

第二十六章

90

在尼拉木寺主持了爲期三天的法會之後，活佛提議由圖丹喇嘛出任寺院的首席堪布，另外讓大家推舉一名修學基礎扎實也較爲年輕的僧人做堪布助理。圖丹喇嘛是老活佛時期的堪布之一，活佛的提議自然得到一致贊同，年輕的堪布助理也順利選拔出來。這一老一少將和強巴堪布組成三人議事會，共同處理寺院的重大事務。

離開寺院的時候，活佛又留下了一份親筆遺囑。那份遺囑密封在一隻裝有五穀糧食的寶瓶裡，供奉在大經堂的佛像下。他對衆僧侶說：「肉體脆危，生命無常，難說什麼時候我就離開大家了。我把最後想說的幾句話寫了下來，圓寂以後你們就可以打開了。」

正值盛年說什麼圓寂？聯繫他提前舉行九月法會及完善寺院管理的事兒，僧侶們預感將有什麼大事發生。活佛的身體一向很好，自小沒吃過一粒藥，平時連傷風感冒也不會找他，雖然爲刀吉移過一顆腎，對他的身體好像也沒造成什麼影響。青臉強巴因承包寺院的事把自己弄得抬不起頭來，對活佛的每句話都一一躬身應承，其他人的心都提了起來。究竟會有什麼意外和不測呢？他們既不敢提問，也猜不透活佛那些話的意思。從安靜那裡他們同樣得不到任何訊息，活佛不會開口的事，那個俯首低眉的侍者更是守口如瓶。

離開寺院後，活佛和安靜去了一趟當瑪當廓和拉姆所在的牧場。回到鎮子又去了一趟金剛宮，二人回到鐵瓦殿的時候，一輪將圓未圓的明月已懸掛在簷角了。

在吳教授眼裡，今年的中秋明月就像設定了時限的一只鬧鐘，待它的邊緣飽滿起來的時候，就是那驚心動魄的鬧鈴響起的時刻了。他在房車的起居間裡洗漱一番，換了身乾淨衣服，就過去跟活佛見面。

他站在活佛居室門口的時候，看到活佛和圖丹喇嘛、安靜三人正忙活在燈下。床上和地上擺滿了夾著標籤的一摞摞典籍，三個人埋頭其間，似乎做著整理和歸類的工作。門後架著一個火盆，裡面有紙張焚燒過的灰燼，滿屋子都是嗆人的煙味和塵土味。

「你讓沈菲受罪了，」活佛抬頭看見他的時候說，「但我還是無法責怪你，天賜。若不是她在那裡細心照料，刀吉很可能撐不到今天。」

「她會堅持到最後的，刀吉也一樣。」吳教授說。

活佛將一些零散的長條經文對上頁碼還在一起，然後置於經板夾中綁好，一邊問道：「聽說你去新區待了一夜，是火花帶人把你找回來的。那又是怎麼一回事呢？」

吳教授故作輕鬆地說：「遇到幾個熟人，請我去那邊吃飯喝酒。結果喝多了，糊里糊塗就睡在那裡。」

「沒想到你吳天賜還有那麼好的人緣。」活佛笑道。他知道吳教授不想說出實情，就繼續埋頭整理書籍，一邊說，「我們準備騰開些地方，到時候讓刀吉搬過來。房間的雜物也需要清理一下，讓你們有地方安裝那些儀器設備。」

吳教授也想搭把手，就走過去胡亂擺弄著那些經卷。活佛擋住他說：「好了天賜，你那雙手可不是幹這個的。」

活佛又對懷抱一摞經卷的圖丹喇嘛說：「您也去休息吧師父，這裡有安靜幫忙就可以了。」

圖丹喇嘛低著頭沒有回應，結果就和吳教授一起被活佛推了出來。活佛對吳教授說：「這幾天師父在這裡操心受累，需要好好休息的。他瞌睡少睡不著，你去陪他喝茶聊天吧。」

91

在圖丹喇嘛的房間裡，老經師爲吳教授和自己各泡上一杯茶。那本該是抓一把丟在壺裡熬著喝的茯茶，圖丹喇嘛卻將其揉碎充當細茶。吳教授每天來這裡蹭茶喝，雖然那茶葉的品質不敢恭維，卻也習慣了。

接下來圖丹喇嘛坐在吳教授對面，紅著眼圈說：「我的教授啊，不知你感覺出來了沒有，活佛是在封堵所有的退路呢。今晚他整理房間，當然是爲了騰出地方讓刀吉搬過來，可我還是覺得，他像個在草地上紮帳過夜的牧人，臨走不忘用剩茶把火澆滅，把留下的雜物清理乾淨。」

吳教授端起茶杯，噗噗吹著漂浮水面的茶末子。

兩人沉默一陣，吳教授問道：「記得您說過，圖丹喇嘛，他們兄弟倆所做的一切，都是爲卓瑪的事贖罪。眞是那樣的嗎圖丹喇嘛？我怎麼覺得刀吉並沒有那麼想呢？我覺得，他的所作所爲不過是在展示自己的能力。」

「他已經做得不錯了，教授。他把許多錢投入茶馬鎮的公益事業，客觀上就是在替自己消業。」

「心理學告訴我，一個人的快樂來自被需要，因爲那是對自我價值的肯定。相反，一個被否定的人可能會心生怨恨，對相關的人或社會進行持續的報復。雖然刀吉的情形不完全如此，但也說明那樣一個事實：雖然他無緣成爲轉世靈童，能力卻是高於別人的。他的一生好像都在證明自己，可是我們知道，自信的人是無須證明什麼的。」

「你說得沒錯教授，問題就出在那裡。因爲沒有喚起內心的自覺，他過去的無償付出也好，如今忍受的痛苦也罷，對他來說是沒有多大意義的。那就是無法超越的因果律。當初他要是接受活佛的勸告，對自己的行爲有所反思，同時也有正確發心的話，他的那些付出就更有價值。我們說發過菩提心的人就像把錢存進銀行，那錢會生出利息的，哪怕他睡覺的時候，利息也在一分一厘地增長。」

「既然一個人的罪孽只能由自己去消除，那麼阿拉合的幫助有何意義呢？」

「他們是孿生兄弟，教授。活佛可能覺得，刀吉的罪孽自然也有他的一份兒。」

接著，圖丹喇嘛爲他講了個雙頭鳥的故事。

很久以前，靠近河邊的樹林裡生活著一隻雙頭鳥。孿生兄弟般的雙頭鳥各有名字，一個叫迦樓茶，一個叫優波。有一天，他們在低垂於河面的樹枝上睡覺，迦樓茶醒來的時候，優波仍在熟睡。其時河面漂來一枚新鮮果實，迦樓茶就將它啄了起來。他想，我們兄弟倆同身共體，我吃了他也受益，幹嘛要喚醒他。於是他就把果實吃掉了。一會兒優波醒來問道，哪來的香味啊？迦樓茶說，是一枚新鮮的果實。優波又問，是嗎？它在哪兒？迦樓茶說，因爲你正睡覺我就把它吃了，它在我倆的肚子裡了。優波於是心生嗔恨，說，好啊，看我怎麼對付你！於是有一天，優波等迦樓茶睡著的時候，看見河面漂來一枚有毒的果實，毫不猶豫啄起來就吃掉了。結果他倆都中了毒。臨死前優波發了個毒誓：在將來輪回的生生世世裡，我都會設法妨害你，我們之間的怨恨永遠得不到化解。迦樓茶卻說，我不會記恨你的，在未來的世世代代，我倆永遠都是最親密的兄弟。

圖丹喇嘛說：「這是當年佛陀講給弟子們的故事，他稱那隻雙頭鳥爲共命鳥。從某種意義上來說，活佛和佛兄也是那樣一對共命鳥，如今活佛要結束那無謂的輪迴了。那是他可以自主的權利，也是他唯一可以做到的。」

「身爲活佛，那樣做値得嗎？」

「其實也不全是那個原因，教授，活佛那樣做只是他的本分。古老的經典裡說：萬物都在運動，一刻也不暫停，萬物被迫如此，皆由造因本性。跟所有生物的無意識不同，人有可能獲得對此的覺悟，在本能與超越之間，活佛選擇了後者。有時候他也跟我說，他是個不稱職的活佛，因緣將他推上活佛的法座，他只能義無反顧履行那個使命。他的某些行爲可能超出了活佛的身分，因爲他更在乎現實意義和事情的合理性。他認爲佛經上的文字只是方便說法，三藏十二部，八萬四千法門，都是樹立在人生路口的指示牌，是指月之手和擺渡的舟筏。活佛跟你我一樣都是凡人，但他的心是佛心，佛陀提倡無緣大慈、同體大悲，他是以凡人之身去行佛陀之事的。就像故事裡割肉餵鷹的國王和捨身飼虎的王子，他們不僅爲親人和朋友，也爲完全陌生的對象做出犧牲。在動物界，不圖回報的犧牲可能出現在母子之間，就像鷹從空中飛下來的時候，母雞會用翅膀護住小雞而將自己暴露在危險之中。人會超越那個界限。雖然人的本性也是自私的，但畢竟需要有人那麼去做。」

「這麼說來，如今您也贊成他那個決定了？」

「我知道你想阻止他，教授。你勸他重新考慮那個計劃，寧可不要他給你的實驗機會。實話告訴你吧，我也覺得他那樣做是置寺院的利益於不顧。可是教授啊，也許你也感覺到了，刀吉背後還有一隻看不見的手。刀吉病了以後，那隻手就完全支配了他，借佛兄的身分和名望去達成另外的目的，最終可能毀了茶馬鎮的未來——我們知道，萬一開山的炮聲又驚醒了傳說中的魔女，讓它出來興風作浪加害人畜，大家面臨的可能是另一場泥石流和鼠疫，或者更加嚴重。活佛是寄希望於刀吉的，希望他可以起死回生並能恢復理智，然後由他自己去權衡利弊。」

吳教授想起火花也說過類似的話。他覺得不明就裡的只有他自己，別人的心裡都明鏡一樣，只是不想公開談論而已。那麼需要他考慮或者擔心的，也許只是他的實驗能否成功了。他不安地說道：「可是圖丹喇嘛，萬一我的實驗搞砸了呢？那樣的責任，我是無論如何也擔不起的。」

「我想即便活佛本人，也無法確定續命法事能百分之百成功，因為它畢竟不同於在耗盡的油燈裡續上酥油。他只是在責任感的驅使下，決意自己去承擔那樣的風險罷了。」圖丹喇嘛停頓一下，接著有點衝動地說，「教授，你讓我這個腿來腳不來的老喇嘛還能做些什麼？反對他，阻止他，還是沒事人一樣站在一旁看他的笑話？作為師父，我只能竭盡全力幫他去達成那個願望。好在佛家渡人救世的八萬四千法門裡，還有一個叫善巧方便的法門。你懂我的意思嗎教授？到時候真有什麼意外，我想我也不會袖手旁觀的！」

吳教授低頭喝著茶，一邊琢磨老經師的話。

圖丹喇嘛又說：「你我都該理解他，教授。爲了不打破茶馬鎮的平靜，活佛要以自己的方式，不聲不響去化解危機。知道嗎，那是他一貫的處事方式。他時常提醒我們，惡行往往出現在同類之間，惡惡相鬥火上澆油，火勢會越燒越旺的。可是在茶馬鎮，惡行就像一根燃燒的樹枝投進大海，它自己就會熄滅的。」

92

將近半夜的時候，活佛又打發安靜來叫吳教授，說有話跟他說。

吳教授過去的時候，那間屋子已收拾齊整，門後火盆裡還點了柏枝，一定程度上遮蔽了塵土味。活佛讓安靜回去休息，拉著吳教授的手又去坐在窗前的椅子上。

吳教授扭頭望著窗外。明月已懸於當空，飛速流動的絮狀烏雲卻使其忽明忽暗。

「怎麼啦我的朋友？」活佛看著他說，「莫非中秋節之後，茶馬鎮的太陽就不會正常升起了？好了天賜，今晚咱倆就拉拉家常，讓我聽聽你對個人生活的打算。」

吳教授取下眼鏡反覆擦拭著說：「我能有什麼打算。我只是個普通人，阿拉合，我的個人生活微不足道。」

活佛笑道：「你也承認是普通人？好啊天賜，那我問你，你怎麼不像普通人那樣去生活，過得卻像個苦行僧呢？」

吳教授擰巴著眼鏡腿兒沒有回答。

「師父說，這幾天火花倒是挺關心你的，關鍵時候也是她出手相助，擺平了事情。師父說得沒錯吧，天賜？」

「是。是那樣。」

「那我要恭喜你們，天賜。有些話此前我沒有說出來，擔心你冒冒失失去找火花，難說節外生枝鬧出什麼是非來。既然邁過了那個門檻，那就太好了，那也是我希望看到的。以前她在我面前總是提到你，說你年輕時如何如何聰明，給她寫過那麼多隱去了字跡的書信，讓她又感動又崇拜，兩家大人也贊同你們的交往，有意促成你們的婚姻。可不知怎麼，你突然就變得不通人情了，按她的說法，你考上大學後眼裡就沒有她了。火花是個好女人，天賜，我這樣說不只是因爲她把安靜和其他孤兒拉扯成人。後來新區也建了幼稚園，條件比這邊好得多，鎮裡打算把這邊的撤並過去，讓她去那邊風風光光當個編制內的園長。但她還是留了下來，說老鎮的孩子們去不了那麼遠，過吊橋也不怎麼安全。她跟老鎮人一樣在堅守，天賜，她不是貪圖享受的女人。你也應該清楚天賜，她喜歡的是你而不是別人。雖然她和鎮長有了孩子，可他們的婚姻不是合法的，聽說兩人早就不怎麼來往了。天賜啊，你不僅要爲自己的將來考慮，心裡也要裝著別人……」

「我知道了，阿拉合。」吳教授打斷活佛的話，「可是您叫我來，就是閒扯這些雞毛蒜皮的事兒嗎？」

「生活就是雞毛蒜皮，我的朋友。作爲出家人，我可能不適合談論婚姻家庭，可對你來說天賜，沒有親人和朋友的分享，事業的成功又有多大意義？沒有家人的關照，你的晚年生活又會是什麼樣子呢？」

「我沒有的，都是我不想要的。我也爲自己立了三條規矩：尊崇的尊崇，不屑的不屑，放下的放下。說實話吧阿拉合，我跟圖丹喇嘛已經說好了，假如有一天我決定出家，也去做他的弟子。」

「別開那樣的玩笑，天賜。你有自己的事業，也需要有個穩定的家庭做保障。好吧，既然你不喜歡討論這些，我也不想爲難你，但你要記住，別再辜負了火花的一片情義。」

吳教授突然問道：「那個故事是不是眞的？」

「哪個故事？」

「共命鳥。」

「既然是故事，哪有眞假之分呢？」

「我覺得那個雙頭鳥，還有什麼捨身飼虎、割肉餵鷹之類，都是杜撰出來用於說教的，只有您把它們當眞了。有時候我也覺得，釋迦牟尼佛只是在平地上挖了個坑，然後用那些因緣故事和一整套堂而皇之的理論來填埋……對不起阿拉合，我無意冒犯您，只是把心裡的想法說出來。」

「憑你的學識，天賜，你也會從耶穌和老子那裡找出破綻的，因爲他們畢竟都是過去的人。」活佛平靜地笑道，「可是我也要告訴你，我的朋友，那些想法只適合聰明人之間沒完沒了的辯論，並不能解決人生的難題。」

活佛停了停，盯著他的眼睛說道：「聽著，天賜。我們沒必要質疑那些故事的眞假，應該感知它們背後隱含的深意。你應該知道，歷史上那些聖人和先知，他們都在苦口婆心勸人向善引人超越，而不是激發和鼓勵人性中的欲望。他們不僅要跟強大的世俗力量相抗衡，也和人體細胞內的生物機制作鬥爭。由於文化傳統的差異，他們構建的世界體系不盡相同，但出發點和目標卻是一致的，就如古老的《吠陀經》裡所說：『眞理只有一個，聖人以不同的名字來稱呼它。』天空裡的一朵雲可能降下甘霖，另一朵雲也可能釀成雷雨冰雹，但雲朵之上同是藍天麗日，那光明是源自一處的。佛陀並不是熱衷談經論道的人，他只是設法解除人們內心的痛苦，讓人人活得有信心也有尊嚴。跟致力於改造社會的偉人們相比，他選擇的是另一種途徑，他的目標只是改造個人，轉變個人的心性，因爲人是社會的細胞，細胞健康是整體健康的保證。天賜啊，我們相信哪種規則，就會受到哪種規則的庇護，也會從中受益的。你說是不是這樣呢，我的朋友？」

「這些我懂，阿拉合。那麼，就讓我們回到現實吧。現在我想知道的是，您是不是眞心原諒了刀吉呢？」

「我明白了天賜，是這個問題又把你絆住了。卓瑪出事後我也糾結了很長時間，第二次閉關時就有了新的認識。知道嗎，此後幾十年來我一直在感激卓瑪。是她用她的愛和生命，爲我演繹了那樣一個虛幻的故事。我一直覺得她就是白度母的化身，她出現在茶馬鎮就是來度化我的，沒有她的犧牲，那一關我是過不去的。同樣，對刀吉我也心存感激。是他促成了我的忍耐和寬容，讓我的修行有了切實具體的內容。」

「換了我，我想無論如何做不到那樣。」

「別把我想得多麼高尙，天賜。說實在的，我們兄弟倆也是在有意無意的競爭中長大的。我們的內心難免會有排斥，總以爲父母偏愛著對方，成年後又覺得生活在對方的陰影下。可是作爲一母同胞的兄弟，我們比別人更加在乎、也更加關注對方的一舉一動。尤其刀吉病了以後，我覺得病了的也是我自己。」

「可是，我倒希望那個續命法事不要成功……」

「又想什麼呢，我的朋友？」

「您怎麼不問問我準備得怎麼樣了？萬一我的實驗搞砸了呢？關鍵時刻，那些該死的儀器難說也會給我罷工的！」

「你是十分嚴謹的人天賜，我毫不懷疑你和那些儀器的可靠性。我也知道你只是替我擔心，總是變著花樣來阻止我。」

「雖然我也贊同靈魂不滅的理論，可是阿拉合，科學告訴我，人的生命只有一次。」

「是嗎？有次一個來旅遊的大學生跟我聊天，說科學告訴了他另外一些情況。他說通過完善甚至增強遺傳基因，人不但可以長生不死，還能變成神一樣的超人。那樣的人將征服地球，衝出太陽系，最終成為宇宙的霸主。」

「您是在取笑我嗎？未來已來，阿拉合，至少我們的一隻腳已經邁進了未來的門檻。那種改變人類自然屬性的想法是有點狂妄，但不久的將來會成為事實的。可是不管怎麼樣，阿拉合，作為茶馬鎮人，我們還得尊重生命的自然規律。」

「好吧天賜，我們還是回到現實吧。我要說的還是那句話，有些事需要我去做，那是我的責任和使命。你是讀過許多書的，應該記得莊子書裡寫的故事。他說，南海的主人叫倏，北海的主人叫忽，中間大地的主人叫渾沌。倏和忽常去渾沌那裡做客，渾沌總是盛情款待他們。他們過意不去，就商量著怎麼去報答他。他們說，我們都有鼻子眼睛和耳朵，何不替他也鑿出七竅呢？於是他們每天為混沌鑿出一竅。過了七天，七竅都被鑿出來的時候，沒想到渾沌已經死了。」

吳教授看著活佛，似乎不明白那故事的含義。

「你不是也想給混沌鑿出七竅嗎，天賜？」活佛笑道，「我早就跟你說過，問題沒有你想的那麼複雜。小時候我就有個奇怪的想法，既然我是多出來的一個，那麼，假如哪一天刀吉出什麼意外不在了，我就改用他的名字。如果那樣的事眞的發生了，我會以他的名義，繼續在這個世界上努力生活下去。」

「那樣的事正在發生，不是嗎？」

「有些事需要我們去做，天賜，卻沒必要大聲張揚。就讓茶馬鎮保持固有的平靜吧，因爲它也是那樣一個混沌。」

活佛最後說：「我叫你來還有一件事兒。後天就是中秋節了，明天我要去夏窩子陪父母吃頓飯。我也是個在乎家庭的人，天賜，父母養育了我，至今還覺得我是個需要他們關照的孩子。我想最後以活佛的身分爲他們念念經，讓他們相信百年以後可以往生淨土。你們師徒三人也一起過去吧。我想母親會做許多好吃的，每年家人團聚她都是那樣，又忙碌又快樂。別忘了叫上沈菲，讓她也有機會透透空氣。」

第二十七章

93

八月十四日清晨，夏窩子庭院裡彌漫著乳白色的桑煙。柏枝的清香氤氳其間，給人一種莊重的儀式感。

正屋佛龕裡是一尊白度母塑像，香案上擺著七隻淨水碗點著三盞酥油燈，兩邊的花瓶裡各插著盛開的紫菀和九月菊。除了刀吉夫婦和他們的子女不在場，活佛的父親母親，妹妹德吉，德吉的丈夫和幾個外孫，一家人能來的都來了。

王珂本就住在那裡，吳教授叫上沈菲過去的時候，活佛已將一部厚厚的《地藏經》念過了十幾頁，安靜在一旁跟著伴讀。吳教授明白，在這個特殊日子裡，活佛為父母念誦那部有「佛家孝經」之稱的經典也是頗有深意的。據說為報答分娩七日便不幸亡故的母親，佛陀在八十歲涅槃之前，曾經神識離體前往忉利天宮，為母親宣講了那部經文。

吳教授在留給他的位置上落座的時候，沈菲卻遠遠站在門後的陰影裡。看見活佛朝她點頭打招呼，她又急忙低下頭去，似乎不想讓活佛看到她依然青紫的眼眶。

老紮西腰身挺直坐在桌子的另一頭搖著小經桶，老太婆則忙著將一些果盤端上桌子。身體發福的德吉跟著母親出出進進，似乎擔心老太太不小心跌倒了，可她自己同樣步態笨拙，幾乎趕不上母親的腳步了。德吉的丈夫跟老紮西一樣臉膛發黑，坐在遠處的小凳上自顧抽煙，偶爾對打鬧不休的孩子們呵斥一聲。孩子們不聽他的，他就索性站起身來，張開胳膊跺著腳將他們趕了出去。

晃動在眼前的還有三個漂亮女子，吳教授記得在新區獲救時她們也在場，而現在他已知道，她們都是桶匠老楊的孫女。那天火花拉他拍過白娘子和許仙的合照，返回老鎮的路上告訴他，多虧桶匠老楊的孫女們通風報信，他們才那麼快找到了他——一大早他們只是在老鎮裡來來回回地跑，是她們私下裡告訴了王珂，才知道他是被人弄到新區去了。

桶匠老楊的家在南坡下靠東一點，房前屋後長滿了一叢叢天仙子。桶匠老楊的父親當初落戶茶馬鎮的時候，只在那裡搭了個簡易的窩棚，桶匠老楊的手裡才起了乾打壘的莊窠，建成一座像模像樣的房子。據說桶匠老楊的父親軍人出身，不過是內戰結束後的流寇。那時茶馬鎮只是個幾十戶人家的莊子，桑吉的曾祖父也剛剛在南坡邊建起那座六根簷柱的樓房。桑吉的曾祖父在哈拉瑪部落養著好幾個老婆，待在一起嘀嘀咕咕很不省心，就將兩個年輕夫人帶過來安頓在樓房裡，自己則騎著馬不辭勞苦來回奔波。有一年從渡口外闖進十來個衣衫不整的軍人，有瘸腿的有吊著膀子的，手裡有槍卻沒有一粒子彈。桑吉的曾祖父讓他們在樓下住下來，天賜的曾祖父替他們包紮療傷，村民們也拿來糌粑和乾奶渣，幫他們度過難關。過不久又來了一夥軍人，個個年輕英俊精神抖擻，說是來緝拿那些壞人的。兩夥人口音相貌沒什麼區別，大家拿不准誰是壞人誰是好人，也不清楚外面的世界發生了什麼變故。看著那些人可憐，茶馬會的人就出面做了擔保，一個都沒讓帶走。沒想到其中有個小頭目曾是逛窯子玩女人的老手，有次趁桑吉的曾祖父去了牧場，上樓跟兩個年輕夫人勾搭調情，做出了齷齪之事。桑吉的曾祖父知道後就拿斧頭劈了那人的腦袋，除了桶匠老楊的父親懇求留下來，其他人統統被趕到黑河東岸去。據說很快就被新政府抓獲。桶匠老楊的父親死心塌地娶了當地女人，以箍桶爲業養家糊口，如今已繁衍四代了。

吳教授無從知悉的是，那楊氏門中的三朵金花分別叫莓子、桃兒和瓢兒，其中老大莓子已經跟王珂好上了。桶匠老楊在屋前建了兩排玻璃溫室，三姐妹在裡面既種辣子番茄也培育各樣的花卉，每天用鮮花編成花冠拿去渡口向遊客兜售。由於手頭比較寬裕，她們也將自己打扮得花枝招展。王珂最初見到她們時掏錢買了個花環，卻不由分說戴在老大莓子的頭上，說只有她本人才配得上那麼漂亮的花冠。兩人就那樣開始了交往，桃兒瓢兒也常常跟著姐姐，去王珂居住的夏窩子打打鬧鬧。

吳教授覺得應該向三姐妹說句感謝的話，又怕喧賓奪主干擾了活佛念經，只是向她們點了點頭。王珂也過來陪他坐下，眼睛卻離不開那幾個美人兒。鍋臺上鏟子勺子都是老太婆親手操作，三個女子插不上手，就爭搶著爲大家添茶倒水。

不知活佛的父母能否聽得懂經文，他們也許更在乎那個儀式和氛圍，覺得念念經會給家裡帶來平安吉祥。

活佛念經念到一半的時候，面前的條桌已被碟碟碗碗擺滿了。母親端著一碗蕨麻米飯，叫著活佛的小名說：「好了阿桑，過會兒再念。這可是你最愛吃的，放了好多白糖呢。」

飯碗裡眞的加了不少糖，黃黃的一層酥油上面，白砂糖堆得就像岡仁波齊雪山。酥油下面是顆粒圓潤的蕨麻果，碗裡有沒有米飯倒是看不見的。可憐的老母親依然認爲，她年輕時極爲稀缺的白糖仍是最好的食品。活佛雙手接過碗，仰頭對母親開玩笑道：「媽媽，這麼好的飯就給我一個人吃啊？」

母親認眞回答道：「都有，阿桑，誰都不缺。你念經辛苦就該先吃，還要多吃一點！」

等大家圍桌坐好，每個人面前都有了那樣一座小山似的米飯後，活佛環顧一圈微笑著對大家說：「父母年紀大了，我當兒子的過來念念經，祈禱他們無病無災，百年以後也可以往生淨土的。吳教授師徒三人，還有莓子三姐妹，大家團聚在這裡，算是提前過個中秋節吧。」

他讓安靜從身後的包袱裡取出一件保暖絨衣，拿在手上展開來說：「這是我爲母親準備的禮物。冬天快到了，媽媽，您去轉白塔的時候可不能凍著。」

母親接過衣服時他又說：「兒子祝您長命百歲。」

母親高興地說：「我就想活一百歲呢阿桑，死得太早可就見不著你了！」

活佛又爲父親送了一對人造毛的護膝，爲德吉夫婦各送了一條圍巾。他說：「這都是別人送給我的，昨晚收拾房間才翻了出來。從小到大我沒有爲家裡做過什麼，想起來心裡只有慚愧。不過也只能這樣了，大家能原諒就好。」

母親用袖口揩著眼睛說：「不知道我的阿刀這會兒怎麼樣了，」她似乎爲刀吉感到委屈，問她的小兒子道，「阿桑，你給他也準備禮物了嗎？你可不能忘了他噢！」

活佛笑著說：「我怎麼會忘了他呢，媽媽。我也爲他準備了禮物，只是要等到明天晚上才送給他。」

「那就好，」母親說，「家裡每個人你都想到了，阿桑，你就是沒想到自己。如今你還光著腳走路，連一雙鞋都沒有！我手笨，幾年前納了鞋底和鞋幫，就是沒辦法綃到一塊兒去。等阿刀的病好了，我叫他多買幾雙皮鞋，讓你換著穿！」

活佛說：「我已經習慣了，媽媽。」他指了指安靜說，「我的鞋都由他保管著呢，天冷的時候就會拿出來。」

活佛又從懷裡掏出小小的銀匙放在桌上說：「這是我離家時母親藏在懷裡的，陪了我幾十年。今天就還給母親吧，我想我再也用不著它了。」

沒心沒肺的母親笑道：「你是用不著它了，阿桑。當活佛的還拿小時候的調羹兒吃飯，讓人家怎麼說你呢。」

老父親不動神色打量著兒子，覺得他的舉動實在有點反常。他可能預感到了什麼，卻什麼也沒說，只是將手裡的小經桶搖得更快了。

沈菲抽空為老太婆織了一頂毛線帽，看上去只是一頭束起來的毛線口袋，此時也拿了出來，走過去不好意思地說：「這是我的第一件手工活，樣子不怎麼好看，奶奶您別嫌棄啊。您和德吉阿姨待我像親人一樣，不知道怎麼感謝呢。」

老太婆接過去直接套在頭上，將鬢邊的白髮和腦後的細辮子塞進去，晃晃腦袋說：「哪兒還有比這好看的帽子？白頭髮不見了，人也就年輕了！」她拉著沈菲的手說，「這幾天你在阿刀那兒吃苦受罪，心裡還牽著我這個老婆子，眞是一副菩薩心腸呢！」

此時德吉向她的哥哥說：「知道嗎阿哥桑吉，沈菲老是念叨著你呢。她說你沒兒沒女，願意的話就讓她做你的女兒。我說傻丫頭，活佛怎能有自己的兒女。她又說，那就讓她當個尼姑，剃了頭髮跟你拜佛念經。這幾天要不是你去了寺院，她可能早就當面跟你說了。阿哥刀吉脾氣那麼壞，我當妹子的都見一回嚷一回，沈菲卻在那裡忍辱受氣，看看她的眼睛腫成啥樣子了！你就收下她吧，阿哥桑吉！」

活佛看看沈菲，笑著對德吉說：「沈菲可是國家培養的人才，是要奉獻社會服務大眾的，我怎能拉她的後腿。」

德吉看著低頭不語的沈菲，又替她爭辯道：「沈菲有文化能做事，當個尼姑確實可惜了。就讓她做個在家修行的居士吧，了了她那個心願。跟你結緣的內地居士還少嗎？別人提出來你可能高高興興就答應了，怎麼偏偏擋著她呢？」

活佛無話可說，就將目光轉向吳教授。

不等吳教授開口，德吉又搶先說：「沈菲跟我說過，她那老師天天拉著個臉，可除了工作上的事兒，從來不對她指手畫腳。他心裡寵著沈菲呢，肯定不會反對的。」她又轉向吳教授，「我說得沒錯吧，天賜？我們從小一起長大知根知底，人們叫你什麼吳瘋子，我倒覺得你心裡亮清得很呢！」

吳教授微笑一下，回頭對活佛說：「沈菲不是小孩子了，我也不能冒充她的監護人。尊重她自己的意願吧，阿拉合。」

沈菲眼裡噙著淚花，過去跪倒在活佛身邊。到了可以傾訴的時候，她心裡的話卻一句也說不出來了。

活佛將手按在她的肩頭說：「感謝你這麼信任我，沈菲。人們叫我什麼阿拉合，其實跟你一樣，我也是個凡人。我只是想成爲對別人有用的人，有人需要移植眼角膜我會獻出自己的，有人需要替換一隻胳膊，我也會讓醫生拿去我的。佛陀教導我們要成爲盲人的眼睛和瘸子的腿，即便不能解除更多人的痛苦，也要跟他們一起承擔不幸。好吧沈菲，既然來到茶馬鎮成爲你皈依佛法的緣起，那就隨緣吧。可成爲俗家弟子也需要有個儀式的，不能這樣說是就是了。」

沈菲已經淚流滿面，淤青的眼眶更讓人心生憐憫。她低頭撫摩著左腕上活佛送給她的水晶念珠說：「可是阿拉合，明天就是中秋節，我擔心再也不會有那樣的機會了！」

活佛拍了拍她的肩頭：「會有機會的，沈菲。但是你也要記住，無論你是否成爲我的弟子，也無論以後能不能見面，內心的皈依才是重要的。你要托靠終生的是心中的佛，而不是寺廟裡的一尊佛像，或者某一個人。」

接下來大家默默吃飯，而活佛只是做做樣子給母親看。他將筷子探進碗裡，夾起一顆蕨麻果放在口裡含著。平時他守著過午不食的戒律，近幾天已基本處於斷食狀態。接著他將碗推到安靜面前，安靜就替他吃盡了。

飯後德吉爲每個人重新沏了茶，活佛和安靜接著念經。莓子和王珂擠著坐在一起，她時而歪著頭含情脈脈看著王珂的臉，時而挑揀一枚圓潤飽滿的鮮棗，擦淨上面的水珠送到王珂的嘴裡。王珂卻有些矜持，不時抬頭瞅瞅他的老師。吳教授便站起身來，一個人走了出去。

95

黑幽幽的南部山林之上，太陽顯得又遠又小，又被罩住在一圈青紫的日暈中。正是候鳥南遷的季節，一群群斑頭雁從空中掠過，發出淒厲的鳴叫。由於光線晦暗，黑河眞成了一條黑色的河流，只有河中亂石激起一些雪白的浪花。在吳教授童年的記憶裡，無論什麼季節，那條河總是一副柔順模樣，可如今它不再滿足於限定的河道，從南岸被沖刷出來的黑土斷崖和翻倒下來的大樹可以看出，在夏季暴雨頻繁的日子裡它曾猛獸一樣左沖右突。

吳教授走過木板棧橋，站在人工湖中的一個四角亭子裡，回望依然桑煙繚繞的夏窩子。他想，這也許是活佛跟父母的最後一次團聚了。看得出來，兩位老人對卽將發生的變故依然一無所知。老紮西可能有所察覺，仍不清楚他們的小兒子到底要幹什麼，而那老母親沉浸於幸福當中，覺得她卽便活到一百歲，每天轉繞白塔時仍可見著他的阿桑。

不多久，老紮西也搖搖晃晃走了過來。雖然他的身軀尚未佝僂下去，但跟圖丹喇嘛一樣，嚴重的風濕疾患毀了他的健康，不得不整年穿著肥大的棉褲。

老紮西走到吳教授面前，故作輕鬆地找話說：「你這小子，說好來家裡看望我們老倆口，原來是哄著玩兒呢。」

其實吳教授也想抽空去老樓房裡看看，他只是擔心，要是再被問及他的「科學」是怎麼回事，他依然無法坦言相告。他歉意地說：「對不起老人家，這段時間確實有點忙。」

老紮西隨卽嚴肅了面孔問道：「我越來越覺得不對勁，天賜。阿桑他到底要幹什麼？你說他要爲刀吉做什麼續命法事，那怎麼倒像一副出遠門的樣子？我問過安靜，那孩子心又深嘴又嚴，沒法掏出一句話來。你是我看著長大的，天賜，你不會也跟他們一樣瞞著我吧？」

吳教授拉老人坐在欄杆上，然後取下眼鏡擦了又擦。活佛叮囑他別向任何人透露實情，以免造成不必要的干擾。那麼該不該告訴他的父親呢？毫無疑問，老人會不顧一切去阻止的。如果老人明白了兩個兒子中只能留下一個的事實，卽便讓他矇著兩眼去抓鬮，也會事先將代表小兒子的那個捏在手心。面對老人期待的目光，他覺得不開口不行，就說：「您知道的老人家，阿拉合是要想辦法延長刀吉的壽命。」

老人緊盯著他：「做做法事眞能延長刀吉的壽命？」

「阿拉合有他自己的方式。剛才您也聽到了，如果有人需要移植眼角膜，他會獻出自己的……」

「他已經為他獻過腰子了！」老紮西衝動起來，「你不是不知道天賜，如今刀吉壞了的，可不是什麼眼角膜和胳膊！」

吳教授覺得有點說漏了嘴，卻也無法辯白。

老紮西追問道：「沈菲說以後再也沒有機會了，那又是什麼意思呢？是不是你們都知道他要做什麼，只是瞞著家裡的人？做父母的倒成了外人？」

吳教授想了想說：「是這樣，老人家。剛到茶馬鎮那天，沈菲因為高原反應，錯過了向阿拉合獻條哈達的機會，第二天一大早阿拉合就去了牧場。這幾天他又去寺院念經，沈菲覺得見他一面太不容易了……」

沒想到他的話激怒了老紮西：「夠了，天賜！」他猛地站起身來，「一次次編著謊話來糊弄我，你以為我是三歲的孩子，還是已經老糊塗了？」

老紮西氣呼呼地轉身回去，不太穩當的腳步踩得木板棧橋叮哐作響。

颯颯秋風搖動著樹木，也掀起了老紮西衰草般的白髮。吳教授望著老人的背影，莫名的傷感襲來，眼眶也突然濕潤了。他急忙仰頭去看空中的流雲。無論活佛還是他的父親，都踽踽行進在各自的生命旅途，即便是親人也無法替代和承受。刀吉何嘗不是那樣？無論他經歷過怎樣的繁華與輝煌，最後也得一個人孤獨前行，抵達生命的終點。

96

就在活佛誦經卽將結束的時候，有人從金剛宮跑來說，刀吉已昏迷多時，這次怕是活不過來了。

吳教授大吃一驚。他和沈菲趕到那裡時，刀吉已被拿掉了氧氣袋，整個人用白被單苫了起來。金剛公司大小管事的以及目光深不可測的礦山老闆們，一個個垂著手耷拉著兩腮，彷彿眞的置身於殯儀館。鎭長和香草站在刀吉床邊，香草臉上塗抹著淚水，鎭長也顯出極度悲痛的樣子。

聽到腳步聲，大家爲他們讓開一條道的時候，鎭長和香草對視一眼，也遲疑著從床邊挪開了。

吳教授腦子裡閃現著兩種可能：刀吉若是眞的死了，意味著活佛的計劃就此終止，雖然那也不是他想看到的，但懸著的心可以放下來了；另一種可能是刀吉還會甦醒過來，一切還得按計劃進行。究竟會是哪一種情形呢？他一把掀開被單，只見刀吉一絲不掛仰臥著。從蜷曲的兩腿和揮舞狀的胳膊來看，刀吉似乎經過一番痛苦的掙扎，面呈青紫色，嘴角還粘著些嘔吐物。吳教授試了試他的呼吸，又摸了摸胸口。呼吸完全感覺不出來，胸口尙留一絲溫熱，估計停止呼吸不超過半個鐘頭。他回頭看看沈菲，不知她是否還有回天之力。

沈菲卻像個訓練有素的醫生那樣沉著冷靜。她用手指按了按刀吉的頸動脈，又摸摸胸口，臉上隨卽露出自信的微笑。她乾淨利索地爲刀吉打了急救針，接著讓大家幫她將刀吉平移到地毯上，鼻孔裡又插上了氧氣管。她跪倒在刀吉身邊，捏住他的鼻子嘴對著嘴猛吹起來。對那裡污濁的空氣她早已適應，但刀吉嘴裡黑糊糊的黏液使她哇哇乾嘔。她扭頭強忍片刻，立卽又像撒拉水手吹鼓羊皮筏子那樣，將刀吉油脂耗盡的肚皮吹得鼓脹起來。接著她兩手疊加在刀吉胸口使勁按壓，以致刀吉的胸骨發出嘎嘎的聲響。

「還折騰什麼呀，沈菲！」香草在一旁跺著腳喊叫。

鎮長也呵斥道：「幹嘛呢？給死者留一點尊嚴好不好？」他惱怒地伸手去推搡沈菲，發現吳教授兩隻鼓凸的眼睛瞪著他，不得不縮回手去，順勢扯了扯自己的大衣領子。

沈菲不理他們，吹一陣又按一陣，反覆交替著。當汗水順著她額前的髮絲滴答掉落的時候，刀吉突然噓出一口屍臭，胸脯也開始掀動起來。死神再一次鬆開了嘩啦作響的鎖鏈，讓那個飽受磨難的人重新回到了人間。

活佛和安靜，還有老紮西、德吉夫婦也隨後趕到。人們紛紛俯身合掌向活佛行禮，鎮長也堆出笑臉朝活佛點了點頭，接著就掏出手機裝作接聽電話，一邊說「好的好的，我馬上過去！」一邊匆匆離開了房間。

活佛看了看刀吉，轉身對沈菲說：「死神閻魔總來索他的性命，你卻一次又一次把他拉了回來。我們都會像你一樣努力的，沈菲。卽便我們不能創造出什麼奇蹟來，也會陪他走過生命的最後一程。」

沈菲低下頭說：「老師一直提醒我，讓我把他和您看成同一個人。可是幾天來，我總也克服不了自己的分別心。您放心阿拉合，我也相信會有奇蹟發生在他的身上。」

刀吉雖然恢復了呼吸，大腦可能因缺血缺氧已經死亡，只是勉強維持著基本的生命體徵。由於明天活佛要替他做續命法事，德吉夫婦爲他穿好衣服，老紮西讓人綁了擔架，當晚就將他轉移到鐵瓦殿去。

活佛臨走叮囑香草，由於孩子們不在身邊，就由她代表家人配合明天的法事：她需要沐浴淨身虔誠祈禱，然後去新區市場，花錢多贖些待宰的牛羊予以放生。

去鐵瓦殿的路上沈菲告訴吳教授，適量的天仙子有鎮痛作用，過量卻可能毀壞神經系統，甚至置人死地。香草每天讓人爲刀吉灌服好多天仙子湯藥，她多次提醒都不當回事兒。在她離開金剛宮的這大半天時間裡，不知他們又爲刀吉灌了多少呢，好多還留在嘴裡沒有咽下去。

「他們為啥要那樣啊？」沈菲在朦朧夜色中問她的老師。

空中亂雲飛渡，月色忽明忽暗。吳教授大步走在前面，答所非問地說道：「那該死的混蛋，再也不需要喝任何湯藥了！」

第二十八章

97

中秋節這天，天亮得比往日晚了許多。該是太陽出來的時候了，橫壓樹梢的冷霧還凝滯不動，每家屋頂上的桑煙也紛紛倒卷下來，在街巷裡竄來竄去。

無論颳風還是下雨，茶馬節的慶典還得照常舉行。濃霧裡，人們從東、南兩座吊橋和西部大道向老鎮匯聚而來。騎摩托的牧人將他們的鐵騎停放在指定的西灘路口，河曲馬依然得到優待，騎手們甩韁叩鐙長驅直入，石板路上的馬蹄聲彷彿冰雹襲來。節日主會場設在馬場街，火神廟前搭了主席臺，將於上午十點準時舉行開幕式，邀請了省縣各級官員和內地旅行社的代表前來觀摩。開幕式之後將有五花八門的歌舞演出，有從城裡請來的正規劇團，也有茶馬會組織的當地民間藝人。吉普賽人一樣的流動商販早已在馬場街搭棚設攤，展銷他們花花綠綠的小商品，婦女孩子們可以順便購物逛廟會。狂歡活動留在晚上，人們將抬著火神轎子遊街，放煙花點篝火，歌舞娛樂將持續到翌日凌晨。

人馬很快擁塞了十字街，鐵瓦殿院子裡更是水洩不通。牧人們從馬褡子裡取出酥油坨子和裝著乾奶渣的毛口袋，一路碰碰撞撞擠進鐵瓦殿。他們將手裡的東西交給活佛的幾個年輕侍者，然後脫掉鞋將帽子托在手上，躬身進入燈火通明的經堂。牧人們一邊大聲念著六字真言，一邊用額頭逐一觸碰板壁上的佛龕，去經堂正中的法座前叩見活佛。

像往常的佛事活動一樣，活佛一邊嗡嗡嗡誦經，一邊微笑著伸手爲信衆摸頂祝福。圖丹喇嘛搖晃著身子在燈案前走來走去，張開雙臂吆喝著：「別擠了別擠了，小心把油燈碰翻了！」

護送聖火的馬隊喀啦啦自西街過來時，十字街擁擠的人們勉強讓開一條通道。火家樓下火塘裡的不死之火將被迎請到火神廟去，用來點燃晚上遊街的火把和狂歡的篝火。只見火家婆騎一匹高頭大馬走在前面，自由女神般高舉一支粗壯的火把，熊熊烈焰照亮了陰鬱的天空——老太婆昂首挺胸神氣活現，她是過於在乎聖火傳人的榮耀和一年一度展露風姿的機會了。跟在後面的是老紮西、張鐵匠等六七個茶馬會成員，還有從老鎮臨時招募的二三十個靑壯男子。茶馬鎮人已很少騎馬，那些馬既沒轡頭也無鞍韉，他們歪著屁股跨在光溜溜的馬背上，倒像是從戰場上潰敗下來的散兵游勇。

曾在老鎮酒吧喝酒打架的長髮男子也在其中。他就是阿旦，活佛救命恩人拉姆的兒子。護送聖火的隊伍乘騎的那些馬匹，都是從他在西灘裡放牧的那群馬裡挑選出來的。

那群馬都是活佛的放生馬。多年前，由於載畜量過大，哈拉瑪草原已出現沙化跡象，政府就作出了淘汰河曲馬的決定。最初幾年的秋季，橫貫老鎮的北街每天都有數十上百匹河曲馬被趕往渡口，作爲肉畜裝車運往內地。那些窮途末路的畜生往往在街巷裡狂奔亂竄，有時也有一兩匹闖進鐵瓦殿的院子，活佛就花錢將它們買下來，待馬販子們走遠後，讓安靜趕往西灘的草地上放生。活佛陸續贖回的，加上牧人們先後獻給他的，西灘裡漸漸就有四五十匹馬了。爲了不讓再次落入馬販子手中，他叫來阿旦在西灘裡紮帳放牧。那個小野人一直是活佛的心病，長大後在牧場的各個帳圈間流浪鬼混，後來又獨自去縣城闖蕩，跟人喝酒打架被割掉雙耳才又回來，靠他那忽而清醒忽而迷糊的母親養著。爲了能讓阿旦安心留下來，活佛讓他牽著馬供遊客們乘騎，掙些零錢養活自己，要是手頭寬裕就爲母親做些必要的添補。成了弼馬溫的阿旦倒也從此走上了正道，並注意起自己的形象來。他的鬍鬚總是修剪得整整齊齊，長髮飄飄目光堅毅，看上去竟也是個很有男人味的草原漢子。一些領口開到肚臍眼的女遊客總喜歡去西灘裡騎馬，她們被阿旦雙手持腰送上馬背，雖然韁繩依然由阿旦牽著，她們還是在馬背上大呼小叫起來，要阿旦再騰出手去扶著她們。

98

護送聖火的隊伍經過鐵瓦殿前，老紮西便跳下馬背，拍拍馬的屁股讓它隨隊前行。他自己一路撥拉著人群，也顧不上跟牧場來的熟人們打招呼，黑著臉擠進了經堂。

看見活佛高居法座正在替人摸頂，不覺得有什麼異常，老紮西的臉色才和緩了一些。他又從側門進了活佛居室，沈菲和王珂正守在刀吉身邊。刀吉已不再哇哇亂叫，涸轍之魚般張大著嘴巴，在藥物和氧氣輔助下維持著一絲呼吸。老紮西坐在一旁的椅子上大聲問道：

「你們的吳教授呢，他要做什麼狗屁實驗？我問過幾次，他繞來繞去就是說不清楚！」

「別說得那麼難聽，老人家。」王珂笑道，「這會兒他肯定在後院的房車上。他老是不放心我們，可能要親自檢查一遍那些儀器設備。」

王珂接著又自作聰明地說：「吳教授可是大名鼎鼎的靈魂捕手呢，他要做什麼，說了您也不懂。既然您那麼感興趣，還是讓我來告訴您吧。怎麼說呢，就是您大兒子的靈魂離開肉體的時候，他會想辦法用儀器逮住它，然後……」

沈菲急忙咳嗽一聲，使王珂咽下了後面的話。

沈菲對老紮西說：「別擔心，老人家。他需要配合阿拉合的法事，具體做些什麼，一時半會兒我們也說不清楚的。」

這時圖丹喇嘛走了過來，笑著對老紮西說：「你這茶馬會的元老，不去馬場街坐主席臺，跑這兒來幹嘛？」

老紮西沒好氣地回道：「誰愛坐誰去坐！」

圖丹喇嘛隨即正經說道：「今天我們就不開玩笑了，紮西。其實我正等著你呢，有話要跟你說。」

圖丹喇嘛說著就要拉他出去。

老紮西甩開他：「我在這兒是不是妨礙你們了？我問你，今天你們到底要搞什麼鬼名堂？」

「活佛要做法事，你知道的。」

「不就是敲鼓搖鈴念念經嗎，看看怕什麼？」

「待會兒活佛要打坐入定，不能打擾的。」

老紮西這才站起來，卻使勁推了圖丹喇嘛一把：「你們是不是串通好了，都編著謊話來哄我？」他又瞪了沈菲一眼，「還有你這丫頭，就知道稀泥抹光牆！」

圖丹喇嘛抓著老紮西的胳膊說：「不都是爲了刀吉嗎，你這樣大聲嚷嚷有什麼用？只會給他們添亂的！」

圖丹喇嘛拉著老紮西出了活佛居室。站在鐵瓦殿簷下的時候，他對老紮西說：「紮西啊，你不來我也會打發人去馬場街找你，活佛有話要我轉告。他說，他會讓刀吉好端端從這裡走出去，叫你和老太婆放心。明兒一早你們就在家裡喝著茶等著吧，我會讓人把刀吉給你們送過去。活佛說，刀吉暫時不方便回到金剛宮，需要在你們老兩口身邊休養一段日子。這是第一件事，記住了嗎？」

「刀吉他真能好起來？」

「那你說說，活佛啥時有過一句妄語？」

圖丹喇嘛接著告訴他第二件事：「你也別走遠了，紮西。待會兒你跟安靜他們一起，在這鐵瓦殿門口守著。難說也有人跟你一樣想闖進鐵瓦殿裡來，干擾了活佛的法事。安靜他們年輕鎮不住，必要的時候還得你說幾句硬梆話。」

99

馬場街的高音喇叭嗡嗡響起的時候，鐵瓦殿前擁擠的人群才開始鬆動。過不多久，人們都趕往開幕式會場，整個十字街便清靜下來。直到火花趕到那裡，繪著死神閻魔的雙扇大門已經合上，只有安靜和兩個年輕僧人門神般立在那裏。

火花胸前飄著長長的紅圍巾，一邊胳膊下夾著件新棉襖，一手提著個沉甸甸的包袱，裡面是剛剛出爐的新麵月餅。看到眼前情景，她的心裡便咯噔一下。她知道活佛的續命法事是怎麼回事，天賜喝醉酒告訴過她，她以爲那是晚上月亮升起以後的事兒，沒想到這麼早就開始了。她仰頭望著青灰色的鐵瓦殿屋簷，忍不住眼裡就噙了淚水。當安靜他們奇怪地看著她的時候，她才放下手中東西，用圍巾抹了一下臉。

火花抖開那件掛了棗紅布面的人造毛棉襖，幫安靜套在袈裟的上面。安靜孩子般伸著胳膊任她擺佈，一邊笑著問道：「天還不冷，媽媽，你給我穿這麼厚幹嘛呀？」

火花紅著眼圈，拍打著布面殘留的碎毛說：「天氣就要變了孩子，說不定就要下雪了呢。」

火花又打開包袱，拿出一個月餅遞給安靜。那件大襟棉襖的袖子太長，他好不容易才探出手來接住。「還燙手呢！」安靜叫道。那是烤得焦黃的手工月餅，表面還用頂針箍兒壓著連環花紋，咬一口看看，裡面是核桃仁葡萄乾和紅糖的餡兒。「嗯，媽媽，這是我最愛吃的！」安靜邊吃邊唔唔說道。

火花也將月餅塞到另外兩個年輕僧人手裡，回頭望著鐵瓦殿說：「愛吃你們就多吃一點，把他們的份子全吃了！」

不多時，轉繞白塔的老人們也散了，三三兩兩去馬場街看熱鬧。老紮西夫婦和隆卜舅舅三人結伴而來，留在了鐵瓦殿門口。

火花爲老紮西夫婦遞過月餅的時候，隆卜舅舅也伸手要了一個。火花笑道：「這就對了，爸爸。今兒中秋節，你也該嚐嚐我的手藝。」隆卜舅舅也笑了笑，但他不是自己要吃，而是走過去費勁地踮起腳來，將它放在大門一側的牆頭上。

老太婆班瑪跟年輕時一樣沒心沒肺，將月餅捧在手裡看了又看說：「這麼好看的月餅，我要留給我的阿桑吃！」又賠著笑臉說，「火花再拿一個好嗎？給我的阿刀也留一個。圖丹喇嘛說，明兒一大早，阿刀就好端端回到老屋裡去了！」

火花把剩下的月餅都包起來，遞到老太婆的手裡。她心裡難過，卻努力作出笑臉著說：「阿媽班瑪，中秋節是團圓的日子，要是阿桑也一起回家那該多好呀。」

100

將近十點的時候，樹梢和經幡杆頭顯露出來，太陽依然沒有露臉的跡象。其實濃霧只是整體抬升上去，平鋪為灰沉沉的雲層，似乎在醞釀一場早來的風雪。

突然，幾個胸前掛著「工作人員」牌子的人從馬場街匆匆趕來，後面還跟著兩個民警。他們對坐在鐵瓦殿門口的人似乎並不陌生，領頭的一個還叫了火花一聲「嫂子」。接著他們就要進入鐵瓦殿，說要請活佛和吳教授去出席開幕式。

安靜和兩個同伴擋住他們說，活佛今天有事，不見客人。

領頭的那人還算客氣，耐心解釋道：往年開幕式上活佛都是坐主席臺的，今年再忙也該露露面；吳教授回來正好趕上了家鄉的盛會，也要作為貴賓請上主席臺的。鎮裡事先發了書面通知，不知二位沒看到還是怎麼回事，臺上留的座位還那麼空著，他們的領導已經發火訓斥他們了。

老紮西嘰嘰咕咕搖著小經桶說：「往年我也是坐主席臺的，你們怎麼不請我？他們今天有事要做，你們就別去打擾了。刀吉的一隻腳踏進了鬼門關，就說不爲他做什麼法事，作爲兄弟和朋友，也該在身邊陪著是吧。」

領頭的對老紮西說：「這是節日組委會的安排，老爺子。這麼重要的節慶活動，大家都該顧全大局是吧。」

隆卜舅舅笑道：「臺上的座位空著，你們自己坐上去不就完了？難說你們都屁股發癢，凳子還怕不夠呢！」

他們不再搭理兩個老頭，跟安靜說話的口氣也強硬起來。安靜無奈將大門扣上，並掛上一把大鐵鎖。

火花認得領頭的是鎮長手下一個副職，也認得兩個民警是半夜闖進老鎮酒吧訓誡吳教授的人，就笑著對他們說：「別那麼裝作公事公辦的樣子，我知道你們替誰跑腿打露水。在你們面前我不想說什麼難聽的話，可有件事還得告訴你們。吳教授被人綁架的第二天早上我就找到你們領導，我們當面把話挑明了，他答應不再找吳教授的麻煩。他是個大忙人，可能忘了說過的話，你們回去提醒一下，他會想起來的。」

那領頭的說：「嫂子，我聽不懂你說些什麼。我們也沒工夫跟你說閒話論是非，請不到人我們是不能回去的。」

火花忍不住變了臉色：「好話聽不進去，非要逼我潑婦罵街是不是？老鎮人都講厚道，不想當面給人難堪，就以爲他們都是泥菩薩？吳教授不是你們重點關照的對象嗎，怎麼又成貴賓了？再說，阿拉合也是你們想見就見的？也不想想你們夠不夠那個資格！回去告訴你們的頭兒，要是他瘸了癱了就自己爬過來，我火花有話問他！」

那些人滿臉尷尬支支吾吾，磨蹭一陣就回去了。

幾個老人弄不懂火花跟他們打什麼啞謎，活佛母親擔心地說：「火花，你說的那個人是誰呀？他眞的來了你可怎麼辦？我們幾個老頭老太婆又幫不上你！」

「別擔心，阿媽班瑪。」火花回頭安慰道，「他要是眞的來了，我一個人對付他長長有餘！」

十字北口暫且清靜下來。直到尼拉木寺的僧侶們突然趕到，重又打破了那裡的平靜。不知得到了怎樣的訊息，參加開幕式的僧侶們突然離開會場，絳紅色的袈裟飄揚著，一路飛奔趕了過來。他們不顧安靜的阻攔，吵吵嚷嚷要立馬見到活佛。

安靜知道他的師兄們更加不好阻攔，就將掛在門扣上的大鐵鎖喀嗒一聲壓上，並把鑰匙從牆頭扔進了院子。他張開兩臂說：「活佛正在打坐，不能進去的。」

青臉強巴逼問道：「我也不能進去嗎？」

安靜俯身道：「誰都一樣。」

「我是堪布，還是你是堪布？」

「別那麼說，強巴堪布。」安靜態度謙恭，說話卻毫不含糊，「可是如今，誰都知道圖丹喇嘛是尼拉木寺的首席堪布。就算他還沒有去寺院正式接手，今天在鐵瓦殿，我肯定要聽他的吩咐。」

青臉強巴掄起巴掌搧了安靜一個嘴巴：「活佛是尼拉木寺的活佛，不光是圖丹喇嘛和你安靜的活佛！」

安靜仍不退讓。其他師兄也七手八腳推搡他，有人朝他的鬢角就是一拳。他昂著頭承受著，接著他的頭就像皮球一樣被搗來搗去，直到撞在石牆的棱角上，失去知覺癱坐下去。

火花撲過去伏在安靜身上，一邊護住他，一邊用圍巾纏住他滲出血跡的腦袋。老太婆班瑪嘴裡「啊媽媽、啊媽媽」叫著，兩手遮著眼睛不敢去看。

隆卜舅舅呼呼笑道：「都說如今是末法時代，人們披著袈裟掛著念珠卻忘了佛法是怎麼回事兒，看來是眞的噢。」

老紮西看不下去了，起身擋在青臉強巴面前說：「好了，強巴堪布。圖丹喇嘛把我也從裡面趕了出來，你們就別爲難這幾個孩子了。桑吉他好好坐在法座上，早上我親眼看見了的，若真有什麼事，也是他自己要那麼做，圖丹喇嘛和安靜有什麼錯？跟你們一樣，我做父親的也想砸開大門闖進去，可那樣鬧來鬧去有什麼用？」

僧侶們的情緒才漸漸平復下來。只是他們仍不肯離去，在強巴堪布帶領下席地而坐，嗡嗡嗡念起了祈禱的經文。

第二十九章

101

活佛爲刀吉所做的續命法事，從上午信徒離開鐵瓦殿以後就開始了。他沒有像老紮西說的那樣敲鼓搖鈴念念經，而是安安靜靜坐在法座上，像平時那樣打坐入定了。

到中午的時候，吳教授已在刀吉身邊安裝好儀器設備，讓兩個助手值守在那裡，自己來到一門之隔的經堂。活佛從淩晨登上高高的法座，朝拜的人群離開後就開始閉目打坐，可能早已進入了禪定狀態。外面陰鬱的天空使經堂裡的光線愈加昏暗，只有酥油燈的光焰照著活佛的臉，但看上去神態沉靜氣色如常，雖然跏趺而坐，仍可感覺到他肢體的端莊優雅。圖丹喇嘛跟活佛面對面坐在下面的地板上，翕動嘴唇低聲念誦著什麼經文或者咒語。

吳教授目光掠過活佛身後的釋迦牟尼佛像時，發現那銅像突然活了起來，不僅朝著他頷首微笑，而且顯出欲言又止的神情。此前他從未認眞打量過任何一尊佛像，知道它們千篇一律坐在那裡，既不向任何人發出邀請，也不拒絕任何人的頂禮膜拜。在其他時間地點，他甚至嘲笑那些獻上祭品磕頭作揖的人：何必討好一座人工製作的雕塑？頂多表面嵌著些珠寶，肚子裡裝著些佶屈聱牙的經典罷了。可今天他的感覺大不一樣。他覺得佛陀跟他有了交流，洞悉了他內心的焦慮與期盼。他渾身激靈一下，仿佛一盆涼水當頭澆下，從脊骨滲入了腳底。他也明白了佛陀微笑的含義：理解，寬容，還有默許，甚至鼓勵。他不由自主也合掌舉在胸前，心中默念道：佛祖保佑，就讓我們創造出那樣的奇蹟吧！

接著，他也在圖丹喇嘛一旁盤腿坐下。今晚月圓之際，就是決定兄弟倆命運的時刻了。他努力使自己平靜下來，腦子裡反覆檢視著每道程式的每個細節，確保萬無一失。實驗所需器材已全部分布到位：活佛法座上隱藏了電磁接收裝置，那是活佛入座前就設置好了的，到時候只需打開電源開關，即可捕獲從隔壁居室發出的加密訊號。刀吉所在的房間安置了各種儀器和顯示幕，幾乎弄成了三甲醫院的 ICU 監護室。刀吉臥榻上又架設了特製的金屬網罩，屏蔽了來自外部的電磁干擾，同時也阻止那神秘訊號的逃逸。為防止可能出現的意外停電，他們接通了房車上的應急發電機。雖然這是一次無法預知後果的實驗，但他相信活佛的道行，而且必要時圖丹喇嘛也可能採取一些補救措施，這在一定程度上減輕了他的憂慮。就像尼拉木寺創立者薩曲梅隆在草地上「坐脫立亡」，到時候活佛也會將自己的神識轉移出去，不同的是薩曲梅隆尊者的神識遷入了一個少年繼承者體內，而活佛只是清空自己的肉體，讓刀吉的神識遷入其中。讓一個人的神識安全轉移到另一個人體內，不僅在理論上是可行的，也被許多諸如此類的歷史事件所印證；而他已在過去的實驗中捕捉到了那只神奇的鳥兒，並在一定時間內可以控制它，那應該是另一重保險了——何況，還有釋迦牟尼佛的寬容與默許！

活佛兄弟二人的面容交替閃現於吳教授的腦海，他再次想起圖丹喇嘛講過的共命鳥。

那隻飛翔於公元前五世紀的神奇鳥兒，似乎穿越數千年的時間隧道和冰雪覆蓋的喜馬拉雅山，在茶馬鎮演繹了一對孿生兄弟的今世故事。實際的情形又如何呢？現實中的人和事肯定不會落入那樣的窠臼，也不會帶有那童話般的虛幻色彩。在同一個人身上，善與惡的秉性也許是兼備的，兩種相反的意識難免發生矛盾衝突，但人類社會數千年積累的文明因素總能使二者相互制約，處於基本平衡的狀態。可活佛兄弟倆究竟怎麼回事？也許在母親的子宮裡，不同的秉性已截然分開了，現實生活又使他們漸行漸遠，一個強悍霸道，一個寬容忍讓；一個在冒險家的樂園翻雲覆雨志得意滿，一個無私無我，能做主的只有他自己的肉體。實際的情形也許就是這樣，假如將他們泥人兒一樣打碎後重新捏合，或許會成爲一個剛柔相濟的人。可是在這個世界上，眞正能支配自己肉體的又有幾人？多少人到了八九十歲，甚至患了絕症久臥病榻，用各種插管維持著奄奄一息的生命，也會向佛菩薩或上帝苦苦哀求，指望索命的閻王可以網開一面。而那個人，那個跟他一起長大的桑吉，那個茶馬鎮老老少少敬仰的阿拉合，卻輕鬆微笑著，像贈送一件平常禮物那樣，準備將自己的健康之軀贈與他的兄長。也許在活佛看來，面對無限時空，五十年和五百年並無區別，可一個人到了眞要終止自己生命的時候，需要拿出多大的勇氣去面對？當活佛最後走上法座的那個瞬間，他心裡是怎樣一種感受呢？會不會因爲突然而至的孤獨感和對親人的眷戀，希望重新退回安全舒適的環境中？

吳教授想起一本專業雜誌上的介紹：在安樂死得到法律許可的一個西方國家，人們研製了一台專門的機器。自願者躺在那 CT 掃描器似的平臺上，眼前的設備面板上有三個按鍵，需要由他自己來操作：一個紅色的確認鍵，一個黃色的暫停鍵，一個綠色的取消鍵。如果那人不假思索按下了確認鍵，機器會發出提示音：您已選擇了確認，是不是操作失誤？請確認。如此反覆三次，給人選擇放棄的機會。那個時間裡有人會猶豫，按暫停鍵穩穩神，也有人對面臨的未知世界突然產生恐懼，按下取消鍵終止程式。如果他連續三次按下確認鍵，機器便在舒緩的音樂聲中降下防護面罩，輸送過來的麻醉氣體使他進入睡眠狀態，接著機器會自動注射一種麻痹心臟的藥物，讓他在不知不覺中溘然長眠。那是一種什麼樣的體驗呢？吳教授閉上眼睛，模擬自己躺在那臨終告別的平臺上。當眼前紅黃綠三個按鍵閃爍起來的時候，他將虛擬的食指按在確認鍵上。就在那個瞬間，他感覺自己懸空了——他熟悉的世界轟然坍塌，身前身後都是黑暗的萬丈深淵。他驚出一身冷汗，立刻睜大了眼睛。

而活佛，卻是果斷按下了確認鍵的人。

那麼，達成了最後那個願望，他的神識又去往何處呢？或許就如隆卜舅舅所說的那樣，人本來就是另一種形式的存在，在這個娑婆世界修行圓滿，把自己弄得「清清爽爽」之後，即可踏上重返的旅程。也許那就是佛經裡描述的圓滿狀態：「生死已盡，梵行已立，所作已辦，不受後有」。可是在他跟圖丹喇嘛的一次談話中，他發現僧侶們並不希望他們的活

佛也會那樣。他問圖丹喇嘛：通常來說，活佛圓寂後會去哪裡？圖丹喇嘛說：他哪裡也不去，他會乘願再來的，只是出生在哪裡，什麼樣的人家，尋訪起來又會費些周折。也是，僧侶們首要考慮的是活佛世系的傳承，希望他再度回來，並出生在他們可以找到的地方。相對來說，隆卜舅舅的說法更像小乘經典裡提及的涅槃及大乘信徒欣求的極樂淨土，是一個人的生命抵達了不生不滅、無來無去的寂靜狀態，跟無限的時空達成了和諧統一。

他想，那種狀態不僅是僧侶們不想要的，對普通人來說更是個難以承受的空。那個未知的世界即便妙不可言，但無法驗證，也沒有人親身經歷過，說到底還是相當於空無。這個世界的生活雖然並不完美，有諸多的苦、不公甚至罪惡，但處於對熟悉的環境和親人的依戀，即便身壞命終，還是想借由嬰兒的身體重新回來，希望把經歷過的再經歷一番——而且也想看看：這個飛速發展的世界究竟會變成什麼模樣。

102

吳教授並不知道鐵瓦殿門口發生了什麼。偶爾有吵鬧聲傳來的時候，他發現圖丹喇嘛也停止念誦側耳傾聽。但外面很快就平靜下來，圖丹喇嘛又埋頭誦經，他也覺得無須擔心什麼了。

在漫長的等待中，他又回憶著活佛走上法座前的情景。活佛記著給沈菲的承諾，替她實現了那個願望。

那個儀式是在黎明前舉行的。沈菲在香案上點了燈燃了香，向釋迦牟尼佛像磕了頭，然後拜倒在活佛面前。她還像佛陀時代的信徒那樣，將她的雙手按在活佛的赤足上。

活佛用柏枝向她頭上灑了幾滴淨水，爲她口授了居士戒律，然後扶她起來說：「業力將我們一次次帶到這個世上，讓我們感受著無端的痛苦和虛妄的歡樂。可是沈菲，當你心中的佛性被喚醒時，你的自我就一點點消失了，你將不再是被習俗和外力左右的那個人。祝福你，沈菲，在今後的日子裡，你會知道怎樣去完善自己，怎樣去幫助他人和服務社會，因爲那就是佛弟子終其一生的修行。」

接著活佛去隔壁房間，跟刀吉作了最後道別。他撫著刀吉冰涼的額頭說：「你曾經是多麼優秀的一個人，刀吉，作爲一母同胞的兄弟，我爲你感到驕傲。可是妄念折斷了你的翅膀，欲望之火又燒著了自己。就像山林失火，捲進去的東西越多火勢就越旺，既燒掉了枯枝敗葉，也燒毀了花草樹木。讓那無明之火熄滅吧，是時候了。」

回到經堂，活佛又跪倒在圖丹喇嘛面前：「接下來的事就交給您了，師父。無論出現什麼樣的局面，都需要您去應對了。」

圖丹喇嘛急忙扶他起來。老經師紅著眼圈說：「在快如閃電的四十年裡，阿拉合，先是我教您，後來就變成您教我了。您也是我的師父，讓我懂得了經文以外的許多道理。放心吧阿拉合，我也會跟您一樣，努力去做好分內的事。」

「請您原諒我，師父。」活佛接著說，「處理完這裡的事，還有尋訪轉世靈童的任務等著您呢。師父您年紀大了，腿腳也不方便，我眞的於心不忍，可是又有什麼辦法呢？您要像當年不肯放棄不爭氣的桑吉那樣，把又一個懵懂無知的孩子順利帶上活佛的法座。」

圖丹喇嘛流著淚說：「身體允許的話，我想我也會完成那個使命的。爲了尼拉木寺不至於偏離正道，阿拉合，我願意去做您囑咐的任何事情。」

兩人行了最後的碰頭禮。活佛雙手捧著圖丹喇嘛的臉頰說：「因爲您的慈悲寬厚，師父，佛菩薩也會時刻眷顧您的。」

活佛看看一旁低頭不語的安靜，兩手按在他的肩頭說：「聽從內心的聲音，孩子。佛陀涅槃時告誡他的隨身弟子阿難：要成爲自己的光。今天，我也用這句話向你道別吧。」

沈菲想說什麼，一張口卻是泣不成聲，一頭紮在活佛的懷裡。活佛拍了拍她說：「好了沈菲，別這樣。知道嗎，這會讓一個出門遠行的人猶豫不決的。」

其時天光已射進高處的窗櫺，也聽得見外面嘈雜的人聲。該是打開鐵瓦殿的大門，讓信衆進來的時候了。活佛環顧一下經堂，又張開雙臂打量一下自己，自言自語似的說道：

「是不是忘了什麼呢？」又抬頭看著吳教授說，「幫我想想天賜，我是不是還忘了什麼？」

誰也不知道他忘了什麼，心神慌亂的吳教授更是不明所以。活佛卻展露出從未有過的笑容說道：「嗯，是我忘了這樣一句話：對你們所做的一切，我桑吉心存感激。」

接著他整理一下袈裟，向大家合掌道：「愛別離是人生八苦之一，可無論是父母子女還是恩愛夫妻，都有分手的一天。好了，就這樣吧。」

活佛隨即轉過身去，義無反顧走上高處的法座。

103

對守候在鐵瓦殿門口的人們來說，這眞是漫長而難捱的一天。馬場街那邊的高音喇叭傳來一波又一波不同嗓門卻同樣鏗鏘有力的講話聲，略微消停一陣之後，又有歡快激昂的歌聲響起來。屋頂上大群的灰鴿子落下去又轟然驚起，掠過鐵瓦殿上空才聽得見鴿哨在嗚嗚作響。那群無處落腳的鴿子飛過去繞過來，最後呼啦啦落在鐵瓦殿的屋脊。

陸續有人從馬場街過來，探聽阿拉合的消息。得知阿拉合正在爲佛兄舉行續命法事，他們就三三兩兩站在僧侶們身後合掌祈禱。幾個內地遊客一路嘰哩哇啦晃蕩過來，試探著拍一張僧侶們端坐誦經的照片，見他們對相機鏡頭並不十分反感，就湊近去喀嚓喀嚓拍個沒完。

看到一些老人又回到老白塔那兒繞圈子，老太婆班瑪也坐不住了。她將火花包好的月餅小心揣進懷裡，用棍子撐著站起來，挪動著僵硬的兩腿又去轉繞白塔。

老紮西和隆卜舅舅背靠石牆一起坐著。歲月已榨乾了他們的精血，看上去一副灰頭土臉的模樣。即便如此，兩個老傢伙也閑得無聊鬥起嘴來。

隆卜舅舅的手探進斗篷底下，老半天才摸出他的小酒瓶來。他半握著拳旋開蓋子，湊近那蛤蟆似的嘴邊抿了一小口。接著拿瓶子碰了碰老紮西：「你也該喝上一口，老紮西。知道嗎，今兒是個陰天，雲層上面照樣照著太陽呢。還有鴿子一樣的神靈在那裡飛來飛去，就跟孩子們準備過年一樣。」

老紮西厭惡地瞪了隆卜舅舅一眼：「你上去看了？」

「烏鴉告訴我的。它們說……」

「少來那一套。」老紮西打斷他說，「一輩子烏鴉長烏鴉短，有意思嗎？」

隆卜舅舅自己又抿了一口，然後將瓶口湊近另一隻手中的蓋子，轉動著瓶子一下下旋緊，重新在斗篷下藏好。他呼呼呼笑著說：「我想告訴你烏鴉的話，它們知道阿拉合要去哪裡。不想聽就算了。」

「你說他去哪裡？告訴你，你這老烏鴉再哇哇亂叫，當心我倒提腿把你提起來，扔到尼拉木山的背面去！」

「你來試試，老東西。尿都夾不住的人了，還有那麼大勁兒？」

「你見我夾不住尿了？」

「那還要見啊？你老紮西走過十字街，我從鎮子西頭就聞見一股尿騷味。誰不知道你襠裡沒一天是乾的。」

「你看看，這不是今天才換的？又乾淨又暖和。」

「好好好，又乾淨又暖和，行了吧。」

兩個年輕僧人用袈裟掩住嘴在笑。安靜醒過來可能有些時候了，在火花懷裡張大眼睛看著兩位老人。此時他掙開火花，挪到一旁靠門板坐著。他仰起頭來，門扣上的大鐵鎖好好鎖著，可他的目光依舊停留在那裡。門板上的圖像日曬雨淋沒了色彩，只看得出那只巨大的怪獸和它懷抱中飛鏢靶盤似的圓形輪廓。

火花想起來，卓瑪逃課以後也整天盯著這門板。那時卓瑪只是盼著這赤面怪獸把守的大門吱軋軋打開，讓她的桑吉從裡面跑出來。可是此刻，安靜從中又看到了什麼？他們兩個人之間，到底有什麼神秘的聯繫呢？

火花便試探著問道：「看什麼呀，安靜？那怪獸是挺嚇人的。這會兒咱們閑著，你就講給我聽聽好嗎？」

安靜摸摸圍巾包紮著的腦袋，說他還有點頭暈，可能講不清楚的。旁邊一位小師兄便自告奮勇說：「讓我來試試吧。」

那年輕僧人站起來，在門板上指點著說：「這可不是什麼怪獸，阿姨。這是掌管六道輪回的死神閻魔，他抱著的輪盤裡藏著三世兩重因果的秘密呢。讓我按順序講給你聽吧。最中間畫著首尾相接的三種動物，它們是鴿子、蛇和豬，看到了嗎？仔細瞧瞧，還能分辨出來的。那三樣動物表示貪嗔癡三毒，人人身上都有，從娘胎裡帶來的。人的痛苦就源於那三毒，有的人一輩子沒完沒了攪在裡面折磨自己，有的人卻可以通過修持戒定慧來對治它，讓自己解脫出來。第二圈是進入中陰階段的人，他們排了黑白兩個隊列，白的頭朝上黑的頭朝下，業力決定了他們的去向，就跟提前預定了車票一樣，業風會帶他們抵達不同的目的地。第三圈是六道眾生的景象，看，天道、人道是這樣，阿修羅、畜生、惡鬼、地獄道是那樣，現在看不大清楚，早幾年還能看到那些逼真的場面。輪盤的最外圈畫的是十二因緣，就像不停循環的鐘錶。阿姨你瞧，這十二因緣畫得可有意思啦，一點鐘位置是個黑布矇眼的人，表示人們最初的無明狀態……最後兩格，也就是十一、十二點的位置，畫著個正在生孩子的婦人和一具送往墓地的屍體，表示人的這一期生命結束後，會再次陷入生死輪回的漩渦。」

年輕僧人講了差不多半個鐘頭，最後抹一把額頭滲出的汗珠問道：「聽明白了嗎阿姨？」

火花笑著點了點頭。安靜卻對他的同伴說：「一個頂重要的環節讓你漏掉了，師兄。那不怪你，剛才我也看了半天，好不容易才找到的。讓我來補充一下吧。」

安靜接著說：「看上去那是個完全封閉的圈子，六道衆生誰也沒有逃脫的希望。其實，從中陰階段的白色人群裡有一條細線引了出來——這幅圖太舊了，已經看不出來。那條向上的曲線慢慢加寬，一直飄升到雲朵的上面。看看，門板最上方是不是有太陽和月亮，還坐著一位帶了背光的佛？意思是到了那裡，人就不再受著六道輪回的制約了。」

安靜說話的時候隆卜舅舅也靜靜聽著，此時他又摸出酒瓶仰頭咕了一大口，一邊向火花笑道：「安靜講的太好了，我該多喝一點。」

104

入夜時分，零星的雪花開始在人們眼前飛舞。一轉眼工夫，漫天飛雪就密密麻麻席捲而來。已經亮起的街燈籠罩在雪幕裡，使街巷突然變得縹緲起來，宛若天上的街市。

兩個老頭又在爭論這場雪是不是來早了，往年第一場雪是什麼時候才下的。安靜解下頭上的圍巾，將它圍在火花的脖子裡：「你說對了媽媽，天氣眞的變了。」然後他裹緊身上的新棉襖，擠在火花身邊幫她取暖。

不多時，靠門板坐著的人們和前面空地上嗡嗡誦經的僧侶，一個個頭上都頂著落雪，幾乎變成了雪人。就在此時，鞭炮聲和馬蹄聲從大街東頭喧響過來。

打頭的是哈拉瑪草原牧人的馬隊，騎手們高擧火把，大片的雪花在火苗中吡啦作響。那火把是火家婆爲他們一一點燃的，傳遞著先輩自由奔放的精神，連那火把燃燒的油腥味似乎也散發出十五世紀的辛辣氣息。受著此起彼伏的鞭炮聲驚嚇，不時有烈馬衝出隊列狂奔起來，無奈又被鐵嚼子高高勒起，發出壓抑已久的嘶鳴長嘯。

馬隊之後是提著黃紙燈籠的小學生隊伍，都是男紅女綠紮著腰帶的古代裝束，燈籠晃悠燈焰明滅，在紛紛揚揚的雪幕中，仿佛天宮裡款款行走的金童玉女。

此情此景，無疑將茶馬鎭人的情思帶往六百年前，因爲那剽悍馬隊和獵獵火把，那閃爍明滅的燈籠，皆是模擬了茶客和馬客在山谷裡進行茶馬交易的場景。

隨後過來的是火神的八抬大轎。抬轎的壯漢們嘴裡噴著酒氣，嘿嘿哈哈呼喊著參差不齊的號子，一個個好像進入了瘋魔狀態。他們肩上的轎子大幅傾斜，眼看就要將裡面的木雕神像倒出來，卻又適時矯正過去，傾向另外一邊。沿街人家的老人婦女紛紛跪在街心，俯身低頭讓轎子從頭頂抬過去。

之後是潮水般湧動的人流，不少內地遊客也夾雜其中，浩浩蕩蕩看不到尾。

火神遊完大街抬去廟裡歸位，馬場街便燃起了節日的煙花。五彩繽紛的煙花彈在雲層裡呯呯炸響，跟紛飛的雪片一起變幻出絢爛的花樣。火神廟前的篝火也點燃起來，仿佛那座老磨房似的神殿突然失火，熊熊烈焰映紅了大半個鎮子。

不知怎麼回事，鎮子裡家家戶戶的電燈突然滅了，連沿街那些串了燈泡的大紅燈籠也暗了下去。站立在廣場上的人們嘰哩哇啦議論起來：

「用電量太大，老鎮的電閘跳了。」

「難說是專門關了電閘。沒了電燈，煙花才好看呢！」

入夜後隆卜舅舅就老是仰頭瞅著天空，似乎期待某種奇蹟的發生。此時他趺趺撞撞立起身來，張開他那烏鴉翅膀似的褐子斗篷，揚手指著天空叫道：

「那扇門打開了！看啊，天女們撒下花瓣來了！」

大家順著他的手指看去，果真有五顏六色的花瓣飄飄灑灑散落下來。他們驚訝地張開雙手，待那些奇異的「花瓣」落在手心的時候，卻又消失得無影無蹤。

第三十章

105

「活佛圓寂了。」

八月十六日凌晨，鐵瓦殿的大門終於吱軋軋打開的時候，圖丹喇嘛向僧侶們如此宣告。僧侶們像臥在帳圈過夜的牛羊被大雪掩埋，一個個雪堆上只有口鼻熱氣騰開的孔洞。

僧侶們驚醒過來，卻拿不準是不是還在夢中。

「活佛進入了虛空法界。」圖丹喇嘛又大聲說道。

僧侶們這才受驚的牛羊一般，撲棱棱抖落積雪顯出身來，有的大放悲聲，有的忍泣抹淚。他們顧不得整理儀容，拖著袈裟磕磕絆絆湧進了經堂。

活佛不是好端端坐在那裡嗎？僧侶們站在法座前的時候，看見座位上的活佛也睜開了眼睛，用奇怪地目光打量著他們。

面對止了哭泣卻依然大惑不解的僧侶們，法座上那人開口問道：「你們是誰？到底怎麼回事？」

圖丹喇嘛走到他的面前，用不容置疑的語氣回答道：「歡迎你回來，刀吉，歡迎你回到這個世界。你拋棄了自己已經腐壞的肉體，借由阿拉合的身體回來了。他給過你一顆腎，讓你的生命維持了那麼久，你應該記得的。如今，他又給了你一個健康的身體。作爲孿生兄弟，你也許不必說什麼感謝的話，但作爲陪伴他四十年的師父，我沒有理由隱瞞對他的敬意。他一生做著利益他人的事，如今又踐行了佛家捨身佈施的偉大教義。」

「是嗎？」那人望著圖丹喇嘛，不相信似的問道。

「沒有人像你這麼幸運，刀吉。」圖丹喇嘛接著說，「這就是阿拉合爲你所做的續命法事，吳教授師徒三人也用科學的方法作了配合。也許你要問：六道之中人身最爲難得，阿拉合爲何捨出自己的身體？讓我來回答你的疑問吧，刀吉。阿拉合覺得他今生今世的事業已經圓滿，而你刀吉，接下來還有那麼多重要的事去做。」

僧侶們反覆打量法座上那個人，卻不得不接受活佛已化身爲佛兄的事實。活佛在寺院留下遺囑的時候他們就預感將有什麼大事發生，昨天聽到他正爲佛兄做什麼續命法事，更是加深了那種不祥之感。而如今，難以接受的變故就這樣猝不及防呈現在他們面前。

緊接著圖丹喇嘛吩咐安靜和幾個年輕僧人，找來從金剛宮抬刀吉過來的那副擔架，將借體還魂的刀吉攙下法座，卽刻抬到南坡邊的老屋裡去。

僧侶們一時茫然無措，不知道接下來幹些什麼。活佛圓寂了，本該將遺體移到尼拉木寺去，供燈誦經七七四十九天，這期間他們會將那肉身做嚴格的防腐處理，在靈塔內保持端坐的姿式，安置在經堂的後殿供一代代僧侶瞻仰禮拜。上一世老活佛的靈骨和許多前世一樣，只保存在簡易的木塔之中，如今尼拉木寺不再像從前那麼窘迫，活佛的靈塔應該包金裹銀，盡可能多地鑲些綠松石和紅珊瑚。可面對空空如也的法座，他們已覺得無事可做了。

106

然而，圖丹喇嘛和吳教授的麻煩還在其後。

強巴堪布讓僧侶們待在原地，黑著臉對圖丹喇嘛說：「我要替大家討個說法，圖丹喇嘛。你來解釋一下，這一天一夜，你們關起門來到底做了什麼？昨天上午活佛還好好坐在法座上，怎麼說圓寂就圓寂了呢？」

他又指著站在經堂側門邊的吳教授冷笑道：「難怪鎮裡一直派人監視你，原來你所謂的科學實驗就是害人性命！聽好了吳瘋子，這下你可把事情鬧大了！」

青臉強巴讓人將經堂的門關起來，他站在法座前高聲宣布道：「活佛被謀殺了！都給我看好圖丹喇嘛和那個吳瘋子，今天他們不把話講清楚，誰也別想離開這裡！」

吳教授身邊的沈菲和王珂急忙擋在前面，吳教授也覺得自己的頭大了起來。那究竟是怎麼一回事，要他講也是講不清楚的。他甚至拿不准開口說話的是活佛本人，還是死而復生的刀吉。他不清楚活佛的續命法事是否成功，更無法確定自己的遷識實驗是否起到了應有的作用，因爲關鍵時刻所有的儀器黑屛了。雖然他們很快接通了房車上的應急電源，卻有可能錯過了什麼——或許就在那個瞬間，那只神秘的鳥兒已展翅逃逸了。排除那些因素，假如活佛的神識已經離開，在他軀體內復活的就是刀吉，那麼毫無疑問，在他開口詢問怎麼回事的時候，無疑是個十分緊要的關頭。依刀吉的秉性和行事方式，難說轉念間會以活佛自居的，因爲那是他自小的糾結所在，也是他一生試圖證明自己的原因。若出現那樣的局面，不僅活佛的努力付諸東流，尼拉木寺乃至茶馬鎭也將陷入更大的混亂。所幸圖丹喇嘛胸有成竹穩住了陣腳，及時做出了正確的引導。

面對氣勢淩人的青臉強巴，圖丹喇嘛卻神情平和地笑了笑。他說：「你的疑問也在情理之中，強巴堪布。可是，這一切究竟怎麼回事，只能由活佛本人來告訴你。據我所知，寺院法會期間活佛是留了一份遺囑的。我不清楚他寫了些什麼，難說就有你需要的解釋。」

青臉強巴這才想起遺囑的事。他打發幾個僧人跑去寺院，取來了存放遺囑的那個寶瓶。

他們在佛像前當衆將寶瓶啓封。青臉強巴取出一個牛皮紙信袋，急不可耐展開裡面的一頁紙掃了一眼，端起的肩膀隨卽鬆垮下去。圖丹喇嘛笑道：「活佛寫了些什麼？強巴堪布，現在就給大家念念吧。」

青臉強巴便結結巴巴宣讀起來：

我將於八月十五日月圓時分圓寂。請原諒我，親愛的同修們，我不能繼續陪伴你們了。為延續尼拉木寺從未中斷的法脈，請在圖丹喇嘛主持下，盡快尋訪新的轉世靈童。圖丹喇嘛通達經典慈悲寬厚，希望他繼續擔任靈童經師，為尼拉木寺培養出德行無瑕的活佛繼承者。

刀吉和我一母同胞，從來沒有彼此之分。請將他的遺體視同我的遺體，並尊重他生前的承諾，土葬於峽村林地。下葬時胸口埋一粒樹種，讓肉體轉化為一棵樹木需要的養分。

感謝你們能夠完成這兩方面的遺願。

祝福你們。以戒為師的尼拉木寺必將法脈長久。

薩曲梅隆·桑吉堅參，鐵鼠年八月十二日

吳教授這才放鬆下來。他吩咐王珂和沈菲適時將儀器設備搬回房車，自己拉開門走出了經堂。接下來僧侶們怎麼去做，已不是他的興趣所在了。他心裡明白，活佛那份遺囑除去儘快尋訪轉世靈童的內容，便是兌現刀吉的第三個誓願。也許當時刀吉只是隨口說說，活佛卻是認真的，記得讓僧侶們代爲兌現。

107

鐵瓦殿院子裡黑壓壓站滿了人，卻神情肅穆沒一點聲音。天已放晴，明亮的陽光照射過來，簷水劈哩啪啦飛濺著，成團的積雪不時從高處砰砰墜落下來。

吳教授撥拉著人群走了出去。

在鐵瓦殿門口他抬起頭來，發現火花擋住了他的去路。融雪天氣空氣清冽，火花雖然圍著那條長圍巾，臉還是凍得紅紅的。她眼裡含了淚水問道：「活佛眞的圓寂了嗎？」

吳教授沒說什麼，繞開她走向雪水汪汪的廣場。

火花一路跟隨著，到了河曲馬雕塑前，她一把扯住了他：「問你話呢天賜！你說說，活佛的續命法事順利嗎？你們的實驗是不是成功了呢？」

「完成任務了。」他含糊其辭地說。

「斷電就沒影響到你們？」

「我們有自己的發電機。」

「我還是不明白，天賜。我剛去過南坡邊的老樓房，見了安靜他們送過去的那個人。他雖然換上了俗人的衣服，也說他是死而復生的刀吉，可怎麼看也像是活佛本人。回到家裡的究竟是阿刀還是阿桑，連他們的父母也分不清，只能按他的意思叫他阿刀。天賜你說說，那到底是怎麼一回事啊？」

「換了你，火花，希望回來的可能也是桑吉。我也一樣，火花，我也是那麼希望的。」

「你到底說些什麼呀，天賜？我怎麼聽不明白呢？」

吳教授伸手撫摸著基座上河曲馬的蹄腕說：「阿拉合告訴過我，假如哪一天刀吉出什麼意外不在了，他就改用刀吉的名字。他說他會以刀吉的名義，在這個世界上繼續生活下去。好了火花，那是一個混沌，我們沒必要爲它鑿出七竅來。」

火花仍是不得要領，繼續追問也可能不會有另外的結果。沉默片刻她歎息道：「不管怎麼說，天賜，茶馬鎮再也沒有稱爲阿拉合的人了。」

吳教授仰起頭，看見積雪覆蓋的尼拉木山峰在藍天下潔白耀眼。他想，在以後的日子裡，落雪會在那裡一層層添加上去，銀冠爲飾的尊者又將變得莊嚴起來。

「既然完成任務了，明天就要回去了是吧？」火花扯了扯他皺巴巴的襯衫前襟說，「若是那樣，今晚去我家吃頓飯吧。我回去準備一下，下午你帶沈菲和王珂一起過來好嗎？」

「能喝酒嗎？今天我就想喝上兩口。」

「眞是個瘋子！」火花又生起氣來，「阿拉合圓寂了，三年時間裡別說喝酒，人們連年節都不過的。人們知道了怎麼說你？他們會說，那個吳瘋子連起碼的規矩也不要了！」

「那你去請沈菲和王珂吧。拜託，好好招待他們。」

「你什麼意思，吳天賜？」火花變了臉色問道。

吳教授卻難得地笑了笑，說：「以後有機會去你那兒吃飯的，火花。打發沈菲和王珂回去後，我想去趟縣城，在父母身邊待上幾天。返回的時候，也許會帶著老屋大門上的鑰匙。知道嗎火花，茶馬鎮的空氣治癒了我的氣管，我想從今天起，我再也不會是以前的吳瘋子了。雖然我讀了不少書，也不缺乏這樣那樣所謂的知識，可是你知道嗎火花，我缺乏的是智慧，像阿拉合那樣洞悉一切卻不露聲色，善惡分明又處事圓融的能力。所以我想，無論回到家裡的是桑吉還是刀吉，我會繼續跟他們做個隔巷的鄰居。」

吳教授說完就轉身朝馬場街走去。火花看著他昂首闊步的背影，忽然間好像明白了什麼，於是也破顏爲笑了。

108

這天夜幕降臨的時候，吳教授裹一件油膩的羊皮襖，坐在鎮子西邊的醉馬草坡頭。經過一天的風吹日曬，草地又乾燥起來，風毛菊的飛絮在他身前身後迴旋著，忽而又被一陣強勁的西風帶走了。

原來他去馬場街買了瓶茶馬鎭牌青稞大麴，提著去西灘的帳篷裡找阿旦喝酒。那個見酒不要命的傢伙死活不肯喝，卻也攔不住他自己舉著瓶子吹喇叭。阿旦就爲他煮了一鍋羊肉下酒，傍晚離開時又爲他披上一件自己的羊皮襖。

他跌坐在那渾圓的坡頭上時，一輪巨大的滿月正徐徐升起，似在補償昨夜的缺憾。鎭子裡挨挨擠擠的房舍浸潤在月色中，看得淸附近的火家木樓和隆卜舅舅的敞院。夜風在耳邊髮絲上吹出習習哨音，星空卻愈加燦爛起來。那些星辰帶著固有的驕傲與自信，在他頭頂的天空裡閒庭漫步。

他望著天空突然哈哈大笑，嘟囔道：「沒錯！茶馬鎭的星星眞他媽又大又多！」

接著他就直挺挺仰面倒地。他似醉非醉，眼前漸漸浮現出一些夢境似的畫面——

凌亂的馬蹄聲響起，一支支狂飆馬隊從眼前呼嘯而過。馬蹄下飛濺著泥土和草屑，火把拖曳出一道道流光。他們是誰？哦，是山谷裡剛剛完成茶馬交易的牧人，他們的馬背上馱著竹篾茶包，正返回遠在天際的牧場；

接著，桑吉的祖父英姿勃發打馬走了過來。那個胸肌隆起的男人在跟盜馬賊的廝殺中獲勝而歸，雖然臉上的刀傷鮮血淋漓，卻難掩草地主人的驕傲與自信；

夜幕下靜立成一座黑塔的又是誰呢？嗯，他是德高望重的老張鐵匠。那個娓娓講述著茶馬鎮歷史的老鐵匠活到一百零八歲，最後倚在他鍛打了一生的鐵砧上無疾而終，永遠保持著鐵砧般沉穩的形象；

像一團潮濕的霧氣旋轉而來的又是誰呢？看呀，他是尼拉木寺的老活佛！他猩紅的袈裟在風中招展，懷抱著象徵尼拉木寺法脈的白海螺，臉上卻難掩驚恐和憂傷。他慌不擇路急急飛奔，消失在去往當瑪當廓的路上；

接著，丹巴堪布高大的身影出現了。眼神憂鬱的老堪布一邊踽踽獨行一邊自言自語，跟自己爭論似的揮舞著手臂。他爲尼拉木寺鞠躬盡瘁，卻沒等到他認定的轉世靈童登上法座，一路自責著消失在蒼茫原野；

手裡舉著一段火繩的老太婆走了過來，火繩燃著的暗火如同天上的星辰。她是火花那開了天眼的祖奶奶。她將茶馬鎮的不死之火傳遞給下一代就拒絕進食，最後讓靈魂輕盈地飄升起來；

那搖著手鼓吟唱著歌謠的老人又是誰啊？他像偉大的詩人荷馬一樣，行走在遠古的特洛伊荒原上。他拄著高過自己一頭的棍子漸漸走近，嗨，原來是落葉歸根的阿尼瑙格爾。他詛咒過另事其主的尼拉木山神，最後又跟山神達成了和解，他的靈魂肯定也會跟山神一道，行使護佑尼拉木山下生靈的職責；

兩個明目皓齒的小孩兒在花草間奔跑嬉戲。看啊，他們就是童年時期的桑吉和卓瑪，金露梅的花粉染黃了他們的褲腳。兩個心有靈犀的人兒牽著手一路飛奔，從童年奔向青年，從春夏奔向秋冬，從白天奔向夜晚……突然，卓瑪鬆開了桑吉的手，羽毛一樣飄升起來，飄向星光燦爛的夜空；

最後，一個身形剽悍的男子走了過來。他就是佛兄刀吉嗎？沒錯，正是那無所顧忌也無人匹敵的金剛手，腳下厚重的皮靴橐橐作響。他籠罩在藍綠色的輝光裡，就像夜幕下滾動的一團磷火。他一邊大步走著，一邊想不通似的重複著一句話：他們怎麼能這樣？他們怎麼能這樣……

二〇一九年十一月完成於甘南羚城
二〇二一年五月修改於成都鳳凰城

國家圖書館出版品預行編目資料

共命鳥 / 李城著. -- 初版. -- 臺北市：博客思出版事業網, 2022.03　面；　公分. --（現代小說；2）

ISBN 978-986-0762-10-5(平裝)

857.7　　　　　110018771

現代小說 02

共命鳥

作　　者：李城
主　　編：盧瑞容
美　　編：涂宇樵
封面設計：涂宇樵
出 版 者：博客思出版事業網
發　　行：博客思出版事業網
地　　址：台北市中正區重慶南路 1 段 121 號 8 樓之 14
電　　話：(02)2331-1675 或 (02)2331-1691
傳　　真：(02)2382-6225
E—MAIL：books5w@gmail.com 或 books5w@yahoo.com.tw
網路書店：http://bookstv.com.tw/
https://www.pcstore.com.tw/yesbooks/
https://shopee.tw/books5w
博客來網路書店、博客思網路書店
三民書局、金石堂書店
經　　銷：聯合發行股份有限公司
電　　話：(02) 2917-8022　　傳 真：(02) 2915-7212
劃撥戶名：蘭臺出版社　　號：18995335
香港代理：香港聯合零售有限公司
電　　話：(852)2150-2100　　傳真：(852)2356-0735
出版日期：2022 年 3 月 初版
定　　價：新臺幣 320 元整（平裝）
ISBN：978-986-0762-10-5